Lisario o el placer
infinito de las mujeres

Antonella Cilento

Lisario o el placer infinito de las mujeres

Traducción de Carlos Gumpert

Lisario o el placer infinito de las mujeres

Título original: *Lisario o il piacere infinito delle donne*

Primera edición: marzo de 2015

D. R. © 2014 Arnoldo Mondadori Editore S.p.A., Milano

D. R. © 2015, de la presente edición en castellano para todo el mundo:
  Penguin Random House Grupo Editorial, S.A.U.
  Travessera de Gràcia, 47-49. 08021 Barcelona

D. R. © De la traducción: Carlos Gumpert
D. R. © Diseño: Proyecto de Enric Satué
D. R. © Imagen de cubierta: Dino Valls, *Antífona* (detalle), 1994, óleo sobre tabla, 84 x 70 cm

D. R. © 2015, derechos de edición mundiales en lengua castellana:
  Santillana Ediciones Generales, S.A de C.V., una empresa de
  Penguin Random House Grupo Editorial, S.A. de C.V.
  Blvd. Miguel de Cervantes Saavedra núm. 301, 1er piso,
  colonia Granada, delegación Miguel Hidalgo, C.P. 11520,
  México, D.F.

www.megustaleer.com.mx

Comentarios sobre la edición y el contenido de este libro a:
megustaleer@penguinrandomhouse.com

Queda rigurosamente prohibida, sin autorización escrita de los titulares del *copyright*, bajo las sanciones establecidas por las leyes, la reproducción total o parcial de esta obra por cualquier medio o procedimiento, comprendidos la reprografía, el tratamiento informático, así como la distribución de ejemplares de la misma mediante alquiler o préstamo públicos.

ISBN 978-607-113-661-9

Impreso en México / *Printed in Mexico*

A Paolo

Yo me interrogaba sobre esta noción misteriosa: el sexo de la mujer.
>> Michel Tournier, *El Rey de los Alisos*

... aquí es una mujer, allí una estatua; un poco más allá, un cadáver.
>> Honoré de Balzac, *La obra maestra desconocida*

Si el desnudo es una forma artística, eso significa que se debería poder desembarazarlo de su desnudez. Esto significa que el universo estético no se constituiría, en semejante ejemplo, sino mediante la separación de forma y deseo, aun si dicha forma acogiera expresamente nuestros más poderosos deseos.
>> Georges Didi-Huberman, *Venus rajada*

Cartas a la Santísima Señora de la Corona de las Siete Espinas Inmaculada Asunción y Siempre Virgen María

Señora mía Valiosísima, Dulcísima y Valentísima:

Hoy, en este día de 16 de marzo de 1640, doy comienzo a este cuaderno secreto de cartas a la edad de años once, como resultado de una gravísima enfermedad o bien, como repite Madre, desgracia irremediable, y como glosa Immarella, la criada, «un lío demasiao exagerao».

Tú, que todo lo ves desde las Estrellas, conocerás sin duda mi casa, no quiera el Cielo que te confundas con otra Belisaria Morales, más conocida como Lisario, aunque por seguridad añado: vivo en el Castillo de Su Catolicísima Majestad de España, Nápoles, Sicilia y Portugal, Felipe IV, a quien Dios guarde, sito en Baia, en la muy espléndida Ciudad de Nápoles, y, en cualquier caso, basta con que preguntes y todo el mundo te sabrá decir quién es la Hija Desafortunada que te escribe.

Te preguntarás cómo, dado que a las Hembras nos está vedado el Estudio: aprendí a leer un día, hace cuatro años ya, mientras me criaba sin hermanos, siendo que nací de Madre Defectuosa y lanzada al corral como Gallina sin instrumento, entrando con gran secreto en la Habitación de Padre donde estaban los Libros. Curiosa, me subí en el escabel para apoderarme de ellos, me caí ¡y los tomos se me abalanzaron sobre la cabeza!

Entonces fue, creo, cuando tuviste a bien iluminarme, porque, de Gallina que yo era, me reencontré a mí misma, recobré mis sentidos cual Experta en Lectura, y comprendiendo lo que el libro contaba, lo robé.

En unos pocos meses aprendí cumplidamente la Lectura y la Escritura hojeando y volviendo a hojear aquel único libro que llámase Novelas ejemplares *del muy excelente Señor Miguel de Zerbantes, por él dedicado a Don Pedro Fernández de Castro, conde de Lemos. ¡Ah, qué mundo se abrió ante mis ojos!*

Por supuesto, tuve la tentación de súbito de robar otros libros de la habitación de Padre: una obra en verso, el Orlando Furioso *de Messer Ludovico Ariosto, una aventura aventurera denominada* Lazarillo de Tormes *de Anónimo y Desconocido Autor (¿sabes Tú quién es, Suavísima?), y además la comedia de* Otelo, el moro de Venecia *de un albiónico que responde al nombre de Guillermo Shakespeare.*

Me las recitaba de memoria todas estas escrituras, mientras seguía robando otras hasta que Padre se percató —¡de los robos!— y echó las culpas a Immarella, que ante la palabra Libro abría de par en par los ojos y movía la mano cerrada, como cucuzziello, *o séase, calabacín.*

Immarella fue castigada y en tal ocasión yo esquivé la desgracia y aprendí el arte de la Actuación, porque ante los demás aún debía parecer yo Gallina, por más que mi alma fuera definitivamente de Zorra.

Suavísima, te ruego, sin embargo, que guardes el silencio y el secreto acerca del hecho de que esta pobre Cristiana sepa cómo escribir y cómo leer, porque ya demasiadas cosas son las que han terminado mal en mi breve vida. Y así llego, pues, a la razón de esta Carta.

Tengo un bocio. Un mal bocio, Señora mía Dulcísima, que crece y crece. Culpa de mi constitución cantarina, dicen Madre y Padre, enferma desde mi mismo nacimiento por exceso de palabras.

En efecto, recién parida, ya cantaba, retumbante como una trompeta, hasta el punto de que el Médico miró a Madre y a Padre, se hizo la señal de la Cruz, y, por la vergüenza, soltome bofetadas para acallarme, y yo me acallé. Con todo, según crecía, el vicio no desaparecía, al contrario, vertiginoso aumentaba, fuera porque yo cantaba o porque hablase, como expeditísimo predicador, algo de lo más vedado a las Hembras Pequeñas —y a las Grandes—, diciendo todo lo que se me pasaba por la cabeza.

Suavísima, me informaron de que la mujer ha nacido para obedecer, callar y sufrir. Y, como confirmación, cada vez que yo cantaba o hablaba, recibía bofetadas y bofetones.

—¡Babuina, zámpate la lengua! —decían las criadas, y elogios semejantes recibía tantos que el canto me lo tragaba una, dos, mil veces hasta que al final, de repente, ¡una gran bola en la garganta! ¡Y cuanto más me decían que estuviera callada, más se me hinchaba de las palabras que no podía decir y de las canciones que no podía cantar!

Porque a mí, Suavísima, de mayor me gustaría ser Cantante. ¡Me gustaría muchísimo cantar las óperas melodramáticas del Ilustrísimo Maestro Monteverdi, cancioncillas y bailes de fiesta y tus Loas, oh, Mi Señora, puesto que ya conozco todos los cantos de la Iglesia en latín!

Pero termino la Triste Historia: este bocio crece y crece y hace tres meses Padre llama al Cirujano y le dice: «¡Corta!».

Y, ante mi gran desconcierto, el Cirujano acude y prepara sus cuchillos.

Huyo, lo confieso, bellaquísima Liebre, tropezando a lo largo de las almenas del Castillo, entre las piernas de los soldados, me escondo en el chiassetto, el callejón entre la inmundicia y la mierda, el bocio casi me ahoga. Al precio de un Gran Asco estuve a punto de salvarme, pero ¿qué es esto, pues, no me entra el hipo? Y así me sacan arrastrándome por los brazos del chiassetto mientras no dejo de menearme, misérrima y muy sucia, y termino atada a la silla del Cirujano. Y aquí, el más Espantoso de los Terrores: ¡me orino, me cago, grito! Pero nada, ni siquiera las súplicas a Ti, Señora mía Dulcísima, me salvan. Me abren la garganta con el cuchillo: siento un desgarrón y veo la sangre —¡la mía!— que gotea sobre la falda. Y pienso entonces: ahora muero.

En efecto, Suavísima, estuve muerta, durante tres meses. Dormí sin sueños, quien te escribe es Lisario difunta. Sin embargo, ayer mismo, me despierto y ¿qué es lo que veo? A Madre llorando al lado de mi cama, a Padre serio, que se lo reprocha. Así que trato de hablar para decir: ¡estoy viva! Pero no consigo que me salga el aliento, ni una sola palabra y oigo a las criadas, que ya conocen la verdad:

—¡Pobre criatura, sin lengua! ¡Esa que tenía tan larga!

¡Estoy muda! ¡Apagada estoy, como un Laúd sin Cuerda!

—El Cirujano se equivocó... menuda ha liao... —dice Immarella.

Corro por las paredes, huyo, con las manos sobre la boca. ¡Qué me han hecho!

A partir de hoy solo Cartas a Ti, la más dulce de las Señoras. Las oculto aquí, debajo de las piedras, en la playa del Castillo, donde ahora escribo. Ya vienen, me están buscando, que el mar las proteja.

Lisario, Tu Sierva

[...]

Suavísima Señora:

¡Crecer es como una piñata! ¡Yo soy la piñata y todos quieren hacerme añicos! Hace dos años que estoy muda, se aprovechan de que nunca me oyen decir que no, así que «Lisario haz esto, Lisario haz lo de más allá».

¡Y Lisario, la tonta, venga a hacerlo! ¡Pero este imperio está a punto de caer! ¡Lisario empuña el horcón y estalla la revuelta!

Madre, además, me envidia porque es una enana. ¿Y qué culpa tengo yo si ella quedó parada por la mano de los Santos? A mí los Santos, en cambio, me dicen sin parar: ¡crece, crece! Y yo me estiro, como las anchoas que vienen del mar. ¡Para colmo, me ha venido la regla! Cuando vi la sangre en la falda, Suavísima, creí que de nuevo me habían cortado la garganta. Nadie me había dicho que es la normalísima Sangre de las Mujeres y que a partir de hoy yo también puedo tener hijos.

Y, pese a todo, Suavísima, te lo digo a Ti: ni el menor deseo de tener hijos. ¿Será pecado? ¿Qué voy a hacer?

¿Cómo podré ser Hembra?

¡Ah, Suavísima, sueño con ser gitana y lázaro, comadreja y halcón, delfín y gaviota!

Lisario, con dolor de vientre, a día 20 de enero de 1642

[...]

¡¡¡Suavísima!!!:
Desde hace días en el Castillo no deja de hablarse de mis esponsales.
Pero entonces mis oraciones, mis votos, ¿de qué sirven? ¡Esposa yo!
¡Y la esposa de un viejo baboso y gotoso! ¡¡¡No!!! ¡Me parece como si hubiera caído en una de las Novelas *del Excelentísimo Señor de Zerbantes denominada «El celoso extremeño»!*
¡Pero mi destino no será el de Leonora, encerrada en casa, sin conocer varón, tachada de adúltera y luego viuda y monja! ¡Antes me tiro de las murallas del Castillo! Madre me lo presentó el día de antes de ayer: un notable napolitano, sin dientes, con el aliento podrido... «Un viejo baboso, hace falta estómago... Viejo y verraco, ¡menúo valor matrimoniar con ese mierda a la criaturica!», decían a coro llorando Annella, Immarella y Maruzzella. ¡No puedo, no puedo! Una enorme rabia me crece por dentro: levanto el puño y aviso al Cielo, total no hay nadie que me escuche, que de ahora en adelante te voy a escribir solo a Ti, para dar a entender lo que quiero y lo que no. Y, puesto que no se me escucha, dormiré, como después de la escabechina del Cirujano: días, semanas, meses y años, y nunca jamás, lo juro por estos dedos y esta cruz y escupo por el suelo, ¡nunca jamás me despertaré!
¡Pase lo que pase!
¡Adiós Mundo, Adiós Nápoles, Adiós Suavísima!
Lisario muere, a día 6 de julio de 1644

Al año siguiente

1.

—¿Vais a casa de don Ilario, doctor? Ah, algunas personas tienen toda la suerte de este mundo... Oh, el diablo vive en esa casa... ¡Prestadme atención, joven médico, volveos a Madrid!

Avicente Iguelmano se había bajado del mulo tambaleándose, enjaezado de bragueros y correas que le habían encasquetado para que no resbalara a lo largo del camino, y sus jadeos dibujaban nubes compactas en el aire de hielo. La guarnición a la que había seguido desde Nápoles —hombres violentos y cansados, que se habían adaptado a la molicie de la capital del Virreinato casándose y estuprando a las mujeres napolitanas, acostumbrados al vino más que a la disciplina—, aprovechándose de la distancia que la separaba del capitán, gritaba y silbaba burlándose del figurón español.

—¡Es el diablo el que hace nevar! Si vierais el calor que hace aquí, en verano... Hace calor hasta Navidad... ¿Quién ha visto un tiempo como este?

Iguelmano, médico graduado, ciudadano catalán de veintitrés años, había oído en su tierra natal, la catolicísima España, que durante el invierno el sur y las colonias eran más cálidos que Andalucía, con un clima templado y el sol siempre reluciente. En cambio, esa mañana en el golfo de Pozzuoli, el aire, rebosante de la humedad de ocho días de aguaceros continuos, se había helado de repente.

—Parece como si estuviéramos en Flandes... —resopló para que le oyese el soldado que le precedía, y se arrebujó, maldiciendo, en la capa de paño ligero que se había traído pensando en el perenne verano colonial. Iguelmano era estrecho de pecho e insuficiente de estómago, parecía un trapo mojado.

—¡Ah, menudo sitio ese! ¡El culo del mundo!

El médico no lo negó. Al contrario, con un escalofrío de repugnancia, volvió con la mente a su aprendizaje, tan breve como tormentoso, con el más ilustre cirujano de La Haya, del que acababa de escapar. La incomprensión entre maestro y alumno venía dictada por la ignorancia del joven Avicente, a la que se unían, por carácter, la arrogancia y el orgullo. Pero en Avicente las razones se configuraban de forma distinta. Se mostraba cínico, por mera pose, mientras que en el fondo era inseguro y cobarde y, en consecuencia, no toleraba enseñanza alguna.

El maestro cirujano de La Haya, Reenart Helmbreker, le había sorprendido mezclando sangre de vaca con agua y heces para demostrar que uno de sus pacientes sufría de hemorroides, ya que no toleraba haber incurrido en un error. Helmbreker no le castigó, con la esperanza de una redención que no llegaría, porque es ilusión de los viejos confiar en las correcciones de la vida; Avicente, por el contrario, menospreciando la segunda posibilidad que se le ofrecía, se dejó sorprender mientras hojeaba los cuadernos privados del maestro y fue despedido al instante.

Por eso se encontraba en Nápoles, porque aquí nadie estaba al corriente de sus fracasos. Era indudable, además, que en la segunda capital del Imperio le resultaría fácil encontrar un rinconcito seguro en el que ejercer mal cuanto su profesión exigía. La acogida, con todo, no había sido de las mejores. En el puerto le habían despojado de todos sus bienes, con la salvedad de la carta de presentación que un antiguo compañero de universidad, llamado a muy diferentes glorias, se había molestado en escribirle a cambio de la cancelación de una antigua deuda de juego, para una anciana gentilhembra mal vista en la corte de Madrid y ahora residente en Nápoles.

El soldado, mientras tanto, proseguía con sus balbuceos:

—Claro, claro. Desde que a su excelencia se le metió en la cabeza construir el castillo, es que no sale una a derechas...

—Hace cien años... ¡La culpa es del volcán!

—¿Qué volcán? —preguntó con ansiedad Avicente.

Era un figurón, que no podía ser confundido con la multitud, pero un figurón cobarde: ya desde su desembarque había observado inquieto la sombra azulina del Vesubio, blanqueado por la tormenta.

Sentía un sacro terror ante los terremotos. Los había sufrido de niño en España, y no tenía la menor intención de repetir la experiencia. Y mucho menos con lava y volcanes.

—La montaña. ¿Cómo, doctor, no sabéis nada de la montaña? Claro que sí, esa que surgió en cinco noches.

El soldado, mientras hablaba, se había santiguado tres veces. Era el mismo que había nombrado al diablo. Una larga cicatriz verduzca le recorría el rostro, que Avicente observó con atención, buscando y hallando en él las señales de la viruela, del mal de hígado, del exceso de bilis, huellas de epidemias antiguas, la mandíbula torcida, los dientes podridos. En pocas palabras: un figurín. El soldado le echó el aliento y Avicente pudo contemplar con detalle la boca: una caverna negra que exhalaba un repugnante hedor.

No podía tener muchos más años que él, veintiocho como máximo, pero parecía ya un anciano. Esa era la vida que Avicente nunca habría querido vivir y de la que estaba dispuesto a huir por cualquier medio, a costa de vender gaviotas por ángeles.

—¿Cómo puede crecer una montaña en cinco noches? —preguntó.

—Mi abuelo lo vio —dijo el soldado—. Estaba destinado aquí, a las órdenes de don Pedro de Toledo. Primero hubo un estruendo aterrador. Nunca se había oído un ruido semejante, dijo, como si la tierra se liberase de vientre. Y luego, todo un pueblo desapareció, las casas derribadas como palillos de dientes, árboles arrancados y quemados. Una llamarada de fuego y un aire hediondo... Aquí, doctor, la tierra respira podrida...

Avicente Iguelmano apartó la nariz de la boca del soldado y del aire local, levantándola, como el cuervo asustadizo que era, y esperó a que se le facilitaran más detalles.

—Ahí está la montaña. Puedes verla tú mismo, doctor —el soldado señaló una colina entre las muchas de la zona, roja hasta la cima, que ahora se mostraba grisácea a causa de las lluvias y de las heladas—. Lo llaman Monte Nuevo. Yo diría que es la montaña del diablo... Quien vive aquí está maldito. Y don Ilario en el castillo sabe algo del asunto...

Avicente Iguelmano se estremeció. Una mano enorme, como la zarpa de un león, se le había posado en el hombro.

—Doctor, os están esperando.

2.

—Solo el cielo sabe por qué hemos hecho de esta ciudad una colonia... Habría que haber tomado otras tierras. Estas no son ricas, ni hermosas, y las habita gente irascible. Locos, violentos, sucios... Menudo negocio el quitárselas a los aragoneses. ¡Ya se habían arrepentido ellos de habérselas arrebatado a los angevinos! Ciudad de traiciones y conjuras... ¡Y no se encuentra un paño de lino decente ni a precio de oro!

Así hablaba la *Señora*[*] Eleonora Fernanda Antigua de Mezzala, la destinataria de la carta de recomendación, dos días antes de la llegada del médico al Castillo de Baia. Avicente Iguelmano acudió de inmediato a verla, de acuerdo con las instrucciones de su compañero de universidad.

La *Señora* de Mezzala era célebre por sus deslenguadas opiniones, según le había contado su amigo —esta fue una de las razones que la habían alejado de la corte de Madrid—, y a Avicente, que no osaba contradecir a nadie si de este dependía su suerte, se le ocurrió, sin embargo, ponerse en evidencia yendo contra el parecer de su nueva protectora.

—Esta tierra es muy rica, *Señora*. Y sé que son muchos los dineros que le llegan al rey desde esta ciudad...

Doña Eleonora se había quedado mirando a su nuevo protegido con ojo oblicuo, mientras evaluaba su fiabilidad. Ya había tenido suficientes parásitos, incluidos los que saltaban de su peluca.

—Sois un ingenuo... —tosió—. No hay tórrido verano en el que no me arrepienta de haber venido aquí con mi

---

[*] Todas las palabras españolas señaladas en cursiva aparecen en nuestro idioma en el texto original italiano. (*N. del T.*)

marido y no hay invierno extraño y loco como este, en el que no añore las nieves de Madrid... Vos sois del sur y solo conocéis el buen tiempo del mar, pero Madrid... Ah, Madrid...

Sí, no debían de soplar buenos vientos para su protectora: la sala en la que fue recibido Avicente se hallaba en el callejón conocido como de los Sanguini, una oscura falla de piedra, la enésima de una densa red en la que el médico había perdido de inmediato la orientación. ¿Cuántas rúas, trochas, costanillas y callejones había en aquella maldita ciudad? La habitación en la que había sido alojado rebosaba humedad por las paredes. Una sierva tan ancha como una bola de cañón y tan alegre como un ahorcado le había mostrado un jergón apestoso y se había retirado a lavarle el orinal solo después de que Avicente protestara por la presencia de heces ajenas en su excusado.

—En tal caso, *Señora* —hizo una leve reverencia Avicente—, estas nieves deberían haceros sentir como en casa...

—¡De ninguna manera! Con el tiempo voy a tener que recurrir a vuestras artes médicas si el frío continúa... —y luego, mirándolo como si quisiera eviscerar su alma, añadió con un silbido—: Porque como médico sois bueno vos..., ¿o no?

Avicente Iguelmano, por temor a que las nuevas de Reenart Helmbreker le hubieran precedido desde La Haya, sonrió al tiempo que palidecía.

—Lo hago lo mejor que sé, *Señora* —susurró, temeroso.

Oliéndose una trampa que no sabía a qué presa estaba destinada, la *Señora* contestó, acunando sus palabras en la boca como si se tratara de golosinas:

—Conque lo mejor que sabéis, ¿eso decís? —se limpió tranquilamente de la falda algunas cáscaras de almendras que había desgranado y añadió—: Entonces tendremos que poneros a prueba. Nos haría falta una enfermedad rara o una consulta difícil...

El perrito de la *Señora* bajó de un salto de su regazo y deambuló nervioso entre las bandejas de huesos que desprendían hedor en las esquinas de la sala. Un gigantesco pájaro tropical encaramado y encadenado en un plato de bronce lanzó un grito. El pequeño perro gruñó en respuesta.

—¡Eso es, ya lo he encontrado! —dijo la *Señora* y se rascó la barbilla peluda mientras una curiosa sonrisa se le dibujaba en los labios. En su áspera pilosidad negra, el labio contrastaba con el colorete extendido a grandes franjas púrpuras sobre las mejillas—. Os enviaremos a ver a don Ilario, al castillo. ¿Todavía no habéis oído hablar de su hija?

Iguelmano hizo una pequeña inclinación, negando.

—¿De verdad? ¡Es la comidilla de la ciudad! ¡Duerme, mi apreciado doctorcito, duerme sin parar!

Avicente contuvo una risita nerviosa.

La dama lo acalló con una mueca.

—Duerme desde hace *seis* meses.

Avicente enarcó las cejas. Las piernas comenzaron a temblarle, no hubiera sabido decir el porqué, pero pasado el tiempo se acordaría de ese instante en el que la amenaza se cernía líquida sobre su futuro, bajo la forma de un cuento de hadas.

—Duerme desde hace *seis* meses y no hay forma de despertarla. Parece muerta. Veinte médicos la han visitado y todos coinciden en que no vale la pena esperar, que es mejor enterrarla. Pero la muchacha respira, ¿lo entendéis? Y se traga los escasos líquidos y sopitas que don Ilario y su esposa hacen que le preparen.

—¿Es decir, deglute durmiendo? —dijo con un hilo de voz Avicente Iguelmano, deglutiendo a su vez.

—¡Así es! ¡Pero no se despierta!

—*Señora* —aventuró el médico, experto en mentiras—, es posible que la muchacha esté fingiendo.

La *Señora* se levantó de su silla labrada, un cojín se le cayó del regazo y un sirviente, ágil para desaparecer como una sombra, se precipitó a recogerlo.

—Tonterías —murmuró mirando por el gran ajimez que se abría en la sala del palacio, que había conocido otros tiempos, otros reinantes, otros fastos—. Si fingiera, alguien se habría dado cuenta. Y además, doctor, ¿qué razón tendría para hacerlo?

Avicente se pellizcó la barbilla y movió una mano al azar.

—¿Pretende su padre desposarla contra su voluntad?

La dama se volvió bruscamente.

—No. Que yo sepa, no hay prometido alguno.

—Entonces —insistió el doctor—, ¿es ella la que quiere casarse en secreto y su padre ha opuesto su veto? Veréis, *Señora,* las mujeres saben cómo inventar numerosos sistemas para sobrevivir a las constricciones...

Y, diciendo esto, Avicente no sabía hasta qué punto y de qué manera estaba describiendo su futuro y su propio destino.

La *Señora* le acribilló con una mirada pérfida: el médico estaba seguro de que esos fueron los ojos de las Erinias, en presencia de Orestes.

—En ese caso —añadió la española con lentitud calculada—, os corresponderá a vos descubrir la verdad. Id y comprobadlo. Si sois capaz de resolver el caso de don Ilario, seréis mi médico y el de mi familia, y el paso siguiente será convertiros en médico del virrey.

3.

Al escudriñar en el pasado del joven Avicente se hallaba una típica juventud de figurón, pasada en las tabernas y en los salones nobles de Lérida y de Barcelona, una despreocupación sin rémoras, derrochadora y veleidosa: de no haber sido por la prematura muerte de su madre y la ruina económica de los abuelos, nada ni nadie lo habría obligado a ejercer la profesión de médico como su padre. Avicente tenía ya en la cabeza un matrimonio rico y una madurez de perezosa ineptitud.

No hubo día de su infancia en el que no se jurase a sí mismo y a sus seres queridos que jamás de los jamases optaría por practicar la medicina, por más que, empero, se hubiera visto obligado a estudiarla. Sentía desprecio por los instrumentos médicos, que le parecían similares a herramientas de tortura, le invadía el pánico ante el pus y la virulencia y sufría náuseas y desmayos en presencia de la sangre.

Incluso ahora que era un hombre, se despertaba a menudo en medio de la noche gritando, con los ojos colmados del mismo sueño que le había obsesionado en la infancia, cuando su madre corría a la cabecera de la cama y le preguntaba de qué pesadilla se trataba, a pesar de que ya conocía el argumento porque Avicente respondía una y otra vez: «La Operación». La causa de ese sueño era un recuerdo preciso que se remontaba a sus nueve años, cuando había seguido a su padre a Padua, donde fue testigo del caso que continuaba visitándolo cada noche.

Don Aleandro Iguelmano era un médico piadoso, muy respetado, financiador de hospitales, mecenas de las artes, benefactor. Le gustaba mantenerse al día en la práctica médica y, una vez al año, acudía a Padua para visitar el teatro anatómico de la universidad local.

—Hay que aprender las nuevas teorías y los descubrimientos que continuamente se llevan a cabo —explicaba a su hijo—. ¡Quedarse atrás puede costar muy caro! ¡Anda que no se ven casos sin resolver y honorarios que se retiran, y con cuántos bufones sin experiencia me he topado, que se llenan la boca con experimentos que jamás han hecho! —repetía sin cesar a su hijo, que era consciente de que debía enderezarse.

Avicente recordaba aquel viaje a Padua con precisión y temor: el clima sombrío de la ciudad italiana, sus pasos de niño resonando sobre el mármol de las escaleras y luego, amortiguados por la madera, desapareciendo en las salas del teatro. Recordaba su barriguita de niño con colitis, ceñida dentro de su blusa bordada, cruzar el aire de pasillos llenos de gente, abarrotados de todas esas rodillas y calzas de colores que eran el único panorama visible para su escasa altura. Y los zapatos, el olor del cuero, el hedor dulzón de los pies, los intestinos que exhalaban desde los calzones de los adultos, tan peligrosamente cerca de su cabeza, y que le preanunciaban evoluciones destinadas a serle familiares: diarrea, estreñimiento, dispepsia, humores pútridos, orina sin filtrar. Crecer empezó a parecerle una peligrosa transformación, desaconsejable, por más que los adultos se mostraran complacidos por ese estado suyo maloliente y mantuvieran entre ellos conversaciones de cierto empeño a pesar del creciente precipitar de sus fluidos corporales. Veía cómo su padre conversaba con colegas sin entender una palabra de sus razonamientos: parecían tan seguros mientras hablaban hundidos en sus papadas, sosegados, como si la muerte no pudiera alcanzarlos nunca. Avicente estaba casi convencido de que conocían el secreto. Un secreto que nunca se contaba a nadie y que atañía precisamente a la inmortalidad. Tal vez estuvieran convencidos de que su profesión de médicos los salvaría.

Engañado por esta impresión, mientras permanecía entre pies y posaderas que predicaban en el pasillo de madera del teatro anatómico de Padua, Avicente deseó de corazón seguir los pasos de don Aleandro y hacerse doctor para escapar de la muerte.

Pero luego, sin embargo, había sonado una campana y la pequeña multitud que aguardaba se había disgregado por el embudo del teatro anatómico.

En España, Avicente había visto un libro donde se representaba el Infierno con sus círculos. Un poeta italiano lo había descrito, puesto que había ido allí de visita, y al muchacho le habían gustado especialmente el fuego, las úlceras y los carámbanos, las cabezas de los condenados que gritaban entre huesos y muñones. Había sonreído con desprecio: si aquel era el Infierno, no era, a fin de cuentas, tan temible.

Apenas había tenido tiempo de pensar que el teatro, con sus balaustradas concéntricas, se parecía a la ilustración del libro cuando, cogido de la mano de su padre, lanzó un gritito femíneo, que habría de serle reprochado durante toda su vida. Don Aleandro Iguelmano dejó caer una mirada de disgusto sobre su hijo y Avicente se echó ligeramente a un lado, como si temiera que una de las enormes cejas de su padre se le cayera encima. Se aferró a las pantorrillas de madera de brezo de la balaustrada y metió dentro la cabeza hasta estirar los ojos como un chino. Fue desde esa posición como vio por primera vez lo que había en el interior de un hombre.

Sobre la mesa anatómica una cosa, a la que todos llamaban el Cuerpo, permanecía destripada ni más ni menos que si fuera un cerdo o una ternera en la tienda de un carnicero. Unas pinzas mantenían elevados nervios y tendones, los punzones separaban haces musculares en un juego de equilibrio que hacía parecer el Cuerpo una orquesta de cámara.

Avicente buscó con la mirada al arpista que se suponía iba a tocar los tendones o al violonchelista que pulsaría los músculos, pero solo había gigantescas barrigas vestidas de negro y caras rubicundas rodeadas por gorgueras que ondeaban en curioso silencio en torno a la cosa eviscerada. Ya había visto el pico del pájaro que cubría el rostro de su padre cuando había riesgo de contagio: también allí, en el teatro anatómico, algunos llevaban máscara, mientras otros desnudaban la cara para seguir mejor el experimento en curso sobre la mesa.

Avicente pensó entonces que los médicos no eran hombres y tomó nota de este teorema en su libro de vida personal.

En el vientre del Cuerpo tendido sobre la mesa caras chupadas por el interés observaban viscosos tubos rojos, órganos verdes y azules, y sangre, sangre, sangre. Alguien vomitó en el sombrero en silencio, otros huían. El discurso del doctor que impartía la lección —Avicente apenas podía verlo, pero oía su voz atronadora— se veía a menudo interrumpido por los espasmos de los demás.

—¡Que los doctorcitos se marchen! —espetó seco el conferenciante—. ¡Que dejen sitio a los que no sean débiles de estómago!

Se sorprendió Avicente de no haberse desmayado todavía y de ser incapaz de dejar de mirar. Era imposible dejar de mirar. Y, sin embargo, le pareció al mismo tiempo como si hubiera violado una consigna antigua, casi como si hubiera cometido pecado. Porque mirar así en el interior del cuerpo humano era sin duda un pecado, ¿sería deseo de Dios que pudieran verse las partes íntimas de la muerte? Largas lágrimas de tristeza y arrepentimiento se le deslizaron por las mejillas.

—Distinguidos señores... —estaba diciendo, mientras tanto, el conferenciante.

Y dado que eran muchos los que le interrumpían con preguntas, la fórmula venía repetida una y otra vez, con tonos que iban cambiando. La Operación, entre tanto, proseguía, los órganos iban extrayéndose, el sistema venoso y arterial ejemplificado en los dibujos. Hubo discusiones acerca de labios leporinos, ojos estrábicos, narices ganchudas: a Avicente le parecía poseer mil ojos, y todos ellos sin párpados.

Acto seguido, la mesa rotó de posición y el Cuerpo se halló a pocos palmos de la balaustrada entre cuyas pantorrillas el hijo del doctor Iguelmano permanecía encajado. Olor a carne, a hierro, a alcohol y la aspereza de la sangre diluida en el agua de los cubos, el mismo olor de cuando los domingos se pelaban en la cocina los cabritos o los conejos, hedor de vinagre para manir, todo lo había olido Avicente antes de desmayarse, con el cuerpo inerte colgando y el rostro entre las columnitas de madera por las que habían resbalado sus manos regordetas de niño. Y, al igual que con el gritito femíneo, su padre se había asegurado de que no olvidara jamás aquel desmayo descompuesto.

De vuelta a Sevilla, le había dicho a su esposa, ante la servidumbre presente, que el niño solo era adecuado para el seminario, entre cuyos monjes sin duda disfrutaría del destino de las mujeres: coser, recoger, cocinar. Más a ese muchacho no se le podía pedir. Tres años después, su débil y sumisa madre, que sostenía su mano durante esas pesadillas, había muerto a causa de un inexplicable dolor de garganta. El misterioso mal, promesa del futuro, parecía haber matado unos años antes en Nápoles a veinte súbditos ilustres, entre ellos a un famoso poeta de nombre Basile. La epidemia se detuvo únicamente ante la piadosa intervención del venerable San Biagio.

Avicente había sentido gran culpa por la muerte de su madre y, en cambio, ningún lamento por la desaparición, al año siguiente, a causa del dolor, la soledad y la angustia, de don Aleandro, pero se había hecho cargo de sus responsabilidades y, entre mil terrores, decidido a engañar a la vida, se había entregado a la única profesión que le concedía su historia familiar: la detestada, espantosa medicina.

Se le dijo que había médicos que nunca actuaban como cirujanos, que suministraban pociones y remedios, que prescribían palabras como curas. Estudió cuidadosamente las plantas y sus propiedades, se informó acerca de la anatomía solo a través de los libros. Se volvió muy bueno hablando, el nombre de su padre lo precedía y la buena reputación conquistada por el viejo médico cubría su debilidad insolente, por lo que le resultaba fácil obtener benevolencia, que es siempre, en cualquier época, menos ardua de conquistar que la estima.

4.

Don Ilario Morales, comandante de la guarnición del Castillo de Baia, y su mujer, Dominga, lo habían intentado todo para despertar a Lisario, su única hija, pero no había habido manera. Lisario era la abreviatura de Belisaria, puesto que su nombre completo estaba reservado para la mujer casada que algún día llegaría a existir en su lugar, pero todos continuaban llamándola así a causa del oscuro presentimiento de que seguiría siendo para siempre algo a medias, ni hombre ni mujer, suspendida en su estado animal que la asemejaba a una verde y brillante lagartija, en ese punto de la adolescencia en el que todos los seres son aún espíritus del mar o el bosque.

Lisario dormía en la habitación del nuevo castillo querido por el virrey y construido con losas de toba de la montaña surgida en solo cinco noches, donde, seis años antes, don Ilario, allí destinado con su regimiento, había llevado a vivir también a su familia. Contaba con marcharse pronto, con volver a Toledo. Era un castellano de rancio abolengo y al igual que él lo era su esposa, heredera de un linaje que había expulsado a los moros y que se había distinguido con numerosas masacres de infieles. Don Ilario no toleraba Nápoles ni a la gente del lugar, las caras griegas y las que se habían afrancesado durante las dominaciones precedentes. Porque si había algún pueblo que detestara más que al napolitano, era al francés, aunque a los británicos llegara a odiarlos aún más, y sin rémoras.

Don Ilario formaba parte de esa humanidad sin certezas que hace gala, por lo tanto, de tenerlas muy sólidas, especialmente las apoyadas en las armas:

—... aquí solo hay gente débil e ingobernable, un populacho tosco y una nobleza aduladora, doctor, y yo no veo la hora de que Madrid me reclame. ¡En este país no se puede vivir! —fue lo primero que dijo, imitando sin querer a la *Señora* de Mezzala.

Avicente asintió, servil.

La habitación en la que lo habían recibido estaba repleta de cortinajes y de asientos, pero las paredes de desnuda toba rezumaban humedad y frío.

Una gran chimenea sin ornamentos se mantenía encendida con gran gasto de madera y la cama donde dormía Lisario, circundada por cortinas, se hallaba rodeada de braseros.

La madre de Lisario, doña Dominga Morales, era una enana. Tenía los ojos glaucos a causa de una ceguera progresiva que la afligía y se apoyaba en una sirvientilla napolitana que no abría nunca la boca, aunque ponía caras muy expresivas, con el pelo encerrado en trenzas piojosas.

Don Ilario, en cambio, era pingüe y nervioso, de complexión débil y propenso a arrebatos de ira. Su esposa nunca osaba interrumpirlo, pero se notaba que cada palabra dicha por aquella enana tenía su peso en la familia y que el dueño de la casa debía pedirle consejo para evitar errores.

Desde que Lisario se había dormido, los equilibrios habían cambiado, tanto es así que, al oír a su marido repetir por enésima vez la misma frase, la enana había resoplado sonoramente y luego con una voz seca había comenzado a explicarle al médico todo lo que se había puesto en marcha por la salud de su hija.

—... de modo que lo hemos intentado tocando campanas y después tambores e incluso haciendo sonar las trompetas. Con ruidos repentinos de los que suscitan miedo o con música constante. Hemos gritado, cantado y la hemos sacudido. Dios nos perdone, también la hemos abofeteado, pinchado y herido. La hemos sacado fuera, al aire libre y en carruaje, la hemos sumergido en el mar bajo el castillo, ha bebido infusiones y caldos a base de hierbas, se le han practicado sangrías y aplicado ventosas...

—¿Y nunca ha habido ningún resultado?

—Nunca, ni el menor cambio. Duerme. Duerme siempre, tranquila.

—¿Y compresas...?

—¡De todas clases! Doctor, estamos desesperados, ¿qué más se puede hacer? Nos hemos resignado a llamar al sacerdote e incluso a una bruja que practica por estos lares...

—¡Por favor, confío en que no frecuentéis a cierta clase de personas!

—No, no, doctor, pero vos debéis entender... Nuestra única hija... Y solo tiene dieciséis años...

—¿La habéis forzado a algo, le habéis pedido que hiciera cosas que no quería?

—Doctor —intervino Dominga—, las hijas y esposas hacen lo que dicen los padres y esposos, no hay nada que discutir. Esta es la primera vez que...

—No —les interrumpió don Ilario con voz alterada—, ya ha sucedido, pero nunca durante tantos meses.

Avicente levantó la mano para pedir disculpas.

—Perdónenme, me gustaría explorarla a solas. ¿Podéis dejarnos?

Don Ilario y su esposa vacilaron. Por el castillo habían pasado médicos famosos, el médico del virrey en persona, y ninguno había planteado una petición similar.

—Os lo ruego. Es necesario —insistió Avicente.

Los dos padres, alisándose los vestidos negros con las manos, salieron de mala gana, como si abandonar a su hija aunque solo fuera por un momento pudiera causarle un daño irreparable. La criadita napolitana lanzó al médico una mirada airada, luego salió a su vez.

Fuera de la sala, la enana murmuró, seca:

—Es catalán.

—Esperemos que tenga la solución —suspiró don Ilario.

Pero la enana meneó la cabeza desalentada.

—Es catalán —repitió, desconfiada y rotunda.

5.

En la sala de toba el eco sordo de las tropas acuarteladas concentradas en maniobras y ejercicios apenas se oía.

Era como si un antiguo asedio nunca hubiera cesado, el recuerdo de una guerra nunca aplacada que se pergeñaba cansinamente día tras día. Avicente, que había viajado a menudo con las tropas por España y por Flandes y que siguiendo a una guarnición había huido de La Haya, estaba acostumbrado a ello, pero en aquella habitación aislada, con la cama con dosel impregnada por la luz de las velas y una muchacha, invisible, que dormía en ella, le pareció por vez primera que todo aquel armarse y defenderse y prepararse tenía un algo de innatural.

Los militares no son hombres, fue el teorema que formuló para guardar la compostura, y no había pensado en uno tan definitivo desde la época en la que concibió el mismo juicio sobre los médicos en el teatro anatómico de Padua.

La cama de Lisario estaba cubierta de encajes: ahora que la veía mejor, de cerca se parecía mucho a un catafalco. Colgantes, broches, jorobados de plata y manos que ponían los cuernos, cabezas de ajo, collares de flores, calaveras de marfil: Avicente se persignó tres veces frente a tanto aparato y tragó saliva. Se acercó con pequeños pasos y abrió la cortina. El aliento de Lisario ascendía en olas pequeñas, como el agua borboteante de la fuente en un claustro. Y mientras la fuente borboteaba, la boca, los pechos y las piernas emanaban un aroma de almendras mezclado con cierto regusto ácido que Avicente comprobó que procedía del orinal de debajo de la cama y también del hecho de que Lisario se orinaba encima, a pesar de la atención de la servidumbre.

Lisario era hermosísima, pero Avicente no pensó de inmediato en esa palabra, «hermosísima», porque no se le vino a la cabeza. En realidad, no conseguía acordarse de palabra alguna, como si nunca hubiera aprendido a hablar. Sintió como algodón en la boca, en los ojos, en la nariz.

Iba vestida de azul, con la piel blanquísima y el largo cabello negro de pelo extendido en forma de abanico sobre la almohada. La criada debía pasarse horas y horas peinándola. La sombra de una rodilla asomaba debajo de las mantas. Sus manos eran largas, con las uñas descuidadas, la nariz afilada por la pérdida de peso. El cuello vendado con cinta de encaje.

Avicente cogió un taburete y se sentó junto a la cama.

Se restregó las manos. Se frotó una mejilla. Empezó a tamborilear con un pie en el suelo sin darse cuenta.

Entonces se levantó de un salto y salió de la habitación.

Los Morales estaban de pie junto a una de las balaustradas del castillo. Todo el golfo de Pozzuoli se desplegaba, oscuro de tormentas, delante de Avicente. Las dos figuras negras se volvieron al oírle llegar a la carrera: de repente la creación divina se mostró en su terrible esplendor en contraste con la deformidad de los viejos.

—Necesito observar a vuestra hija durante muchas horas al día y durante muchos días —dijo jadeante el médico.

Los ojos de don Ilario se agrandaron.

—¿Cuántos? —preguntó asustado.

—Muchos —murmuró Avicente—. Muchos.

6.

Pasaron las semanas. Las costumbres, fáciles de adquirir, se desplegaban como un rosario establecido desde hacía siglos: Avicente llegaba, tropezaba en el umbral del fortín, saludaba a don Ilario, a doña Dominga, superaba a las criadas y respondía a la única pregunta posible:

—No sé lo que le ocurre a vuestra hija, pero la observación cuidadosa dará sus frutos.

Después entraba en la habitación de la bella durmiente, la criada aparecía con una bandeja de fruta y un vaso de vino, que Avicente rechazaba una y otra vez. La puerta se cerraba y el día discurría en silencio.

Una sola vez habían entrado los Morales, y viendo sus dones rechazados, se lo tomaron a mal, de modo que desde ese momento Avicente decidió fingir que bebía y se metía en el bolsillo un par de manzanas al salir por la tarde, a fin de mostrar su agradecimiento por el detalle. Con todo, pasaban los días, las horas de observación se alargaban y nada parecía cambiar.

A fuerza de observar, Avicente había descubierto que Lisario tenía tres lunares ocultos a un lado del cuello, donde terminaba la cinta de encaje que era reemplazada cada día, y debajo de la cual aún no se había atrevido a mirar, y que en el hueco de la rodilla una marca de nacimiento en forma de nube manchaba la piel, blanca como la nieve por lo demás. A esas alturas sabía que bajo los párpados cerrados Lisario tenía los ojos verdes, de un verde que a la luz de las velas hacía pensar en la espesura en el verano y que brillaban a pesar de estar girados hacia el interior y dejar a la vista una córnea límpida y azulada. Había catalogado los dedos que prefería morderse, el pulgar y el índice. Sabía que una de las uñas del pie derecho se había negado a crecer por un excéntrico capricho de la naturaleza. Pero aún no había descubierto por qué Lisario dormía.

En la segunda semana solicitó asistir a las comidas.

La sirvienta y doña Dominga entraron en la habitación con dos tazones de sopa y se la fueron dando a la muertecita que derramaba la sopa en la almohada, pero que, a fin de cuentas, acababa por tomársela. Para evitar que se ahogase la incorporaban con un montón de almohadones, la criada le sostenía la frente y doña Dominga le daba las cucharadas, si bien, al ser casi ciega, a menudo la ensuciaba. Avicente, nervioso por este ritual insensato, se había ofrecido para alimentar a la enferma en lugar de la madre. La enana se había alterado mucho y se marchó llorando, de modo que Avicente tuvo que disculparse y renunció a asistir al ritual de la comida.

La tercera semana había probado la copa de vino que le era servido con regularidad y esta vez se la bebió de un solo trago, y acto seguido había llamado para que le trajeran otra. La doncella lo había mirado con asombro y recelo, pero al final le dejó toda la jarra. El vino tinto brillaba en el cristal barrigudo y contra el mango de plata: un relampagueo de arma y sangre se le subió a Avicente a la cabeza. No fue capaz de contenerse.

—¿Por qué dormís? —le preguntó a Lisario—. ¿Por qué no me habláis?

A continuación la destapó de repente, dejando que las mantas cayeran al suelo. El frío de enero, a pesar de los braseros, hizo que se erizara el leve vello de las piernas de Lisario, que quedaron al descubierto hasta las rodillas puntiagudas, los brazos removidos por el terremoto de sábanas, el pelo ondeado y electrificado. Pero aparte de eso nada cambió: el aliento gorgoteaba, como siempre, en la tranquila fuente.

Avicente se bebió otro vaso. Después volvió al catafalco y tocó las piernas de Lisario. Una ligera presión, a continuación una más fuerte. Era como tocar una estatua de mármol, aunque tibia y palpitante. Sin embargo, el frío externo llevaba las de ganar y el cuerpo se estaba enfriando rápidamente. No se despierta porque tiene frío, pensó Avicente, pero era una idea del todo forzada e irracional. Volvió a beber. Las mantas no bastan, pensó.

Regresó a la cama y tocó la cara de Lisario, bajó con las manos hasta sus pechos, sus pequeños pezones se pusieron rígidos, bajó hasta el estómago, que se había hinchado a fuerza de alimentos líquidos y al presionarlo burbujeaba como una rana arbórea. Fuentecilla, claustro, dientes, rana arbórea, las palabras se adensaban y licuaban en la cabeza del médico sin ningún sentido lógico. Con dos dedos abrió los labios de Lisario y le miró la lengua inerte, sus dientes que eran blancos por delante y amarillos al fondo, la saliva que fluía y le mojaba las puntas de los dedos. La dejó y volvió a beber de nuevo. Es como observar a un pescado muerto en el mercado, pensó, y sintió rabia. Volvió al catafalco, pero se tambaleó.

Me verán salir de aquí borracho, ¿qué van a pensar de mí?, se dijo. Con un esfuerzo, se acercó a la cama y se agarró a una columna de madera, desgarrando una cortina. La puerta no está cerrada con llave, observó. Pero estaba muy lejos, inalcanzable. Y además, ¿por qué habría de cerrarla? Levantó con delicadeza la túnica azul de Lisario y la dejó desnuda hasta las costillas. El triángulo púbico, envuelto por una ligerísima braga de tela que llegaba hasta los muslos, ondeaba, también sacudido apenas por la respiración. Lo acarició suavemente, con el dedo índice y el medio. Las bragas se habían inflado de aire a causa del gran revuelo de ropas y mantas y el vello púbico se había erizado de frío. O de horror, pensó Avicente aterrorizado.

Una hendidura de la braga se abrió bajo sus dedos y la mano se encontró de repente acariciando la cabeza de un niño de pelo rizado de pocos años. Avicente tenía el corazón en la garganta. Hundió la mano. ¿O era como el pelaje de un gato? Y si se movía, la bestia probablemente le mordería. Oh, sí: don Ilario le colgaría de la madera de aquella cama y la enana le arrancaría los ojos. La sentía ya encaramada sobre su hombro susurrándole al oído: «¡Ahora son míos y podré ver de nuevo! ¡Ver con los ojos de un hombre! ¡Los ojos de un médico catalán!».

Lo excomulgarían y castrarían, el gato peludo le arañaría y dos dedos cortados y goteando sangre permanecerían en la cama, amputados. Avicente jadeó. Pero los dedos comenzaron a bajar, rozaron una cresta de carne suave y empezaron a balancearse. El gato no mordió. Pero tampoco se despertó.

Lisario tembló apenas. ¿Se lo habría imaginado?

No podía parar, no podía plantearse preguntas, solo podía continuar y los dedos parecían moverse por sí mismos. Avicente tenía el rostro encarnado, los ojos llorosos, la mano ardiente y el resto de su cuerpo frío y sudoroso, si bien repentinas llamaradas le subían desde los pies hasta el cerebro. Movió los dedos siguiendo las curvas de carne que encontraba más allá del descosido de la braga de Lisario, siguiendo un recorrido invisible. Estoy en un bosque, estoy en una cueva, me he perdido, se dijo, perlado de sudor. Sus dedos llegaron a un lugar húmedo y secreto y se retiraron con dificultad, después de un tiempo que parecía interminable. Lisario todavía temblaba. Avicente estaba seguro de haberle visto la boca entreabrirse apenas.

Alguien estaba llamando a la puerta. Como escupido de un pozo profundo Avicente regresó a la sala: sí, alguien estaba llamando a la puerta. Es más, dada la insistencia, debía de llevar un buen rato llamando. La he cerrado con llave, pensó, abrumado por el pánico. La he cerrado sin darme cuenta. Y mientras seguía preguntándose cuándo y cómo, ya había vuelto a tapar a Lisario y a arreglar las mantas, y estaba girando la llave en la cerradura.

La cara blanca y roja de la criada se plantó ante sus ojos, recelosa. Ahora tendría que dar explicaciones. Desde luego, debía de parecer un monstruo, con el pelo enmarañado, sudoroso, el rostro rubicundo y el aliento a vino.

Don Ilario y la enana estaban sin duda a punto de llegar. Avicente se imaginó el cielo azul de enero que resonaba más allá del ventanal de toba e iluminaba la terraza del castillo y a los soldados que ya estaban levantando el patíbulo para él. Por lo tanto, clavando la mirada en la doncella sin verla, gritó una frase que sería su salvación, y al mismo tiempo, su condena:

—¡Ha hecho un movimiento con la boca! ¡Ha hecho un movimiento con la boca!

7.

Los Morales quisieron saberlo todo y Avicente, como es lógico, no les explicó nada en absoluto. Se fue inventando que, a fuerza de observarla, había encontrado una determinada manera de presionarle las muñecas que había provocado la reacción. La enana no pareció creerle del todo, pero don Ilario sí. Y, por lo demás, no había otro remedio que conceder más tiempo al joven médico venido de Nápoles. Si lo conseguía, sería un verdadero milagro.

Avicente logró que la habitación quedara cerrada con llave cada mañana y que nadie lo molestara.

—¿Y qué pasa con el vino? —preguntó la criada con rabia.

—Me bastará con un vaso, gracias —murmuró confuso.

Al día siguiente procedió de forma ordenada, con lucidez. No estaba efectuando cura alguna, y lo sabía. Se limitaba a hacer lo que a él le gustaba. Pero no podía parar. Apartó las sábanas, bajó las bragas de Lisario y se quedó contemplando el triángulo marrón del pubis. Con dos dedos rozó de nuevo la cresta de carne rosa que asomaba. Lisario vibró. Avicente empezó a sudar y, asustado, retiró la mano. Con el vino había sido más fácil. No, no: su deber era observar, se lo habían repetido su padre, los libros de estudio y Helmbreker, hasta la náusea. Volvió a tocar la carne del pubis, adentrándose, probó un movimiento, probó otro. El temblor volvió a empezar, como un soplo. Avicente chocó contra la barra de madera del catafalco: estaba excitado y su erección oprimida le provocó un gemido. Dos lágrimas de dolor le corrían por el rostro.

Lisario, en cambio, parecía reírse.

Sí, Lisario estaba sonriendo, con las comisuras de los labios apuntando hacia arriba. Avicente volvió a tocarla. Y he aquí que un ligero temblor la recorrió por entero y un suspiro se le escapó de los labios. Avicente insistió. Esta vez con más ahínco; en efecto, Lisario se había humedecido por entero, el mundo se había vuelto del revés, el médico estaba temblando y de la boca de la enferma había salido un gemido.

Avicente no se detuvo. Los gemidos se hicieron más prolongados. Luego apartó de repente la mano de su entrepierna.

—¿Estáis despierta? ¿Es que queréis burlaros de mí? —gritó.

Pero Lisario, interrumpido el contacto, se había precipitado en un silencio perfecto y su cuerpo volvió a quedar inerte, frío y dormido, como si nada hubiera pasado.

Avicente, irritado e invadido por la vergüenza, la sacudió por los hombros.

—¿Podéis oírme? ¿Podéis oírme?

No hubo respuesta. La habitación se precipitó en un perfecto silencio.

8.

Había leído libros y más libros acerca del útero de la mujer, la reproducción y los recién nacidos, ojeado ilustraciones antiguas y modernas, pero siempre tuvo la impresión de no estar entendiendo nada. Así como de que quienes escribían acerca del asunto tampoco entendían nada. Pese a todo, sentía un terror sagrado a admitirlo, como el que habían sentido todos los médicos que le habían precedido y los que le seguirían. Pero si del útero no sabía nada, le gustara o no, de aquel pubis, de esa vulva que provocaba movimientos y gemidos, sabía aún menos. Oh, sí, había estado en burdeles. Conocía bien los de la costa española, los de La Haya, y aunque no llevaba allí mucho tiempo, los de Nápoles también. Pero, en definitiva, incluso en un burdel, no había perdido el tiempo tocando el pubis de las prostitutas. Qué tontería: sabía perfectamente lo que quería y ellas también lo sabían. Había muchas maneras, y, por supuesto, las había experimentado todas, de obtener placer. De que el hombre obtuviera placer. ¿Qué más daba si la mujer no lo obtenía? Era innecesario.

Tumbado en el catre que los soldados de la guarnición le habían habilitado en la terraza del castillo, para que descansara durante las visitas, Avicente se adormecía a menudo, rumiando su propia ignorancia e indignado por el estúpido misterio de las mujeres, que no sabía desvelar y que rompía el simple orden del universo, a todas luces creado para el hombre. Esa Lisario era un desorden de la naturaleza, resultaba evidente. Por la noche, sin embargo, no podía evitar soñar con ella en su casa napolitana, y despertarse con los calzones y los pantalones sucios. Entonces, una noche que había regresado especialmente cansado y excitado, tuvo un curioso sueño. Estaba en la cama con la camisa y el solideo, pero en la calle, tumbado en un patio oscuro y profundo. Por sendas ventanas del patio se habían asomado, uno por uno, cinco hombres en atuendo religioso.

—¿Quiénes sois? —gritaba Avicente en español—. ¿La Santa Inquisición?

—¡La leche, que siempre nos confundan con esos pájaros de mal agüero, Gaetà! —dijo uno de los cinco al hombre que ocupaba la ventana central, con la cabeza envuelta por una especie de aureola.

—No, hijo, nosotros somos los teatinos. Yo soy San Gaetano, él es el beato Giovanni...

—¿Y nosotros? —protestaron los demás—. ¡A los mendas nunca nos presenta ni Cristo!

—Paciencia, hermanos míos, sed pacientes. Y estos son... —y dijo sus nombres, pero Avicente no los oyó.

—¿Cómo? ¿Quién habéis dicho?

—Son... —y de nuevo los nombres no pudieron oírse. Los otros protestaron—. Bueno, bueno, no importa, lo que importa es que estamos aquí para detenerte, hijo mío. Vinimos a Nápoles cientos de años atrás para reformar el clero... y también a los humildes... y a los nobles... y a los médicos como tú... Olvida a la chica. Déjala en paz y todo irá bien...

Pero Avicente, a quien ya se le había pasado el miedo, se incorporó en la cama y agitó el puño furioso:

—¡Largaos, so pelmazos! ¡Qué entenderéis vosotros de la ciencia! ¡Largo! —y les gritó tan fuerte que los cinco religiosos desaparecieron de las ventanas y él se encontró en su verdadera cama, despierto, agitando el puño, con la frente perlada de sudor.

Se prometió a sí mismo que no volvería a soñar con sacerdotes, frailes, monjes y santos, y siguió soñando con las hermosas formas de Lisario.

9.

Un mes después de su primera entrada en el castillo, Avicente se presentó decidido a demostrar que la ciencia no estaba dispuesta a dejarse tomar el pelo por las mujeres.

Entró en la habitación de Lisario, rehusó el vino, cerró la puerta con llave y se arremangó la camisa. Se disponía a hacer lo que tenía que hacer sin dejarse confundir por nada. Desnudó a la enferma, le colocó una mano fría entre las piernas y repitió de memoria los movimientos que había hecho los días anteriores. Sin arrobamiento, sin dejarse ensombrecer o confundir. Como médico, en calidad de observador. No se detuvo ni un momento, pero Lisario no se movió. Solo efectuó una pequeña contracción con el pie: el dedo gordo del pie izquierdo se estiró, nada más. Al cabo de diez minutos Avicente retiró su mano fría y seca, y fue a sentarse, abatido.

Había fracasado. Tenía que huir del castillo, disculparse por sus deficiencias con don Ilario y volverse a Nápoles, o tal vez fuera mejor volver a Barcelona o a Lérida a pedir limosna por las calles, al fin y al cabo nunca, lo que se dice nunca, después de un fracaso de tal calibre, la *Señora* lo presentaría al virrey.

Y mientras se frotaba la frente y se restregaba los ojos, su mano acabó bajo su nariz, y el olor de Lisario le entró furtivamente a su pesar. Avicente se emborrachó sin vino. La depresión se transformó en furia, volvió a la cama y acusó a la dormida:

—¿Es que queréis conducirme a la locura?

Luego le acarició los brazos, la desnudó del todo —total, la habitación estaba cerrada—, y se desnudó a su vez... pero ¿qué estaba haciendo?

Era incapaz de detenerse: se acostó a su lado y volvió a hacer, esta vez con arrebato, los movimientos que creía haber aprendido de memoria y que en cambio no conocía en absoluto, ni aprendería jamás hasta el punto de poder explicárselos a otros. Lisario se volvió cálida y húmeda, el mundo se puso boca abajo, las cortinas de la cama cayeron sobre las cabezas de los dos amantes, la espalda de Lisario se arqueó y su boca se abrió como para lanzar un grito. Estoy perdido, tuvo la lucidez de pensar Avicente, y le tapó la boca con una mano. Lisario se la lamió, con los ojos cerrados. Con una serie de jadeos, ella terminó, y a continuación Avicente también salpicó de semen su mano.

10.

Durante muchas semanas el tratamiento prosiguió.

Lisario no se despertaba, pero sentía placer y su médico con ella. Llegó el Carnaval, pasó, comenzó la Cuaresma. Los Morales querían saber a esas alturas lo que iba a pasar, pero Avicente Iguelmano se limitaba a repetir que necesitaba más tiempo. La cita con la durmiente se había convertido en su enfermedad. Sin embargo, llegada la primavera, dado que Lisario Morales no se despertaba, don Ilario y su esposa lo despidieron amablemente.

Derrotado, dijo adiós, se negó a recibir pago alguno y volvió bañado en lágrimas a su casa del callejón napolitano. Solo en una cosa se había mantenido firme consigo mismo: nunca llegó a desflorar a la paciente, y eso era algo. El suyo era un crimen sin pruebas.

La *Señora* le recibió de nuevo en su casa, que otros soberanos de otros países habían edificado allí donde los antiguos hacían carreras con antorchas, en el callejón de Lampadio, y lo trató con formal desatención. Él intentó hacer una caricia al perrito que se le acercó, pero este le orinó en el tobillo. El ave exótica que graznaba en la percha no le hizo el menor caso. Su carrera en las colonias había terminado. Al día siguiente a la finalización de sus visitas al castillo, el equipaje de Avicente estaba listo y un barco estaba a punto de zarpar con el médico.

Y entonces, rápida como una liebre, llegó la noticia desde Baia.

Lisario Morales se había despertado.

Y tenía hambre.

11.

—Oh, sí, esa montaña volverá a explotar, ya lo veréis...
El viejo con la liebre sobre el hombro había hablado rascándose las pulgas. No había gesto que no incluyera un solemne rascado. Avicente se había colocado a discreta distancia, consciente de la inutilidad de la maniobra. También la *Señora,* quien tenía incluso a su disposición una gran tina de metal para lavarse, era un receptáculo de pulgas. De hecho, se abanicaba a menudo con la despiojera recibida como regalo de un Grande de España, mandando a los parásitos a revolotear por el enorme salón gótico. Incluso había hecho que la retratara un famoso pintor con esa herramienta junto con la peluca más alta que Avicente había visto en su vida. Pero el viejo, por la intensidad y la regularidad con la que se rascaba, no se diría infestado, sino que más bien debía de tener algún tipo de sarna o una infección de viruela.
Avicente, quien pese a todo compartía el carro con el hombre, se echó hacia atrás más aún en su capa. La convocatoria de los Morales había sido inmediata: corría, todo lo rápido que el carro daba de sí, hacia la joven revivida.
—He oído que pronto estallará también el Vesubio... —murmuró, nervioso, y la mujer que estaba sentada en el pescante junto al viejo le había contestado en napolitano.
—Suelta unos aires que ni pa qué, excelencia. Los suelta pior que mis tripas cuando m'atiborro de pochas... Pero lo que tie que soltarse no es la montaña, es el pueblo... —y había lanzado una gran carcajada.
También el médico sonrió, muy pálido.
La mujer, para ejemplificar mejor cuanto decía, había levantado una nalga y, sin dejar de reír ni de guiar el burro, había soltado un sonoro pedo.

El Castillo de Baia apareció detrás de una curva, el mar a su izquierda era un resplandor de luz.

—Ah, qu'este va a ser día de marisco —había sentenciado el anciano.

En efecto, a pesar de que era marzo y de que el tiempo cambiaba continuamente, la primavera había estallado, el aire se había vuelto tibio, y luminosas promesas del futuro verano iluminaban sea el mar, sea la campiña. Los barcos desplegaban sus velas blancas deslizándose sobre el agua lisa como el aceite. Debía de haber sido sin duda un amanecer bueno para la pesca, a juzgar por los gritos que venían desde el puerto, a pesar de que la primera hora del mercado ya hubiera quedado atrás y no hubiese ya en las cestas más que pescado de roca y anguilas.

Avicente estaba nervioso. Sintió un furioso deseo de rascarse él también, al igual que el viejo de la liebre, pero la educación se lo impedía.

Suspiró. Su estado de ánimo no era muy distinto al que había vivido de niño durante la Operación. Su estómago subía y bajaba dependiendo de los baches y las piedras: ¿Lisario le habría acusado? Estaba despierta, ¿habría notado algo? ¿O en su sueño sería todavía capaz de recordar? ¿Estaba a punto de ser linchado como un violador?

Avicente se despidió de sus compañeros. La mujer, jubilosa, le devolvió el saludo con otro pedo. Un marco digno, pensó el doctor, resbalando con sus suelas de cuero por la grava esparcida para que pudieran subir los caballos, infestado de moscas y mierda, y se encaminó hacia la horca con su emplumado sombrero sacudido por el viento. Un escalofrío le recorrió la columna vertebral. Oficialmente, querían darle las gracias, eso le había dicho la *Señora*.

¿Es que acaso Lisario había guardado silencio? Pero tanto si Lisario esperaba verlo para reprocharle la abominación cometida como si los padres lo sabían todo y la invitación era una trampa para matarlo en la terraza del castillo, la situación no cambiaba: su carrera había terminado, su vida estaba abocada a la ruina. Más valía acabar lo antes posible y morir en el acto. ¿Le dispararían o le pasarían a cuchillo? Don Ilario era de Toledo: cuchillo, cuchillo, estaba seguro.

Mientras el carro reanudaba su lento viaje hacia Pozzuoli, subió por la rampa de acceso a pie.

En el salón habitual la familia lo esperaba al completo, la única diferencia es que, de pie entre ellos, estaba Lisario, más pequeña de lo esperado, vestida de fiesta, algo pálida y siempre con la cinta de encaje alrededor del cuello. Avicente cruzó su mirada, temblando, pero ella lo observó sin interés y sin emoción. Tenía una expresión recelosa y distraída, como si estuviera pensando en otra cosa, pero era una belleza —la palabra se le pasó por la mente y en el mismo instante sintió un vacío en el pecho— y, casi casi, lo era más de lo que recordaba.

Doña Dominga se adelantó por una vez a su marido. Se levantó y se acercó a Avicente, quien, mientras tanto, había sido invitado a sentarse. De pie, era tan alta como el médico sentado, de modo que se encontraron cara a cara. Sus dedos se contrajeron en espera de una bofetada o un escupitajo.

La enana, en cambio, abrió los brazos y se le colgó del cuello. Estaba llorando. Lloraba y daba las gracias. Sin cesar.

—¡Vos me habéis devuelto a mi hija, que Dios os bendiga, sois un santo, un santo! —y otras frases así, inconexas y sin sentido.

Las criadas, incluyendo la joven del vino, reían y aplaudían y alguna se secaba la cara, otra abrazaba a su compañera, la de más allá aplaudía como en el teatro. Incluso los soldados, convocados con gran pesar del médico, que reconocía en ellos a la escolta de su ejecución, se miraban unos a otros con ternura.

Don Ilario se acercó para apartar a su esposa del cuello de Iguelmano, que literalmente había enrojecido.

—Os lo debemos todo, señor. La salud de nuestra hija ha vuelto gracias a vos. Esto es un verdadero milagro y a vos os corresponden el mérito y las alabanzas.

Y durante más de media hora a Avicente le llovieron felicitaciones, un arca de dinero fue colocada a sus pies, el vino corrió en abundancia y nadie, nadie en absoluto, soñó con acusar al médico.

—¿Os dais cuenta? Un catalán... Y yo que pensaba que no servía para nada... —murmuró la enana y suspiró.

Buscó en la confusión los ojos de Lisario, pero la muchacha estaba jugando con un pajarito encerrado en una jaula, totalmente indiferente a lo que sucedía a su alrededor.

—¿Qué ocurre contigo? ¿Tú no le das las gracias al doctor?

Don Ilario estaba empujando a su hija hacia Avicente.

Lisario, algo molesta, algo intimidada, dio un paso adelante.

Veré en sus ojos si se acuerda de algo, pensó Avicente. Pero no pudo evitar apartar los suyos lleno de vergüenza.

La muchacha se inclinó y bajó la cabeza, y luego volvió a ponerse recta de golpe. Obedecía las instrucciones, nada más. No recordaba. No sabía nada de lo que había sucedido. Era un verdadero milagro.

Avicente sintió que sus ojos se llenaban de lágrimas y tuvo que tragar dos veces antes de contestar, como un hombre:

—Es un placer, señora. Un verdadero placer.

Y no estaba mintiendo. Solo entonces, durante un instante fugacísimo, los ojos de Lisario relampaguearon, verdes, como los de una fiera al acecho. Avicente la miró a la cara para espiar el significado, pero un instante después no había rastro de esa expresión. Debía de haberse equivocado. ¿O no?

—Me encantaría escuchar vuestra voz, ahora que os encontráis bien... —dijo.

Pero fue don Ilario quien le dio una palmada en un hombro:

—¿Qué decís, doctor? ¿No sabéis que mi hija es muda?

12.

El doctor Iguelmano regresó a Nápoles cargado de asombro y engalanado de gloria. Aunque Lisario quisiera confesar algo, algo que desde luego no recordaba, ¡no podía hacerlo! He ahí la razón de la garganta vendada y de los encajes: una operación de niña, le explicó don Ilario, un bocio que había reventado. Y desde entonces Lisario se había quedado sin habla.

El crimen perfecto. Avicente saltaba sobre un solo pie y tocaba la pandereta. Ahora todas las puertas se le abrirían, incluyendo las del palacio del virrey: la fortuna y la felicidad le estaban esperando. Carrera, dinero, clientes. La *Señora* por fin le ayudaría y del callejón de Lampadio se iría a vivir a uno de esos edificios fastuosos que abundan en la capital del Reino, rodeados de jardines que parecían bosques, habitados por jaguares y pavos reales, con fuentes privadas, cascadas y fuentecillas junto a las que leer versos de inmortal belleza o ridículas cartas de amor. Todo, desde el baño en bañeras de mármol al capricho de un nuevo par de zapatos, de las gracias de duquesas y condesas a los pechos de una sierva, de los carruajes a instrumentos quirúrgicos nuevos, de los viajes a la comida, todo parecía al alcance de la mano y con ello también la perspectiva de una alegría inmortal. Así eran los Campos Elíseos: el nombre de Iguelmano tallado con letras de oro junto a los de Eneas, Carlos V, Aquiles y San Genaro.

Se pasaba así las horas, descansando en su cama de estudiante, imaginándose ya las ganancias y los honores, cuando recibió la carta.

La misiva, sellada con lacre, decía aproximadamente:

Excelentísimo doctor Iguelmano:
En consideración a vuestros altísimos servicios y a la inconmensurable alegría que habéis aportado a mi familia, Os rogamos que aceptéis una oferta que debería proporcionaros tanta satisfacción como la que vos habéis sido capaz de traer a nuestra humilde morada. Señor, Os ofrezco la mano de mi hija.
Para siempre Vuestro,

Don Ilario Morales

Avicente se cayó de la cama, como si una mano de gigante le hubiera cogido y empujado dando grandes volteretas por un barranco; estaba tan seguro de haberse salido con la suya que, pobre zorro, no se había dado cuenta de la trampa.

*Cartas a la Santísima Señora de la
Corona de las Siete Espinas Inmaculada
Asunción y Siempre Virgen María*

Señora mía Valiosísima, Dulcísima y Valentísima:
¡Tengo la neta sensación de haber caído en una de las novelas del Señor de Zerbantes y más exactamente en la llamada «La fuerza de la sangre»! ¿Es que acaso soy yo Leocadia? Tú que la has leído, Señora —¿se leen novelas en las Celestes Nubes?—, sabes lo que quiero decir: Leocadia, secuestrada a sus padres durante un viaje, se despierta deshonrada entre los brazos del libertino Ridolfo, quien la abandona encinta. Años más tarde, cuando su hijo es ya un niño, se concierta una boda precisamente entre ella y Ridolfo, quien ha huido a Nápoles por deshonor. Pero ni Ridolfo ni Leocadia saben que están destinados el uno al otro. Ella se desmaya al verlo y se despierta en los brazos del villano, ¡que ahora ya no es villano sino marido! ¿Es que no estaba yo dormida cuando el señor Iguelmano se presentó en el Castillo? ¿Y no fue él quien me deshonró? ¿Y no soy yo ahora su prometida? Aquí termina el parangón con el Señor de Zerbantes. Porque yo creo que mi futuro marido tiene ciertas dudas acerca de lo que recuerdo de los últimos meses...

Tal vez hubiera debido explicar a Padre y a Madre lo que había pasado, porque claro que yo sentía, y tanto, lo que estaba sucediendo mientras permanecía en la cama. ¡Pero para explicarlo hubiera debido escribir, y nadie sabe que yo sé hacerlo! Debería haber dicho, como Leocadia: «Haz cuenta, traidor y desalmado hombre, quienquiera que seas...».

«¡Cirujano!», debería haber añadido, «¡ladrón infame de tu oficio!, que los despojos que de mí has llevado son los que pudiste tomar de un tronco o de una columna sin vida, cuyo vencimiento y triunfo ha de redundar en tu infamia y menosprecio».

¡En fin! ¿Y quién hubiera imaginado entonces que me encontraría prometida al hombre con quien mi Padre piensa desobligarse?

¡Ah, si razonan así los Padres!

Escucha, Suavísima, al padre de Leocadia: «Y advierte, hija, que más lastima una onza de deshonra pública que una arroba de infamia secreta. Y, pues puedes vivir honrada con Dios en público, no te pene de estar deshonrada contigo en secreto...».

¡En cualquier caso, me ha entrado un entusiasmo, una agitación!

Y el mismo entusiasmo les ha entrado a Immarella, Annella y Maruzzella. Es todo un alboroto de ropa y zapatos, perfumes y cosméticos: «Poneos agua de calabaza... tened un poquito de pintalabios... probad las suelas de corcho recamadas... ¡mirad qué hermosos pendientes... probad la gorguera... mirad el aventador nuevo!». Medias, alfileres, collares, abanicos y aretes, camisas de lino de Bretaña, puntillas, adornos, rizos, guardainfantes, cuellos à la confusion, damasco, satén, seda... ¡Suavísima, me parece ser una estatua a la que todos quieren vestir!

Pero el matrimonio... ¿Qué es eso del matrimonio? El cirujano no me molesta, por mucho que Madre insista: «Es solo un figurón», aunque luego se corrija: «¡Un figurón que hace milagros!». Y no puedo ni imaginar siquiera la cara que pondría si supiera de qué milagros habla... Suavísima Señora, en confianza, si me lo puedo permitir, a Ti José ¿qué te pedía? Tú que has sido esposa y madre dime: Tú también como todas las demás mujeres habrás sentido placer... ¿O no? Perdóname, Suavísima. Lo sé, lo sé: ¡son preguntas perversas!

Por supuesto, a Tu santo Esposo me lo imagino paciente, trabajador, silencioso. Y, con todo, se me viene a la cabeza, a pesar del Señor de Zerbantes o del Maestro Shakespeare que inventan vidas de mujeres, pero que mujeres no son, que no necesariamente tiene que ser divertido vivir toda la vida con un hombre tan paciente, trabajador y silencioso...

Perdona, Suavísima, pero el Ángel del Señor, rubio y apuesto, con esas grandes alas, ¿no era mucho mejor que tu esposo, que parece en cambio viejo y cansado, siempre siguiéndo-

te a la carrera? Y la Noche Santa te la pasas de una posada a otra, y en Egipto vas de una palmera a una duna... A la fuerza te crece la barba y te salen ojeras.

Y, Señora, ¿por casualidad no le habrás dado hermanos a Nuestro Señor? ¿Y hermanas? ¿Fue capaz Tu santo Esposo de cruzar el Umbral que Nuestro Señor atravesó con su Espíritu Santo?

Tras un vistazo a mi propio umbral, me parece que se necesita bastante más que el Espíritu Santo, pero Tú sabrás perdonar a esta Gallina que ha aprendido a leer, ¿verdad, Señora? Si pudiera, me gustaría cantar Tus alabanzas y estoy segura de que con la lengua podría hacerlo mejor que con la pluma, pues la escritura, así lo veo yo, es el Arte del Diablo, mientras que el Canto, que me está vedado, corre hacia el cielo y toca las estrellas... Estos garabatos, en cambio, una los escribe apoyada en el suelo, a veces incluso con el vientre apoyado en el suelo, escondida y a la luz de los cabos de las velas, de modo que me entran roces y pensamientos... ¡Señora, cuánta paciencia con esta Sierva tuya!

¿Y cuánta imperfección en mí, terrícola, y en este Doctor que me ha sanado jugando con mi umbral imperfecto: me divertí, claro que sí, Señora, ya sé, ya sé que eso no se hace... Al principio parecía estar removiendo en un barreño, sin saber qué hacer, pero luego, poco a poco —porque yo ya sabía que los hombres son como niños y nunca aprenden realmente— el juego le fue saliendo mejor...

Qué vergüenza, ¿verdad? ¿Debería sentirla?

Suavísima, no puedo hablar con el Padre Confesor y esto me limita bastante en las preguntas: todo lo que puedo preguntar está en los Libros, y si no lo está, te lo pregunto a Ti.

¿Tendrás paciencia?

Así dice el Señor de Zerbantes: «De lo que te has de guardar es de un hombre solo y a solas, y no de tantos juntos». ¿Es así, Suavísima?

Oí decir, antes de ayer, a un Hombre de Letras venido en visita a Padre, que a menudo, inventando historias, a él le sucede llegar a cansarse de sus personajes, incluso a detestarlos, y por eso a veces los abandona durante meses y luego los retoma.

Cuando se han completado, dijo, luego caminan con sus propias piernas y él, que antes tanto los detestaba por imperfectos, ahora que los ve perfectos los abandona a su suerte.

Suavísima, se me ocurrió entonces la idea de que también el Señor, nuestro Dios, de quien Tú eres Intermediaria Dulcísima, hace lo mismo que el Hombre de Letras recién nombrado, y que primero nos creó entre mil molestias porque le salíamos mal y luego, cuando empezamos a decir, actuar, luchar en la vida real, se cansó de nosotros, total, ya caminábamos incluso sin Él. ¿Es así? ¿Estás ahí y te invocamos para que Tú Le hagas capaz de escucharnos? Oyendo al Hombre de Letras, me parece que no hay esperanza alguna de que el Padre se interese por sus Hijos después de su nacimiento... Será que el Padre se encarga de inmediato de otras creaciones, como el Hombre de Letras que ahora se ha pasado a una nueva obra... ¡Ah, si pudiera preguntárselo al Señor de Zerbantes! Pero me temo que está muerto, al igual que el Maestro Shakespeare. Si pudiera, aunque fuera, preguntárselo a mi Madre, pero ella que ahora me llega apenas a la cintura, ciega y coja, ¿qué podría decirme? ¿Habrá sentido alguna vez placer? ¡Y con mi Padre, además! Seguro que los hombres y las mujeres son de lo más ridículos, ¿verdad, Señora? Yo creo que el Señor nuestro Dios, al contrario que el Hombre de Letras, un vistacillo a Su Creación de vez en cuando debería echarle, igual que se comprueban los cascos de los caballos, pues de lo contrario se partirían las patas...

Mientras tanto, las criadas de casa no paran de charlar, las oigo muy bien.

¡Y todo el mundo espera que yo tenga de inmediato un Hijo!

En cualquier caso, Suavísima, es la hora de la cena y ¡esta noche hay conejo!

Falta tan poco, tan poco para la boda...

¡Te dejo con Todo mi Corazón!

Tu Sierva, Lisario

Mientras tanto

1.

—Es un honor que nunca os habría correspondido, doctor, si no hubierais despertado a la hija de don Ilario —comentó doña Eleonora de Mezzala mientras Avicente, tan encarnada su cara como la estola del cardenal venido expresamente de Roma, que había celebrado la boda en presencia del virrey y de la nobleza española y napolitana, se tocaba su dolorida espalda a causa del largo ejercicio de flexión y reverencia efectuado para agradecer a todos su presencia.

»Estamos aquí a causa del milagro que habéis realizado. De ahora en adelante solo os cabe esperar ser llamado para cualquier mínimo resfriado y para cada dolor de estómago por los D'Avalos, los Pignatelli, los Carafa y por el virrey en persona... —concluyó doña Eleonora y le obsequió una sonrisa amarilla como la toba pintada de la catedral gótica de San Lorenzo.

Durante toda la ceremonia, Avicente, más asustado que orgulloso, había ocupado su sitio junto al misterio que lo había hecho célebre: su esposa vestida de encajes y bordados, muda y blanca como la nata, las rodillas incómodas en el terciopelo como si por debajo hubiera garbanzos secos. Sentía que se ahogaba. Incluso le había costado trabajo que la hostia le bajara por la garganta, y después hubo un gran alboroto de llamadas y felicitaciones, abrazos y brindis. Solo al cabo de varias horas se volvió a encontrar cara a cara con la desconocida, entre cuyas piernas había introducido sus dedos.

De regreso al castillo, Lisario Morales se había quitado el velo, había alejado a la mujer que quería ayudarla a desvestirse, despedido con gestos a Dominga, que no dejaba de llorar —tan contrita parecía aún más enana de lo que era—, se había vuelto hacia su marido y le había dado un bofetón.

Avicente soltó un grito, con la mano en la mejilla, a causa de la sorpresa y de la confusión.

—Señora... Os aseguro que no era mi intención ofender...

Lisario se reía sin emitir sonido alguno. Un espectáculo horripilante. Alguien llamó.

—¿Quién es? —preguntó con voz chillona Avicente. Era don Ilario.

—Perdonad la intrusión, doctor, pero yo solo quería haceros una pregunta: ¿vuestra esposa os ha abofeteado?

Avicente miró sin parpadear al padre y a la hija y asintió.

—Bien. Disculpad, pero ella no puede decíroslo y yo hubiera debido advertiros antes de esta usanza. Es para recordaros que habéis adquirido un compromiso... —y se marchó sonriente.

Avicente articuló una mueca con una comisura de la boca.

—Entiendo... —murmuró, sin comprenderse siquiera a sí mismo.

Lisario miraba a su alrededor perpleja y curiosa. La habitación estaba llena de baratijas y exorcismos similares a los que habían rodeado el catafalco en el que había dormido durante seis meses. Estos, sin embargo, estaban destinados a fomentar la concepción, preferiblemente de un varón.

—Ahora estamos casados —dijo con un hilo de voz Avicente, que sentía en el estómago la hostia, el banquete nupcial y el vino que le habían hecho beber y que gorgoteaba en su garganta—. Tal vez vos sepáis que deberíamos...

Pero la novia fue a sentarse de un saltito sobre la cama dando una palmada con ambas manos sobre las sábanas.

—¿Qué estáis haciendo?

Lisario le señaló la mampara.

—Ah... —comprendió el médico y se retiró para desnudarse. Pero poco después escuchó un gran alboroto.

Se asomó para ver y encontró a Lisario saltando sobre el colchón de lana. Las bragas se le habían caído ruidosamente al suelo: había tanto metal en los adornos, y sonajeros incluso, que el golpe se asemejó a la conflagración de una pajarera para aves.

—Yo... ya me desnudo, mi señora... —dijo, tratando de mantener la voz firme, y de nuevo se retiró detrás de la mampara.

Pero otra vez se oyó un segundo golpe: Avicente asomó la cabeza para ver. Los pies de Lisario entraban y salían del limitado campo de visión del baldaquino que rodeaba el colchón debido a los grandes saltos que daba la recién casada, una vez con los pies juntos, otra vez con un pie solo, con las medias de seda blanca cayéndosele de la rodilla.

—Señora, hundiréis la cama, sed buena... —murmuró incrédulo Avicente. Estaba mejor dormida, pensó.

Pero Lisario se estaba divirtiendo tanto que la voz de su marido no llegaba hasta ella y en el ínterin también las almohadas de plumas de ganso habían empezado a volar, y las plumas llenaban el aire de la habitación.

Avicente, en camisa, se acercó a ella, giró alrededor de la cama y trató de detenerla con palabras y gestos:

—Señora mía, ¿sois sorda acaso? ¿Es que vuestro padre no me lo ha revelado todo...?

Lisario negó enérgicamente con la cabeza varias veces, invadida de felicidad; llevaba todavía el vestido de novia, pero muchos cordones se habían soltado a causa de los saltos. Las calzas, ahora que estaba sentada en la cama, se le habían caído, una colgaba del pie derecho.

—Señora, deberíamos... —intentó de nuevo Avicente. Pero ¿cómo podría imponerle a una niña, acaso un poco retrasada incluso (este pensamiento se le cruzó rápidamente por la cabeza: ¿y si fuera la locura la razón de su prolongado sueño? ¿Se habría casado con una loca?), cómo podría imponerle el deber conyugal?

Lisario se apartó un mechón de pelo de la cara, le obsequió con una gran sonrisa y de repente no parecía ya ni demasiado joven ni loca. Se irguió sobre sus rodillas, puso los labios sobre los de Avicente, que se preparó para responder con un beso casto y tembloroso, y deslizó su lengua dentro de la boca de él, a quien poco le faltó para ahogarse a causa de la sorpresa, como casi le había ocurrido con la hostia. Entonces ella se apartó de él y volvió a sonreír.

—Señora... Señora... —tartamudeó Avicente en sordina, con el aliento de Lisario calentándole la cara. Ella asintió y le hizo gestos para que prosiguiera pero Iguelmano no supo qué más decir, excepto, de nuevo, un implorante—: Señora...

Lisario tomó su rostro entre las manos y lo arrastró a la cama, donde Iguelmano descubrió, no sin un oscuro terror, que la «niña» no solo sabía cómo besar, sino también copular. Gozó lo gozable y también mucho más, sin atreverse a reprender a su esposa en la sospecha de que ella podía reprocharle al menos la mitad de esas enseñanzas.

2.

¿Qué hace que un hombre se enamore? ¿Cuál es el diagnóstico final que lo designa como infectado, a diferencia de otros que del amor solo pergeñan palabras o, mejor dicho, más a menudo, bromas? Un marido no tiene que estar a la fuerza enamorado, y esto es bien sabido desde que el mundo es mundo, y sin embargo, ¿podía ser Iguelmano completamente insensible a las extrañas gracias de su esposa? En el fondo, Lisario no era más que una niña —al carecer las crónicas del concepto reciente y ambiguo de la adolescencia— y Avicente podría haber sido su tío, un hermano mayor, casi sin duda un tutor. De modo que la ternura, el instinto de protección, esa lábil sensación de paternidad que se les escapa a los hombres que se llevan a la cama a mujeres más jóvenes que ellos y que encapsula en sentimientos feroces a las mujeres que se encaprichan de hombres mayores en la búsqueda eterna del maestro, del *pater*, del dios que falta en su vida de protegidas y aprobadas, ¿acaso podía dejar de hacer mella en la índole algo mezquina de Avicente, en sus necesidades de estudiante repudiado por médicos mejores que él, de hijo puesto en la picota por su padre? Por una vez, era su turno de enseñar, por una vez era el responsable, *dominus* según la ley, podría erigirse en Pigmalión.

De esta nueva, inesperada y no buscada condición, en los primeros tiempos se deleitó. Era tan fácil conducir a su sonriente esposa, corregirla y revisar sus pequeñas decisiones diarias.

Pedir y obtener, en la cama y en la cocina, se habían convertido en sinónimos.

Además, la juventud lozana, en nada desfigurada, a excepción de ese corte en la garganta que permanecía cubierto incluso de noche, incluso en camisola o desnuda en el acto conyugal, era contrato de suficiente valor para arrancar aun al más insensible de los aprovechados un sentimiento que, vagamente, por puro conocimiento libresco o de oídas, Iguelmano podría llamar amor.

Y así, un parpadeo de Lisario, la curva de un brazo en la penumbra de la habitación, la forma con la que soplaba en la sopa antes de tomársela, incluso el olor de esa agua de calabaza con la que las criadas napolitanas obstinadamente la rociaban, se habían convertido en la gramática del matrimonio feliz. Y la propia Lisario, si se le hubiera preguntado a su marido, habría dicho sin duda que era feliz: pero la verdadera felicidad de Iguelmano era poder hablar en nombre de su esposa y por lo tanto no tener que comprobar nunca matices negativos o dudas, pues ya se sabe, en ausencia de las palabras habla el cuerpo e Iguelmano era un médico demasiado atento a los síntomas como para imaginar la existencia de una causa. Por lo tanto, la renuencia a veces inesperada de Lisario, su timidez, un gesto suyo de niña, en efecto, eran confundidos con otra cosa y alimentaban en el médico pensamientos perturbadores: porque el amor es amor si no hay trampas, mientras que trampa en este matrimonio había y vaya si la había, y nadie puede permanecer demasiado tiempo de pie sobre una alfombra que esconde una trampilla.

Avicente Iguelmano se resignó a vivir de mentiras.

Sin valor para preguntar a su esposa si recordaba algo de sus meses en coma —y además, ¿cómo podría responderle?—, el doctor se pasó los primeros días tras la boda espiando las expresiones de Lisario, cada parpadeo, el más mínimo sobresalto, enamorado y atraído, desde luego, por la pasión de los sentidos, pero receloso e incapaz, sin embargo, de sacar agua de un pozo. Y además estaba la cuestión de la excesiva experiencia de la que disfrutaba en la cama.

Avicente había conseguido mujeres a cambio de dinero, pero nunca se le habría ocurrido solicitar a su consorte prestaciones similares a las de ellas. Tuvo que morderse los labios: la naturaleza parecía haber prendido de Lisario acciones que él había considerado siempre resultado de estudios pecaminosos. ¿Qué se suponía que debía hacer? Decirle a don Ilario: ¿vuestra hija ha sido violada por otros antes que por mí? ¿Y no corría peligro de que Lisario se entrometiese explicando, de alguna manera, con todo lujo de detalles, cómo él la había hecho suya, si bien no del todo, aquellos meses durante el sueño?

Las esposas y las putas no pertenecían a la misma especie, no más que linces y jilgueros, y por lo tanto Lisario solo podía ser un prodigio de feminidad, una rareza de la Creación. ¿O había que sospechar de alguien de las tropas destinadas al castillo?

El control militar que don Ilario y doña Dominga ejercían sobre su hija, incluso ahora que era una mujer casada, excluía tal eventualidad.

—¿La habéis dejado estudiar? —le preguntó un día a don Ilario.

—¿A quién, a nuestra hija? ¡Las mujeres no estudian, yerno mío, faltaría más! ¡Y menos ella, que además es muda! Leer y escribir son cosas de notarios. ¡Ni siquiera mi esposa sabe escribir!

Avicente notaba cierta estrechez en el cuello, y no solo a causa del almidón a la inglesa, tan de moda, sino por la ansiedad, enfermedad no clasificada que Avicente Iguelmano experimentaba en toda su angustiosa opresión. De noche, su esposa era una Circe, y durante el día perseguía gallos, tiraba de la cola a los gatos, se ensuciaba con todo lo posible y lanzaba gestos groseros —sí, auténticos insultos con los brazos y las manos— hacia los militares de guardia, acostumbrados por disciplina a no responder en el mismo tono. Seguía siendo la hija del general.

No sentía vergüenza de defecar en su presencia, y si se le antojaba, se subía a las banderas que se exhibían en la plaza de armas. Si su madre o su padre se percataban, inmediatamente ella volvía a su actitud tranquila y atenta y educada, un espejo de virtud, buena como la que más, humilde, hábil en amasar pan y en tender ropa, lo que sin duda era exigible a una esposa, por más que estuviera casada con un médico de rango. Al acabar sus tareas, se pasaba las horas acariciando a su Gatito, Tito para todos, abreviado de nombre y de cola al igual que Lisario, quien, a pesar de la boda, no había vuelto a ser Belisaria.

A veces bordaba, rara tarea femenina, y por lo demás conservaba su naturaleza secreta de animal mudo, como Tito, que parecía tan amable y sin embargo era capaz de aferrar pájaros en vuelo, hacerlos trizas y quedarse después ronroneando, panza arriba, plácido como un recién nacido.

Una noche en que Iguelmano se sentía particularmente rabioso por las libertades secretas de su esposa, después de leer algunos pasajes obscenos de Horacio, entró en el dormitorio y le dio la vuelta en un intento de poseerla por el ano. Lisario no entendía al principio, luego, cuando se dio cuenta de las intenciones de su marido, se afanó en propinarle puñetazos y bofetadas y patadas, gritando sin sonido, con la boca abierta y enfurecida. De una patada, le puso a Avicente un ojo hinchado y negro.

Al final, la fuerza de él acabó imponiéndose y su esposa se le sometió entre lágrimas contenidas y los puños cerrados, como una cosa muerta, que al acabar se encogió, con odio, en la cama. Avicente se quedó dormido y Lisario permaneció toda la noche mirándolo.

En las semanas siguientes le fue imposible volver a tenerla. Bien permanecía sentada aparte con las criadas, bien se sentía indispuesta, bien volvía a dormir con sus padres, en una pequeña habitación contigua, con la excusa de que tenía pesadillas. Una mañana, la espió de regreso a la habitación y vio que se tocaba sola. Le pareció muy ausente y que se bastaba a sí misma. La habitación, los peines, la lana, los colchones, las paredes habían desaparecido a su alrededor: era una cosa. Una cosa ajena al mundo que la rodeaba. Hipnotizado, en vez de apartar la mirada como la conveniencia y los buenos modales hubieran aconsejado, permaneció mirando sus gestos y la conclusión: era como una inundación, un fenómeno natural, una avalancha de cuya repentina pero letal belleza sus víctimas no saben cómo sustraerse. Se le subió la sangre a la cabeza. Golpeó la hoja de la puerta con el hombro, Lisario le vio y se puso en pie de un salto, sobresaltada. Avicente hizo ademán de arrojarse sobre ella, pero rompió una jarra que le estorbaba de camino a la cama. En el ímpetu sin gritos Lisario logró escabullirse, intacta, haciéndole muecas y gestos con el brazo en forma de gancho. Rojo y humillado, Avicente reconsideró ese pequeño sentimiento que en su corazón había llamado amor.

Para el médico dio comienzo un largo y doloroso periodo de castidad.

Ah, las mujeres no eran hombres, sentenciaba para sus adentros, añadiendo a la categoría médicos y soldados y reduciendo la humanidad en una buena parte. Odiaba a su esposa porque podía obtener placer sin él y se burlaba incluso en esta práctica. Y además, ¿en quién pensaba esa mujer tan instruida en las cuestiones de la carne, mientras jugueteaba en su ausencia? ¿En algún soldado? ¿En un príncipe? ¿En un transeúnte? A todos los odiaba, a todos.

Celoso, rabioso, arrogante, el demacrado médico se regodeaba de perfidia y mala voluntad. Así, durante sus visitas a las casas de la nobleza, llamado a costa de retribuciones cada vez mayores para echar vistazos a gotas, abscesos y fiebres malignas, ya fuera en casa de los Miramar o en la de los D'Avalos, bien en la de los Carafa, se dejó llevar por una obsesión disfrazada de virtud profesional, es decir, decidió consagrarse a una rama de la medicina muy poco explorada y considerada de escaso interés: la mujer; y su sexo, destinado a la reproducción, porque para otros usos no había nacido la propia mujer.

En las casas que visitaba, a menudo se conservaban volúmenes de gran valor, manuscritos con siglos de antigüedad que los propietarios estaban encantados de dar en préstamo a un talentoso y joven erudito, de modo que en la mesa de las comidas, en lugar de jarras y platos, Lisario y las criadas se vieron pronto obligadas a apartar grandes volúmenes de títulos e ilustraciones indecentes, donde úteros gigantescos soltaban a espuertas legiones de hijos tan grandes como hombres, o donde las partes íntimas habían sido dibujadas con aproximación ridícula, razón por la que Avicente oía a menudo a las criadas de casa carcajearse en voz baja. Una vez captó incluso una frase que lo turbó mucho, pronunciada por Immarella y dirigida a su esposa:

—Mira tú eso... —mascullaba la napolitana—. Pero ¿qu'están ciegos estos dotores? Ni pajolera idea de lo que tenemos bajo los vestíos...

Iguelmano se contuvo para no gritar: ¡y qué sabrás tú, estúpida bestia! Después, sin embargo, durante unas cuantas noches, se atormentó con la idea de los pequeños espejos que su esposa guardaba en una cesta, espejos de mano con los que a menudo se divertían tanto Lisario como las criadas, y tuvo algunos sueños inquietos y monstruosos.

La investigación teórica proseguía sin descanso, y durante casi un año gastó cifras de cierta consideración en compras de bibliotecas lejanas, hasta que le fue presentado un célebre caballero napolitano, Tonno d'Agnolo, buscado por sus conocimientos de las casas de mala reputación y por haber organizado en beneficio del nuevo virrey, el duque D'Arcos —quien, recién nombrado, se había dado a conocer al solicitar un millón de ducados a los napolitanos a causa de distantes asedios bélicos—, festejos a base de presuntas vírgenes, carruseles impúdicos y bacanales al estilo antiguo.

Tonno d'Agnolo, o bien Tommaso De Angelis —uno de esos napolitanos que tienen en la cara la apariencia de un perro, ojos desfallecidos, mejillas caídas como orejas y hocico fuerte que parecía que de un momento a otro se pondría a ladrar en vez de pronunciar palabras—, vivía en el Largo Mercatello, en un edificio moderno. No era de nobles ancestros y se le veía por su expresión engañosa: era el hijo de Giovan Battista De Angelis, un picapleitos jornalero y codicioso, y en los últimos años de su vida obeso hasta el extremo de tener que servirse tan solo de carruajes para sus desplazamientos y que, precisamente al caerse de su carroza, había muerto aplastado por su propio peso.

Tonno había heredado muchas de las discutibles cualidades de su padre y otras tantas e incluso de peor reputación había cultivado por su cuenta: la cuestión es que tantos habían sido sus tejemanejes que podía presumir no solo de una casa riquísima, es más, con exceso de pompa, sino también de un título político usurpado a toda justicia. Gracias a los servicios prestados al virrey, aspiraba a ser nombrado electo del pueblo, en concurrencia con un tal Basile, duque de Caivano, presumido e inconsistente, y con el comerciante de curtidos Andrea Naclerio, hombre lúgubre y pendenciero, dispuesto a hacer cualquier cosa para obtener el cargo, y por último con Giulio Genoino, de ochenta años, electo del pueblo en tiempos del virrey Osuna, diez años de cárcel en Marruecos, que ahora lanzaba por ahí libelo tras libelo en defensa de los derechos del pueblo.

Pero Tonno, quien tenía al nuevo virrey literalmente cogido por las pelotas gracias al mujerío que le conseguía, se jactaba por ahí de ser capaz de convencer al duque D'Arcos de suprimir la gabela de la fruta, recién reinstaurada y aborrecida por el pueblo —de hecho, se pagaba ya una tasa abundante por higos secos, manzanas, peras y bayas de serbal, algarrobas, melones, nueces, avellanas y castañas, bellotas, piñas, membrillos, aceitunas y limones; esquivaban el aumento berenjenas, sandías, mirto, alcaparras, lentejas, cebollas y pepinos—, y tenía, en definitiva, muy buenas posibilidades de hacerse con el cargo.

Los grandes banqueros holandeses que mantenían entonces comercio en Nápoles —Roomer y Vandeneyden—, le tenían en la debida consideración y le vendían a veces algunas piezas menores de sus colecciones de arte, despreciándolo secretamente como se hace con los perros callejeros a los que se tira un hueso a la espera de lanzarles una patada.

La nobleza electiva, corrupta en su peor grado, asistía a sus celebraciones. Tonno se jactaba incluso de su amistad con el más peligroso entre ellos, don Peppo Carafa, excelentísimo príncipe, propietario de un jardín enorme y de veinte carruajes entre los que se incluía uno completamente recubierto de oro. A Carafa, en realidad, le daba asco Tonno, aunque no era mejor que él, puesto que, joven, hermoso y rico, jugueteaba asesinando a cualquiera que se cruzara en su camino, detalles usuales de la época, pero que a los lázaros y descalzos de la ciudad no se les escapaba, como no tardaría en verse.

Imagínense con qué ánimos acudía Avicente Iguelmano a casa de Tonno, forzado por las conveniencias, pero acogido de inmediato a son de insinuaciones:

—¡Doctor de mis amores! ¡Qué placer teneros aquí! —le agarró incluso por los hombros el electo del pueblo, sacudiéndole bien—. Vuestra fama os precede... Pensad que me ha hablao de vos un amigo mío de La Haya... Me dijo que cuando erais mozalbete no os distinguisteis en esas tierras tanto como en Nápoles... Maledicencias, ¿no es así? Eh... Esta es una ciudad de lenguaraces y envidiosos... Vos no hagáis ni caso... Eso, la fama, se basa en la cháchara... Aquellos pantanos, esas marismas... y quien os difama está tan lejos... Vive en una tierra hundía en el mar... ¡Seguro que tie la cabeza vacía! Aquí en cambio vos sois un mago, amos, que ni Virgilio: ¡despertáis a las muchachas durmientes! Poneos cómodo, sentaos...

Y con mano firme le hizo sentarse, de modo que Avicente estuviera seguro de no poder huir del chantaje que exhibían las palabras de Tonno, promesa de futuras, posibles represalias en el caso de que no se comportara como era debido, y tembloroso, sonrió de satisfacción.

Y dado que los tramposos, si bien de dimensiones muy diferentes, y los delincuentes siempre encuentran la manera de establecer acuerdos en su mutuo beneficio, Iguelmano se concedía una visita a la semana al palacio de D'Agnolo para rebuscar en la rica biblioteca que el dueño de la casa había heredado con chantajes de las quiebras de muchos hogares nobles y de cuyos volúmenes, como es obvio, nunca había ojeado ni uno solo.

El libro, de autor anónimo, que hablaba de los placeres solitarios le saltó literalmente a las manos una mañana debido a la caída de una columna de manuscritos. Tonno, que le había cedido en préstamo el opúsculo con un gesto de la mano, quiso conocer sin embargo el tema por el que el médico se estaba apasionando.

—¡Ah, doctor mío! Cada placer tie su propia forma, ¿es verdad o no? Por mucho que yo prefiera el torcijón a dos, a tres o incluso a mogollón en medio de las sábanas en lugar de libros depravaos con los que uno se la casca solo... —Tonno, cuando no amenazaba, cosa que hacía en perfecto español, hablaba un mal napolitano mezclado con fantasiosas inflexiones, gesticulaba revelando sus auténticos orígenes y nunca dejaba de ladrar inmensas carcajadas que esparcían grumos de saliva a su alrededor—. Y bien... ¿doctor? ¿Os puedo contá mi descubrimiento personal? Pues que el sexo de las mujeres no está en mitá de los muslos, lo tien acá —y se había golpeado el pecho—. ¡Debajo las teticas!

Avicente, al tiempo que agradecía el regalo, no se atrevía ni a profundizar ni a hojear el libro delante del electo del pueblo.

Solo cuando estuvo en el carruaje lo abrió y lo leyó ávidamente.

3.

La vida es breve; el arte, vasto; la ocasión, instantánea; el experimento, incierto; el juicio, difícil. ¡Ay, Hipócrates, Hipócrates!, se repetía Avicente, paseando arriba y abajo por las calles del castillo, con su maestro griego impreso en las manos, que hubiera debido iluminarlo y, en cambio, nada: igual que no lo había conseguido de estudiante, no iba a conseguirlo ahora que iba disfrazado de médico famoso.

—Si terror y depresión duran mucho, eso significa melancolía... —leyó en voz alta mientras pasaba por delante de un guardia castellano achicharrado por el sol, con los ojos oscuros como escarabajos.

¿Estaría volviéndose melancólico?

«A cuantos padecen cánceres internos es mejor no tratarlos: si se les cura, en efecto, perecen rápidamente; si no se les cura, en cambio, sobreviven durante mucho más tiempo.»

¡Ah, si tuviera razón Hipócrates! Eso del sexo de Lisario era un cáncer al que Avicente procuraba encontrar cura leyendo libros obscenos y que, en vez de mejorar, empeoraba. Hasta que no se le ocurrió poseerla contra natura, que él supiera, Lisario no se había entregado nunca al placer solitario: claro que no, estaba convencido, como cualquier hombre. Y además, no casaba con su estado de desposada, pensaba, como todo marido que está seguro de colmar las necesidades de su mujer.

Pero ¿en verdad podía jurar Avicente que se hallaba al tanto de todos los deseos de su esposa? En el fondo, de día no estaba casi nunca en el castillo. ¿Qué sabía de los pasatiempos de Lisario en su ausencia?

La idea lo irritó sobremanera: se las ingenió para que sus quehaceres domésticos aumentaran, durante un par de semanas, hasta el extremo de que por la noche la pobre a duras penas se tenía en pie y, aunque no se quejó nunca abiertamente, lo miraba de través, quizá preguntándose la razón de tanta saña. Luego, cuando él se daba la vuelta, le lanzaba gestos groseros e insultos.

En los sueños de Avicente, su esposa, ligera de ropa, se entregaba al placer solitario en la cama matrimonial tan pronto como él salía de casa, y, en sus peores pesadillas, involucraba también a las criadas, sus compadres. A cada despertar, para que su mujer no se le escabullera, saltaba sobre ella sudoroso y desesperado, y Lisario se prestaba, aunque aburrida, a las necesidades de su marido con los ojos a medio abrir, fría y rígida, dado además que él se afanaba por entrar a ciegas, como un ariete.

A veces, sin embargo, la erección no resistía. Estaba convencido de que Lisario, en la oscuridad, se reía de él.

Del librito de Tonno había aprendido algunas cosas que le parecían imposibles. Mentiras sin fundamento, que era justo que ningún médico hubiera aplicado nunca antes por vergüenza y buenos modales de cristiano. El opúsculo había sido escrito, en efecto, por un pagano que refería prácticas personales y licenciosas, pero que sobre todo sostenía que la mujer sentía placer en una medida que el hombre no sería nunca capaz de alcanzar y que podía obtener ese placer sin necesidad de hombre alguno, repitiendo la experiencia infinitas veces, mientras que el hombre podría avanzar solamente en secuencias de un momento de placer por coito y tenía límites por complexión y edad que la mujer desconocía. Infinitas veces. Fue la palabra «infinitas» la que asustó a Avicente. Ante un placer sin fin no cabía más resultado que la locura. De modo que su esposa podría incluso volverse loca: era imprescindible mantenerla en una disciplinada tensión marital, verificar que no perdiera la medida. Sintió dolor en la espalda ante la mera idea de un número ilimitado de veces. El resultado de la locura había sido señalado también por un copista del opúsculo, un comentarista sin duda sucesivo a su redactor: las líneas habían sido trazadas en letra diminuta y con tinta roja.

Volvió a leerlas varias veces y otras tantas las tapó con un dedo para evitar verlas. El detalle arrojaba nueva luz sobre el supuesto sueño incurable de Lisario que, a primera vista, precisamente el placer parecía haber curado. ¿Habría practicado ella el placer solitario hasta perder el sentido y llegar casi hasta la muerte? El pensamiento se le enroscó cual anillos de serpiente alrededor del cuello. Había que comprobarlo.

Averiguar hasta qué punto de locura podía llegar la mujer en esa persecución del placer solitario se convirtió en su misión de médico. A esas alturas, Avicente no recordaba que de joven le parecía divertido el trato con mujeres familiarizadas con cualquier tipo de placer: aquella época de su vida había terminado, ¡ahora se trataba de su mujer y de las mujeres casadas! Un verdadero peligro para la institución del matrimonio.

Pero era necesario obtener una prueba de lo que pensaba.

Avicente comenzó a espiarla.

Cuando Lisario salía para ir al retrete, cuando tomaba un baño, cuando se cambiaba de ropa en el dormitorio, se apostaba para observar por el agujero de la cerradura las funciones del cuerpo —que ahora ella no exhibía ya para él con la jubilosa impudicia de los primeros días de matrimonio—, sus hábitos higiénicos, los momentos solitarios que pasaba cosiendo y escuchando las canciones de las criadas. Y dado que no conseguía sacar información alguna, empezó a pensar que Lisario, de eso que él temía, no solo no tenía práctica sino que desconocía incluso su existencia.

Una vez más, el sentimiento de un amor mezquino, experimentado en los primeros días de su matrimonio, se le insinuó rastrero. Empezó a sentir vergüenza de sus pensamientos, de la sospecha con la que había enfangado a su esposa, pobre niña, tan inocente. Lo invadió una gran aflicción y tuvo que confesarse con un avergonzadísimo sacerdote recién ordenado: uno de Pozzuoli de paso por el castillo, tan acostumbrado a las comidas a base de habas y nabos que tenía él mismo aspecto de pálido y débil rábano, de un *rafaniello* como se dice en Nápoles, quien se persignó tantas veces durante la confesión que corrió serio riesgo de una anquilosis en el brazo derecho.

Escrúpulos y oraciones —nunca antes practicadas— cobraron una inesperada ventaja sobre la curiosidad científica. De este modo, pues, fue mejorando el tratamiento que reservaba a su esposa: amabilidad, pequeños regalos, ropa nueva, telas de muselina, de todo lo cual ella se mostraba, a su manera, muy contenta. No solo dejó de asaltarla en la cama, sino que dejó incluso de requerirla. También se ofreció a acompañarla a la iglesia el domingo, adonde ella iba por imposición familiar: viajaba hasta Nápoles y asistía a la función en el monasterio de Santa Patrizia, y se quedaba a veces a dormir como huésped de las monjas.

Ante este comportamiento nuevo y extremo sintió Lisario al principio alivio y más tarde, como no dejó de notar Avicente, recelo, dado que el marido había empezado a entregarse a largas peroratas acerca de la santidad de la mujer, comparándola con la Virgen. Avicente notó que Lisario, mirándolo de través, se encogía de hombros y en ocasiones sonreía, especialmente cuando se nombraba a la Virgen María, como si supiera bien de lo que se le estaba hablando.

El hecho es que, conforme pasaba el tiempo en absoluta castidad, comenzó Lisario a sentir cierto apremio y fue sorprendida en plena noche por su esposo practicando el temidísimo placer solitario. Avicente saltó fuera de la cama, causando terror a su esposa. Pero luego, sin embargo, no se atrevió a preguntarle qué estaba haciendo. Lisario no tenía razón alguna para avergonzarse porque no creía haber sido descubierta y así Avicente, confuso, se dejó convencer para volver a meterse entre las sábanas y, lo más importante, para cumplir con su deber marital. Al cabo de una hora yacía Lisario tranquila y dormida. Avicente, por el contrario, no pudo pegar ojo durante el resto de esa noche ni en las noches sucesivas.

4.

En definitiva, había que ver para poder entender.

Ver con los ojos despejados y el pensamiento dirigido hacia la ciencia.

Avicente tomó esta decisión después de leer un pasaje del ya familiar opúsculo regalo de Tonno —quien, mientras tanto, se había vuelto un personaje notorio por haber llevado un burro vestido de mujer en presencia del virrey— que se refería al poder de las mujeres.

Un poder gigantesco, escribía el pagano anónimo, capaz de desmantelar edificios y de desarraigar árboles. Así se siente la mujer cuando experimenta el placer. Y de inmediato el escribano tardío, que manuscribía en rojo y con una letra diminuta, había añadido que semejante poder era aterrador y peligroso y que había que custodiarlo bajo llave, o de lo contrario deflagraría sobre los hombres causando guerras y desgracias. A tal respecto, citaba el ejemplo de algunas mujeres —las de costumbre— que habían causado grandes desastres con su belleza, desde Helena a Cleopatra, y así hasta oscuras señoras de los castillos del norte de Italia, capaces de mefistofélicas intrigas, pero que a Avicente le resultaban tan conocidas como las fregonas del virrey.

Espió a su esposa mientras se ocupaba de la colada de las sábanas, en compañía de dos criadas. Era muy hermosa Lisario, y él se sentía muy atraído por ella, pero sin duda la nariz redonda, la palidez de la cara, su pequeña estatura, cierta tendencia, en un futuro, a la gordura hubieran debido impedirle imaginársela como emperatriz de los egipcios o desafortunada causa de una guerra entre aqueos y troyanos. Pero el amor —¿o la obsesión?— es ciego y a Avicente su esposa le parecía, en cambio, una Mesalina, de modo que pensó que motor tan poderoso había de ser visto en funcionamiento. Una tarde se apartó con ella y le pidió que hiciera aquello que lo atormentaba.

Lisario abrió mucho los ojos, pero no expresó rechazo alguno. Avicente le ofreció una silla y la hizo sentarse frente a un gran espejo de plomo que había ordenado descolgar de una pared y colocar entre el suelo y el muro. Le levantó la falda, bajo la cual sabía muy bien que nunca llevaba bragas, y ordenó:

—Déjame ver.

Lisario se le quedó mirando, desconcertada.

—Déjame ver esa máquina en movimiento. Quiero ver lo que pasa cuando experimentas placer sin mí.

Lisario, con la boca abierta, meneó la cabeza. Pero luego se encogió de hombros y, después de un momento de incertidumbre, levantó la mano y la colocó entre las piernas. Sin embargo, fue como si se hubiera depositado un objeto sin alma y a Avicente se le perló la frente por el fracaso. Lisario estaba inmóvil, parecía una muñeca de porcelana, igual que cuando estaba dormida.

—Quiero ver... —volvió a intentarlo Avicente— qué ocurre si no soy yo...

Lisario dejó la mano donde estaba y se limitó a lanzarle una mirada, esta vez cómplice y astuta. El espejo reflejó los dos muslos delgados y un parche de pelo entre los dedos. Para que algo salga bien, como le habían explicado de niña, hay que hacerlo muy quieta y muy quieta permaneció, entre otras cosas para no cambiar lo que Avicente siguió llamando con puntillosidad médica las «condiciones», mientras gotas de sudor le caían por el cuello y la espalda.

Lisario giró la cabeza, se miró reflejada en el espejo y comenzó a mover los dedos. Labios de carne entraban y salían de los pliegues excavados por sus dedos —su esposo miraba fijamente la imagen reflejada—, como si cuevas alpinas nacieran y murieran después, había acantilados que se encarnaban y aludes que se disolvían. Era obsceno, pensó Avicente, y las manos se le estremecían, con la pluma entre los dedos, la hoja de tomar notas temblorosa, mientras que entre las piernas, encerrado en cuatro gruesas capas de gasa holandesa, un gusano ciego buscaba la salida.

Lisario procedía geométrica. ¿En qué estaría pensando? Avicente era incapaz de preguntar, concentrado como estaba en el color de las membranas mucosas que, estimuladas, se hinchaban, enrojecían, mientras iban apareciendo secreciones de leche amarilla y él trataba de evaluar con frialdad su estado de salud. Entonces Lisario echó de repente la cabeza hacia atrás y empezó a jadear sin sonido alguno, como tantas veces su marido le había visto hacer. Pero esta vez todo su cuerpo adquirió un aspecto nuevo: ya no era una Lisario, sino dos, cuatro, diez y hasta cien. Un batallón dispuesto a matar o tal vez a generar, el mar que avanzaba con grandes olas hacia la orilla y que ahogaba a los transeúntes aunque hicieran pie, un terremoto del que surgían piras y pináculos, mientras llanuras y ciudades se desvanecían bajo tierra.

Avicente tuvo que hacer un esfuerzo para no perder el conocimiento ante el milagro y concentrar su mirada donde lo había decidido. Se obligó a observar y a memorizar cosas que ya era incapaz de apuntar pero que más tarde transcribiría sin dudarlo.

En tres ocasiones intentó fijar la mirada en el sexo de Lisario. Hubiera querido gritar: «¡Aparta tu mano! ¡Déjame ver!», aunque ¿qué había, en el fondo, que ver? Pero no lo hizo, por temor a que la música de su esposa se interrumpiese. Con un gran suspiro mudo, la respiración de los peces bajo el agua, Lisario se arqueó y todo, tal como había comenzado, cesó. Estaba ligeramente sudada, pero tranquila y radiante. Miró inexpresiva a su marido.

Avicente levantó y bajó la cabeza dos veces, bloqueado. Lisario, en cambio, se bajó la falda con elegancia, la estiró con una mano, se atusó los cabellos. Un piojo corría por su cuello y ella, rápida como un gato, lo aplastó. Y se fue a la cocina a preparar la cena.

Y en ese instante Avicente pensó que la mujer puede albergar grandes sentimientos, pero también ninguno si su esposa se dirigía ahora sin vergüenza ni emoción a las ollas. No vio la sonrisa de felicidad con la que se disponía a desplumar el pollo ni la mirada aguda que le lanzó desde la cocina, sentada con las piernas abiertas y el animal muerto en las manos.

Avicente hizo ademán de recoger la pluma que había caído y, muy a su pesar, eyaculó de repente en las bragas de tela de Amberes.

5.

Una noche, Lisario tuvo una pesadilla.

Avicente, desde las profundidades de un sueño en el que su esposa tenía las piernas levantadas y le sonreía mientras bajo sus faldas se abría una enorme cueva sin salida, la oyó jadear.

Trató de despertarse y de despertarla a ella también con gestos bruscos, pero Lisario se movía a saltos, como si estuviera espantando insectos. Avicente tuvo la impresión de reconocer en los ojos desorbitados y en los brazos temblorosos los signos de la epilepsia, pero un momento después Lisario estaba despierta. Se levantó y entreabrió una ventana: las palomas que descansaban en el alféizar alzaron el vuelo entre gorjeos. El revoloteo de las alas se esparció por la habitación de toba, mientras una luz azulada, sin luna y sin sol, invadía fría la cama.

—Vuelve aquí —le ordenó Avicente.

Pero Lisario no le escuchó. Permaneció observando cómo el mar golpeaba bajo el castillo. La sala se quedó helada. Avicente hubiera querido levantarse, pero la camisa que lo cubría era un envoltorio de yeso húmedo.

—¡Cierra, cierra! —gritó a la trastornada de su mujer.

Lisario se dio la vuelta. Bajo la luz azul su piel se había tornado transparente y los ojos hundidos en las sombras lo miraron sin razón y sin tiempo.

—Estás loca, hace frío... —gimió débilmente el médico acurrucándose bajo la manta de lana peinada.

Lisario torció el gesto, cerró las hojas dando un golpe, sin volverse. Una voz se elevó desde el patio trasero. Ya se había marchado a grandes zancadas cuando la luz, antes atenuada y ahora de nuevo avivada por el movimiento de las hojas de la ventana, iluminó de nuevo la cara roja de Avicente. Su mujer no regresó, ni él fue capaz de volver a quedarse dormido.

Ahora que la observación había comenzado, sin embargo, a pesar de que Iguelmano temiera tener que hacer frente a una loca, no podía ser interrumpida. El doctor adquirió la costumbre de pedir a su esposa que repitiera la práctica del placer para él una vez al día, mientras tomaba notas y dibujaba. Después quiso que la práctica se repitiera cada vez en diferentes momentos del día y recogía gotas de su mujer con un espéculo para hacer un estudio. Luego se preguntó acerca del posible influjo de la comida, el clima y el estado de ánimo en el resultado y, tras haber releído su Hipócrates —... las mujeres, siendo acuosas, se desarrollan mediante alimentos y bebidas de tenor húmedo y suave—, tuvo a Lisario durante unos días a dieta líquida, obteniendo a cambio solo grandes descargas de vientre de las que su esposa se quejó con amplios gestos. Entonces le impuso una dieta de carne y más tarde de dulces, y la primera vez le pareció que se mostraba agresiva —se quejó de hemorroides—, y la segunda indolente, sumisa y distraída. Luego le vino la regla y el médico se planteó si repetir el experimento en las nuevas condiciones.

Lisario, que tenía dolores de vientre, se negó en rotundo.

Pero al tercer día se sometió con paciencia. E incluso bajo aquellas cascadas de sangre menstrual Avicente observó y escribió. Lisario cambiaba de ánimo cada vez más a menudo: con lo alegres y espontáneas que eran antaño todas sus reacciones, se había vuelto arisca, agria y triste. Avicente apuntó que se trataba sin duda de la interacción de los fluidos.

Trató de comprobar la diferencia entre su intervención —es decir, si la operación se la practicaba él a su esposa— y las que su mujer se practicaba a sí misma. Pero ahora Lisario, ante cada nueva petición, se había vuelto más proclive al llanto, se acurrucaba como una niña ofendida y no atendía a las razones de su marido, hasta el punto de que intervinieron incluso don Ilario y doña Dominga, por más que de la verdadera causa del dolor de su hija no se hablara y Avicente se dedicase a contar mil mentiras, y Lisario, con los labios apretados, a preservar rabiosa e impotente los escuálidos secretos de su marido.

Ahora que estaban entrelazados por la mentira, mientras todos decían que la tristeza de la recién casada se justificaba por el retraso de su embarazo, Lisario y Avicente se evitaban, excepto para las observaciones científicas. Avicente se limitaba a mirarla mientras se daba placer, algo que Lisario, después de pasados casi cinco meses desde el principio de ese triste juego, ya no quería hacer. Ahora se sentaban en lados opuestos de la gran habitación, donde se les servía incluso la comida: hojeaba preciosos volúmenes venecianos con ilustraciones de mujeres y de su metamorfosis Avicente; cosía o desgranaba habas Lisario.

A menudo Avicente rozaba la página del libro como si se tratara de los labios del sexo de su esposa. Miraba la página como si fueran las intimidades de su mujer y observaba de reojo a Lisario, que le remendaba la camisa: casi de inmediato tenía que desviar la mirada de ella a causa de la vergüenza. Entonces olfateaba el libro buscando el agudo olor húmedo de su mujer y el papel le devolvía el olor a plomo y a ropa en remojo. Una flor ya seca, tomada de la cesta que Lisario llenaba todos los días con las plantas que crecían en torno al castillo e insertada entre las páginas, le confundía aún más la imaginación y, sin que la mujer lo viera, se acercaba el libro al bajo vientre, asustado y deseoso a la vez de aparearse con todos los anatomistas de Padua y los impresores de Venecia.

Le llegaban papeles eróticos incluso de Berna, envueltos en hojas de pergamino, atados con cuero y cubiertos de paja para evitar que la humedad del viaje dañase los dibujos. Los extendía como amantes secretos sobre la mesa de trabajo, sembrada, en función de la estación del año, de hojas de higuera o de castaño. Estudiaba los higos en virtud de su leche blanca, tan semejante al semen masculino, pero también a la naturaleza femenina por su vientre rojo; observaba las granadas, que parían infinitos hijos transparentes, duros y dulces. Los papeles grabados por suizos y holandeses y franceses le excitaban, fueran sagrados o mitológicos, alegóricos o naturalistas, pero en ninguno encontró ni rastro del secreto tan largamente buscado. La llave no giraba, la cerradura no saltaba y la caja del misterio seguía inviolada e inexpugnable.

Por la noche soñó con llamativos apareamientos entre Judit y Holofernes, sabbats heréticos entre Salomón y la reina de Saba, amores infectos entre José y la mujer de Putifar, y un sinfín de juegos sodomitas mientras las ciudades bíblicas se derrumbaban bajo el rayo divino. Pastorcillas que se apareaban con sátiros, sacerdotisas que copulaban con esclavos, hermafroditas que le susurraban innombrables secretos. Pero sea como fuere, debía volver a Lisario y a la observación en vivo.

Un día, mientras su marido colocaba el espejo, tomaba su cuaderno y se aprestaba a fingirse científico, Lisario huyó y no hubo manera de atraparla.

En su desesperación, sintiéndose al borde de un excepcional descubrimiento que su mujer le impedía realizar, Avicente se atormentó durante algunos días. Perdió el sueño, encerró con llave a su mujer en el sótano entre el alboroto de las criadas y las amenazas de don Ilario, que no podía entender por qué esos dos esposos se peleaban tan a menudo, a pesar de que su hija ofreciera la indudable ventaja para su marido de ser muda. Por último, se dio al vino.

Lisario, por su parte, permanecía inmóvil en el dormitorio, como una estatua, inalcanzable y gélida. Noche tras noche, los diarios de Avicente Iguelmano, que nunca había sido propenso a ninguna clase de pasión religiosa, se fueron llenando, en lugar de observaciones, de delirios místicos:

El buscador es aquel que se rinde ante lo buscado. El buscador es aquel que encuentra sin saber lo que va a encontrar. El buscador es aquel que ama lo que busca, pero si el buscador enamorado se vuelve ciego, no es otra cosa que el místico de lo buscado, que por el contrario ha de ser tratado sin piedad: el objeto buscado requiere que el buscador lo consuma, lo registre, lo destruya, le quite todo aliento de vida si es necesario. Solo entonces, destruido, dividido, seccionado, alienado de todo bien suyo, el objeto amado mostrará su secreto mecanismo divino al buscador, que se verá inundado por las respuestas a sus porqués. Ha de saber el buscador que su verdadero cometido es ser el asesino del objeto amado, para que la pasión abstracta de la búsqueda haga la ciencia exacta. Solo de esta manera no cederá el buscador al engaño del sentimiento, no se dejará distraer nunca por la palabra, por el afecto, por las cosas dulces que el objeto amado manifiesta. [...]

¿Hay razón en la mujer? Si Dios la ha creado, la habrá; si Dios la ha creado, es posible que de ella provenga claridad. Dado que Dios nos ama a través de la mujer, nosotros la fraccionaremos para buscar su mensaje y mucho cuidado con que ella no nos ame, aun cuando la observamos, la diseccionamos, porque ello significaría que Dios no nos ama. Y la culpa solo sería de la imperfección de la mujer que nos ha prometido ser madre, esposa, sierva y amante, y que tiene como obligación ser sostén de la vida de su marido. Si ella falta, falta a su tarea divina y se hará preciso, una vez hallado el defecto, arreglarlo incluso a base de golpes de bastón, de rasquetas, con el encierro en caso de necesidad, puesto que ella nos ha sido dada y nos pertenece y toda persecución será útil para obtener el objetivo de la obediencia, virtud cardinal. [...]

Se me aparece claro que no siempre la intervención del hombre es la causa del placer, muy al contrario a menudo se obtiene la impresión de que la mujer no lo siente en absoluto y lo finge para agradar a su marido, al que ella trata como a un niño. En cambio, si ella estimula la naturaleza desde el exterior, alcanza el placer sin intervención alguna del hombre, pero ese placer no está destinado a la concepción y representa por lo tanto un pecado mortal. Si es así, todas las mujeres nos embaucan y por lo tanto Dios nos embauca a través de ellas. ¿O será

Satanás quien nos hace esto? Si, como muchos creen, las mujeres no tienen un alma sensible, sino que entran y salen del placer no diversamente a los animales, será un terreno fértil para el mal, pero la ciencia nos enseña a permanecer en el terreno de las observaciones. ¿Querrá decir eso que estoy observando un desaire divino? Ella se niega a la observación, el buscador ha perdido la cosa buscada y Dios lo castiga.

Cartas a la Santísima Señora de la Corona de las Siete Espinas Inmaculada Asunción y Siempre Virgen María

Suavísima y Dulcísima:
¡Hace unas cuantas noches tuve un Sueño! Yo estaba en un Mar enorme, entre Olas Altas.
Un Toro, blanco y cornudo, me llevaba sobre su Lomo. ¡No tenía miedo, por más que la Tierra hubiera desaparecido! Luces mortecinas en el horizonte: ¿barcos o Islas?
¡El Toro, Suavísima, iba coronado con flores, como Tú en la procesión!
Por doquier reinaba el olor a sal, el mismo que huelo bajo el Castillo en los días de Tormenta.
¿Adónde íbamos, Suavísima? ¡No lo sé! Grandes Peces nos sobrepasaban, curvándose sobre las Olas, Calamares del Pie de Viento huían como las Aves, Medusas crujían a los flancos del Toro.
Oh, sí, estábamos en Mar Abierto, y ahora incluso las luces habían desaparecido.
Suavísima, sufro en el agua, tanto es así que solo una vez he montado en el barco con Immarella, Annella y Maruzzella ¡y vomité incluso la Leche de mi Madre! ¡Pero sobre el Toro yo no sufría, todo lo contrario! Al despertar corrí a la ventana para ver si el Toro estaba allí, bajo el Castillo.
Mi marido se despertó y empezó a hacerme preguntas. ¡Ah, qué gran fortuna, Clementísima, no tener voz para contestar y no verme obligada a ser grosera con los que me afligen!
Volví a soñar con el Toro en las noches siguientes: otros Mares, Delfines y grandes, enormes Olas, tupidas como bancos de peces. Pero nadie me secuestra a Mí, Infeliz, como el Toro de Europa, la pagana querida por el Dios... ¡Dulcísima, qué destino!
Lisario, Vagabunda en Sueños

[...]

Excelentísima Madre, Hermana y Confidente:

Yo creía que solo los perros se pasaban el tiempo olfateando las partes pudendas, pero he debido cambiar de opinión: ¡Mi Marido dibuja partes íntimas! Y, por si fuera poco, ¡no tiene talento alguno para el dibujo!

¡Qué desilusión, Suavísima, este matrimonio!

Por mucho que no tenga muchas esperanzas en el Amor, que he aprendido solo de los Libros, este matrimonio no es más que Humillación y Robo. Él no parece en absoluto interesado en mí, copula como un corredor que aferra una bandera, con Mecánica Ciega. ¿Qué soy yo? ¿Grano en el molino? Se abaten así las Puertas Sitiadas. Y además, Amiga y Maestra, emite en el acto ridículas voces, a veces en latín, como si a las puertas de la muerte se confesara... Siente vergüenza de ser visto desnudo —y no es que sea espectáculo digno, Dulcísima: bien puedo decir que los Soldados de la Guarnición muestran mejor planta, como tu Ángel anunciador— y a veces su Virilidad no está del todo lista para cumplir con lo que él llama Deber. Hace ya mucho que me aburro y, es más, con sus extrañas manías de erudito me ofende. Ya lo sé, no debería hablar así del Marido, pero me resulta odioso: ¿es que acaso soy yo Oveja y él Pastor? ¿Es que acaso puede bastonearme a su antojo, y conducirme, hacerme comer y dormir, tomarme y esquilarme? ¡A mí! ¡Un millar de desgracias a aquellos que sueñen para Mí con semejante Suerte!

Ciérrase tristemente el año sin Alegría y la Vida se me antoja ahora chorreante de Hedor infinito.

La Desgraciada Lisario

A grandes males

1.

En última instancia, tras una larga agonía, con el hígado envenenado por el exceso de vino y por la rabia acumulada, Avicente se vistió de punta en blanco y se fue a ver a Tonno d'Agnolo. A esas alturas, había que jugarse el todo por el todo. Tonno le recibió envuelto en un gran manto de brocado, masticando trozos de conejo.

—Si gustáis, *dottò*... —y ante la negativa vagamente asqueada de Avicente, prosiguió—: Menuda cara tenéis... Sentaos... ¿Qué está pasando? ¿Preocupaciones... profesionales?

—En cierto sentido...

Tonno se secó la cara con un *mouchoir* todo florituras que después dejó caer al suelo.

—Ah, doctor mío... También mi trabajo de gobernante es una pesadez y una mierda, seamos sinceros... Por cualquier cosa te llaman asesino, ladrón, vil... Y ya me entendéis vos mejor que nadie: al fin y al cabo, tos los matasanos son un pelín asesinos, ¿no? ¡Qué oficio terrible, el nuestro...! Nosotros con las manos en los bolsillos y en las esportillas de nuestros súbditos y vos con los alicates en las bocas de los demás, hincando las narices en la mierda y en los meados, manoseando las carnes viejas de la gente... Qué vileza, ¿eh? Pues claro que al final acabamos deseando la muerte de la gente. Me da en la nariz que suspiráis por ella... ¡El paciente la palma y la paciencia se acaba! ¡Qué liberación! Y además, siempre se puede decir: uy, pues si he hecho todo lo posible... que si el Galeno por aquí, el Hipócrates por allá... A nosotros los pobres gobernantes, en cambio: ¡la palman los súbditos y se nos acaba la gabela!

Avicente se removió en su silla, con la boca torcida en una sonrisa amarga:

—Bueno, en realidad, muerto un súbdito, ya sale otro, ¿no?

Tonno meneó la cabeza de lado a lado e hizo un gesto a los sirvientes para que quitaran la mesa:

—Eso... es verdad, a veces cuantos más mueren mejor es... Depende. Como con las epidemias, ¿no es así? Además, hay que ver lo hermosas que son las ciudades un poco aligeraditas... Pero vos no habéis venido aquí para estar de tertulia... ¿En qué puedo serviros?

—El asunto es delicado, no sé si puedo permitirme ser explícito, por lo que os rogaría que me leáis entre líneas...

—Hablad, hablad... —dijo el rufián envolviendo una mano en el aire y limpiándose con la otra los dientes de los restos indeseados del conejo.

—Veréis, he venido a pediros licencia para tomar en préstamo a un par de señoras de las vuestras...

Tonno d'Agnolo estalló en una carcajada explosiva.

—¿Y para qué os hacen falta mis furcias cuando tenéis esa flor de esposa? Bella, joven y muda.

—No me malinterpretéis... Se trata de observación científica, médica...

Ante semejante explicación, Tonno se sobresaltó por instinto profesional:

—¡*Dottò*, puedo aseguraros por mi honor que las damas están perfectamente bien de salud! ¡¿O es que creéis que, si no, llevaría al virrey y a la corte mujeres apestadas?! ¡Con el cariño que le tengo a mi cuello!

Avicente Iguelmano levantó un dedo para corregir el error en el que había caído el electo del pueblo, pero después se preguntó si no sería mejor tal vez dejar que se revolcase en su equivocación y le pareció que la idea era más que aceptable, dado que por primera vez no era Tonno el que agitaba el fantasma del chantaje, como cuando le había revelado que estaba al corriente de su pasado en La Haya, sino él mismo.

—No lo dudo... Pero, ya sabéis, es importante que todo esté en orden, que el virrey no corra riesgos... En definitiva, yo trabajo para garantizar vuestro trabajo, querido amigo, y vos no debéis tomarlo como un insulto, todo lo contrario. Además... —y aquí decidió contarle el asunto a medias, como si unas gotas de verdad sirvieran para dar crédito a las mentiras—: Además, este estudio sobre vuestras damas podría conducir incluso, preferiría no decir demasiado, a ciertos descubrimientos...

Tonno, que se había medio incorporado a causa de la preocupación, casi se cae de la silla. Un criado corrió a sostenerlo y él lo rechazó. Se carcajeó entre grandes aspavientos.

—*Dottò,* ¡pero ¿qué queréis descubrir?! ¡Si aquí se sabe todo! ¡Cualquiera que tenga algo de esperteza sabe cómo funcionan las mujeres! ¿O estáis hablando del asunto ese de que si les falta o no les falta el alma? Porque, en lo que a mí respecta, basta con que no les falte la raja. A mí, el alma y el cerebro de las mujeres me importan una higa, el alma y el cerebro de las mujeres no los podemos hacer a la sartén como el hígado de ternera, no sé si me explico.

Avicente Iguelmano se enderezó en su silla y se alisó el jubón. Estaba resultando más difícil de lo previsto.

—El descubrimiento, en verdad, podría relacionarse con el cómo. Cómo... cómo sienten placer.

Esperaba otra explosión de hilaridad pero por el contrario Tonno gruñó, serio.

—¿Es tímida vuestra esposa?

—No...

—Queremos aprender cosas nuevas, ¿eh? Razón no os falta, que si uno se harta del tálamo nupcial... ¡Hay que variar! ¡Es lo justo! Y así las damas aprenderán de vos... Aunque os creía más espabilado, doctorcito mío... más práctico... —se puso de pie y deambuló por la sala, seguido rápidamente por los perros que dormitaban en un rincón, interesados en algunos trozos de conejo que se le habían quedado en la camisa—. Está bien, os prestaré a las mejores, pues, ¡confiando en que no me hagan quedar mal! Son precisamente las del virrey, así nos libramos de toda duda, ¿de acuerdo?

Avicente se guardó mucho de contradecir a Tonno. Asintió con la cabeza y se informó acerca de dónde y en qué días podía encontrarse con las damas, y a continuación se despidió, mientras Tonno no cesaba de restregarle el «regalito» que le hacía, al dejarle gratis a sus protegidas.

Ante las protestas del médico que se empeñaba en ofrecerle una compensación, Tonno insistió en que a caballo regalado no se le miran los dientes:

—Aunque vos en realidad no le vais a mirar los dientes a mis damas, ¿verdad? Vos queréis mirarles otras partes... —y se echó a reír de nuevo—. ¡Pasadlo bien, doctor de mis amores, pasadlo bien! —le deseó mientras Avicente se despedía.

2.

Tardarían aún cinco años en ser derribadas las chabolas que habían crecido en torno a la explanada que llevaba, en efecto, ese nombre: aunque, en honor a la verdad, el escándalo no estribaba tanto en las chabolas de la Explanada de las Chabolas cuanto en las casas de alrededor, el acuartelamiento de los soldados españoles.

Casados o convivientes, los soldados de las tropas se habían metido en Nápoles en las camas de las prostitutas, las del oficio y las improvisadas. Por otra parte, a causa de la pobreza extrema y de la sistemática sangría de la ciudad por parte de Su Muy Católica Majestad, no había mujer, amén de algunas de buena familia, que no ejerciera el oficio: incluso entre parientes era una práctica necesaria para la supervivencia, tanto es así que hasta a la mujer de un tal Tommaso Aniello, más conocido como Masaniello, que en ese principiar de 1647 todavía no le estaba provocando dolores de cabeza al virrey, se la repartían el marido, el cuñado, el padre y algunos tíos. «Se la repartían» era la expresión más adecuada, todavía en boga en Nápoles durante los siglos venideros, dado que indicaba el intercambio y el mantenimiento, un puterío doméstico, nacido del hambre y de la necesidad, que generaba un comercio de mujeres, harina y pescado y que, a menudo, terminaba, *a pesci fetenti,* tan podrido como el pescado, es decir, a estacazos, como escribió Salvator Rosa en aquellos años en la famosa canción que más tarde se conocería como la de la boda del Guarracino.

Imera y Edoné, dos bonitos nombres de guerra, antiguos, de esos que les gustaban a los señores, aún vivían en los Barrios Españoles, aunque ya en la planta alta de una casa que habían hecho limpiar a base de bien y donde tenían incluso criada y cocinera, y abajo, en la calle, hasta carruaje para ir a dar un paseo y dos caballos tan blancos como la nieve, que lanzaban ráfagas de sudor al aire porque eran jóvenes, nerviosos y árabes. También los muchachos de Masaniello recibirían tal nombre ese mismo año, los *Alarbes,* que era la deformación napolitana de los árabes. Algunos de aquella pandilla pasaban a veces al lado de los dos caballos de las madamas, Hechicero y Fingidor, como los habían bautizado las dos pedorras, con aires de desafío y de deseo, porque no sabían cabalgar. Esas eran cosas de señores, y montar en la grupa de los animales habría sido para ellos como comer el plato de San Pedro en presencia de San Genaro.

Edoné tenía en el barrio un apodo bien distinto, menos arcádico y académico: la llamaban *Argiento Vivo,* plata viva, y eso no solo porque se caracterizara por la napolitana *artèteca* —es decir, era incapaz de estarse quieta, emanaba energía y voluntad que dispersaba en mil maneras, risas, bromas e improperios—, sino sobre todo porque había contraído nada menos que en dos ocasiones el mal francés, al que los napolitanos llamaban el mal de Nápoles y los españoles, que eran los que más enfermaban, no querían nombrar, y para el cual la única cura conocida en aquellos tiempos era el hidrargirio, es decir, el *aqua argenti,* en definitiva, el mercurio. De ahí lo de *Argiento Vivo.*

Como consecuencia, al virrey, para motejarlo cuando alzaba las gabelas, se decía que tenía plata viva. En el sentido de que se llevaba a la cama a esa apestada de Bona Talarico, *ceuza* de Toledo, es decir, zorra de Toledo, *ceuza* por ser habitante de Le Celze, una calle cercana, colindante con el monasterio de San Martino, que bajaba justo por el centro de la Nación de los Lombardos, donde estaba la iglesia de Santa Ana y donde habían vivido artistas de gran renombre, entre ellos Michelangelo, apodado el Caravaggio. La *ceuza* o *spitalera,* precisamente por haber sido acogida en los hospitales para sifilíticas, que en Nápoles se improvisaban en muchos hogares antes de convertirse en edificios públicos, tenía como comadre a Imera, de nombre oficial

Bernardina Pace, una *sbriffia,* es decir, una coqueta, una buscona, con los ojos azules, fruto de algún cruce con los dominadores precedentes.

Edoné e Imera, es decir Bona y Bernardina, se habían acoplado a la perfección: una alta y una baja, una rolliza y otra delgada, una de pelo negro y la otra pelirroja, ofrecían a los señores la ilusión de hallarse ante unas damas, porque hablaban un francés aproximado y español con fluidez, salpicados de blasfemias muy precisas, y tenían modales en la mesa y en el vestir. Y en última instancia, en la cama, les despejaban cualquier duda acerca de si podían seguir siendo unos caballeros mientras las trataban poco menos que como animales. Eran hijas de campesinos y pescadores, la madre de Bona había sido costurera, pero ahora, enjaezadas como una lámpara de salón y educadas para hablar, envueltas en pañuelos y joyas, pasaban casi por mujeres de linaje y repugnaban a quienes seguían llamándolas *Argiento Vivo* y *Pubbreca,* apodo este correspondiente a Bernardina, quien, cuando tenía trece años, ya se vendía en la esquina de Rua Catalana y era, en definitiva, ya mujer pública.

Estas *zoccole* o furcias de Tonno d'Agnolo —a quienes se llamaba así no en homenaje a las homónimas grandes ratas que circulaban incluso durante el día por las calles napolitanas, abarrotadas por seiscientos mil habitantes, y quién sabe por cuántos millones de roedores, sino debido a los zuecos de madera con los que *tuzzuliavano,* repiqueteaban en el basalto y atraían a la carrera a los soldados españoles mejor que una banda de música— eran auténticas expertas en el comercio y el dinero: de haber estado en sus manos, la banca flamenca de los Vandeneyden habría podido financiar a los reyes de Francia, España e Inglaterra, de lo bien que se les daba el ahorro. Tanto es así que Imera y Edoné llevaban años engañando a Tonno, y él, que tan experimentado y receloso era, se dejaba engatusar sin la menor sospecha.

Avicente se debatió largo rato antes de subir a la casa. Al final entró con expresión de condenado a muerte, las pupilas brillantes y grandes ojeras negras debajo de los ojos. Sin embargo, las dos busconas estaban tan acostumbradas a los rostros melancólicos y piadosos de los españoles —que acudían con aspecto de haber venido a follar con cilicio— que no se sorprendieron, ni se apesadumbraron al ver entrar al médico pálido, contrito y enfebrecido. Se limitaron a pensar que saldría más ligero, de dinero y de estado de ánimo, y se prepararon para dejar que las visitara y explorara antes de volverlo del derecho y del revés como la Santísima Trinidad mandaba.

Imagínense lo que ocurrió cuando Avicente se salió con sus simpáticas peticiones: por otra parte, se le había metido en la cabeza que tenía, no le quedaba más remedio, que hacer una comparación con Lisario —aunque eso no se lo dijera a las damas— puesto que un experimento científico sin verificación es falso y Avicente Iguelmano no podía tolerar que se le tachara de charlatán una vez más, como cuando estaba en La Haya. Ahora iba a ser él quien enmendara la plana a su antiguo maestro y a todos aquellos que lo consideraban a la altura de un barbero, un barbero muy afortunado porque, vaya a saber cómo, y que Dios jamás revelara ese bendito cómo, había despertado de entre los muertos a la hija de un alto oficial de Su Majestad. Lo llamarían a las aulas de las mayores y más famosas universidades y todos quedarían impresionados ante la revelación del secreto de los secretos: la naturaleza de la mujer.

Ante la prestación que se les solicitaba, Pubbreca, es decir Imera, es decir Bernardina, soltó una carcajada tan larga y ruidosa que se debió de oír hasta en Mergellina. En cambio Edoné, es decir Argiento Vivo, no se descompuso; se sentó e hizo lo que se le pedía, mientras Avicente dibujaba y Pubbreca meneaba la cabeza repitiéndose a sí misma: «Pero fíjate tú lo que se les ocurre a estos hombres que no tienen na' en lo que pensar...».

Se dejaron explorar e inspeccionar, observar y manejar. Los grandes labios de las dos mujeres, sin embargo, no revelaron secreto alguno. Era difícil de explicar la diferencia que había, pero Lisario provocaba en Avicente una curiosidad que las dos mujeres no le despertaban. Las observó y volvió a observarlas, hasta que se dio cuenta, merced a un guiño que se intercambiaron, de en dónde estribaba el problema: estaban fingiendo, no hacían en absoluto lo que él les pedía. No sentían placer alguno, era todo una puesta en escena. Y ya podía seguir observando sus gestos y movimientos de busconas de aquí a la eternidad, que no sería capaz de distinguir la ficción de la verdad.

De modo que hasta ahí llegaba la mentira: la mujer no solo fingía cuando tenía al hombre metido en su cuerpo, sino también ante el hombre que la miraba. No había pasión, no había presencia; en definitiva, no había ningún deseo de satisfacer. Los dedos no se extendían, las piernas no temblaban, la voz cantaba como la actriz de teatro imita al ruiseñor. Así que había que preguntarse: ¿habría respondido siempre con honestidad Lisario a sus demandas? Le entraron las dudas, pero a esas alturas, se dijo, la había quemado, consumido, apagado.

Avicente vio caer en el orinal de cerámica el chorro de orina de Pubbreca que estaba de pie con las piernas abiertas y con las faldas levantadas, como un hombre. Había fracasado, se había equivocado en todo. Y en ese preciso instante, mientras Argiento Vivo le ofrecía una bandeja de pasteles de almendra como tentempié y con una mano le hurgaba en sus calzones pensando en hacer algo apropiado y necesario, se dio cuenta de otra terrible verdad: Lisario siempre había estado despierta mientras él la visitaba en el castillo el invierno anterior y había fingido *no* sentir placer, cuanto le fue posible, para que siguiera visitándola.

Una trama de mentiras que hacía a las mujeres viscosas como el sebo le recubrió el entendimiento y la voluntad, las odió a todas y a todas les deseó la muerte, por la humillación que su propia existencia le seguía infligiendo.

Al final, estaba tan cansado de los juegos llevados a cabo en la casa de las furcias que se quedó dormido, y las dos, perfectamente acostumbradas a los clientes postrados, lo dejaron dormir en su cama. Al cerrar los ojos, Avicente se encontró de nuevo en ese patio oscuro y profundo con cinco ventanas que había soñado antes de casarse con Lisario. Estaba desnudo como un gusano, en esta ocasión, y los cinco religiosos vestidos de negro estaban ya allí susurrando.

—Ah, este chaval, solo líos nos monta...

—Pero ¿cómo? Si todo se había arreglao, y hasta se había desposao con un piazo mujer, ¿y qué va y hace el tío?

—¡Hermanos, hermanos!

—Uh, San Gaetà, ¡pues no se nos va de putas! ¡Hasta dónde vamos a llegar!

—Son hermanas que deben arrepentirse también, Giovanni, un poco de paciencia...

—Vete a paseo, Gaetà, que somos una orden solo de hombres. Eh, ¿adónde han ido? ¿Al otro cuarto? Aparta, tú, déjame ver un poco...

—¡Giovanni!

—Lo siento, lo siento...

—Mirad, nos está oyendo.

Avicente los estaba mirando, con la cabeza bien alta, tapándose las vergüenzas.

—A ver, ¿vamos a portarnos bien? —dijo San Gaetano.

—Pero es que yo, la verdad... —murmuró el doctor.

—¡No, no, no y no! ¡Aquí hay que poner un límite! ¡Lo de la ciencia no es más que una excusa, querido hermano!

Avicente se alteró y alzó los puños, los hombres se cubrieron los ojos para no verle el mango colgante.

—¡Ya está bien! ¡Había dicho que no volvería jamás a soñar con vosotros! ¡No solo no me sois de ayuda, sino que además sois también unos auténticos ignorantes!

—Ah, si te viera tu madre... —le reprendió San Gaetano.

En ese momento Avicente se despertó gritando y Argiento Vivo y Pubbreca se le acercaron entre guiños, todo sonrisas.

—Uh, pero ¿qué pasa? ¿Una pesadilla? Pues démosle un poquito más, amos...

3.

Esa tarde, a su regreso de la Explanada de las Chabolas, Tonno hizo que saliera a su encuentro un criado. Quería asegurarse de que sus busconas estaban limpias.

—¿Y bien, doctor de mis amores? ¿Ese jardín de las delicias? ¿El polvete máximo? ¿Qué tal ha ido? ¡Contadme! ¿Estaban o no sanísimas las dos furcias?

—Ah, muy sanas, sí, sí... Pero, en verdad, mi ciencia no ha logrado...

—Ah, sí; ¿conque a eso se le llama ciencia?

La luna había salido esparciendo ramas de plata sobre la ciudad aterciopelada de noche. Tonno se acariciaba la barbilla. Avicente, contrito, permanecía de pie en el umbral de la gran sala decorada con frescos del palacio Bagnara.

Después de un paseo circular alrededor de su silla, Tonno parió un pensamiento:

—*Dottò*, ¿puedo deciros una cosa? De estar en vuestro pellejo, intentaría una cosa diferente... ¿Habéis oído hablar de...? Acercaos...

Avicente cruzó el suelo de mármol hasta la grasa figura de Tonno, quien le susurró al oído:

—*Femminielli...*, afeminaos, ya sabéis.

El doctor se apartó debido a la sorpresa.

—¿Los cantantes? ¿Los *castrati*?

—Sí, sí, esos también, pero yo conozco a una... Una que no hay cristo que sepa si es hembra o varón... Y no hay cristo que pueda catarla, porque es propiedad específica...

—¿Otra prostituta?

—¡Mantenida! Y tiene oficio: lee los números. Muy buen curro.

—Pero a mí lo que me hacen falta son mujeres de verdad...

—¡Oh, cuántas historias...! ¿Y quién es el listo que pue saber si Bella 'Mbriana no es hembra? Le gusta por alante, por atrás... montárselo con hombres... ¿que no es hembra? Amos, Avincè, salgamos de dudas... —y se reía, se reía sin parar.

No había pasado una hora siquiera cuando Avicente se veía arrastrado contra su voluntad a una zona llamada del Anticaglia, bajo los arcos del antiguo circo entre cuyas bóvedas habían crecido oscuros edificios góticos.

—Ya hemos llegado —susurró Tonno ante la puerta de una iglesia.

Una antorcha iluminaba el arco apuntado, negro de humo y sucio de toda inmundicia. La puerta se abrió sin llamar: una escalera desembocaba en una habitación llena de muebles muy pobres pero cuyo pavimento iluminado por la antorcha exhibía mosaicos antiguos, abarrotados de rosas, árboles, corderos, bastiones y naves, entre los que se elevaban pavos reales y halcones. Avicente contempló, de pasada, hermanos que asesinaban a hermanos, mujeres que traicionaban a sus maridos, fariseos y centuriones en el Calvario.

—Cuidao, que resbala —dijo Tonno, y en efecto, inmediatamente Avicente pisó en falso y se agarró al electo del pueblo—. ¡Qué carajo, *dottó,* más cuidao!

Bajo la luz de la antorcha, los animales de los mosaicos parecían adquirir volumen y avanzar sigilosos: Avicente estaba muy arrepentido de haber seguido a Tonno a aquel agujero infecto de la ciudad. Panteras y serpientes saltaban del suelo a cada paso, el agua goteaba de fuentes o desagües invisibles.

—¿Bella 'Mbriana...? —la llamó Tonno.

—¿Quién es? —contestó en la oscuridad una voz profunda, aterciopelada, ni de hombre ni de mujer.

—Soy el Tonno, te traigo unos amigos españoles...

—¡Largo de aquí!

—Amos, dos palabras y na' más...

—¡Largo de aquí!, ¡te lo digo por ti!

En la oscuridad, el chasquido de una navaja saltó junto a las gargantas de Tonno y Avicente. Ambos dieron un grito. Un jadeo afanoso se les había acercado. La antorcha que se le cayó de la mano a Tonno mostró por un instante en el suelo el rostro celoso de Putifar persiguiendo a José. Una tenue luz iluminaba a un hombre armado: menos de treinta años, desnudo —Avicente pudo ver una gran polla aún dura—, el gesto de impunidad, bigotes largos y pelo enmarañado.

Avicente oyó cómo Tonno tragaba saliva.

—Don Peppo... Y ¿qué sabía yo...?, ¿cómo iba a imaginarme...? Perdonad, perdonad...

Tonno tomó a Avicente por el brazo y retrocedió a toda prisa.

Por un segundo, sobre un pavimento formado por jardines y fieras, Avicente vio avanzar una figura cándida, de larguísimos cabellos negros, llegó a entrever sus ojos de largas pestañas y los labios teñidos de rojo. Bella 'Mbriana alzó la lámpara. Un intenso aroma a jazmín se difundió en la oscuridad. Los cabellos le cubrían el pecho, imposible decir si ocultando sus senos. Con el rabillo del ojo Avicente trató de verle el sexo, pero la mancha oscura que tenía entre las piernas desapareció tras la puerta gótica antes de que pudiera distinguirla.

—Disculpad, disculpad... —estaba implorando Tonno, y al cabo de un momento ya estaban en la calle.

Se oyó la puerta de la iglesia que se cerraba con un cerrojo metálico. Corrieron por los callejones, perseguidos por la luna, y no se detuvieron hasta llegar a una explanada junto a un pozo, sin aliento.

—Pero ¿quién era? —preguntó Avicente, todavía asustado.

Tonno le amenazó, con la voz aún sacudida por el terror.

—Lo que habéis visto hoy no se os ocurra decírselo a nadie a no ser que queráis que os rebanen la garganta.

Avicente se pasó dos dedos húmedos por el cuello de la camisa.

—¿Y qué se supone que he visto?

—Ese era don Peppo Carafa.

—¡Ah! Así que es un...

Tonno aferró a Avicente por un brazo y lo empujó contra una pared con una fuerza inesperada.

—Esa palabra que ibais a decir ni se os ocurra pronunciarla. ¡Ni pensarla siquiera! Ese es el hombre más hombre que existe en toa Nápoles, ¿me he explicao?

Avicente asintió una y otra vez. Después Tonno se ajustó la capa y corrió hacia delante.

Al médico, tras quedarse solo, le parecía sentir aún el aroma a jazmín de Bella 'Mbriana por más que las calles del Anticaglia apestaran, en verdad, solo a heces humanas y animales.

Una turbación indecible le asediaba.

Llegó al castillo cuando ya se había hecho de día, más muerto que vivo.

—Pero ¿qué ocurre?

Un inesperado alborozo, un gran revuelo, risas, alegría, flores y vino: don Ilario y doña Dominga salieron a su encuentro en éxtasis, las criadas, nerviosísimas, corrían sin rumbo fijo, pero nadie le daba explicaciones. Por fin, Dominga, con lágrimas en los ojos, de puntillas sobre sus pies de enana, balbuceó:

—Be-be-be-lisaria está embarazada.

Y veía a su esposa, con su nombre completo por primera vez en su vida debido al embarazo que la ascendía a mujer y católica a los ojos de la sociedad, avanzando desde el fondo de la habitación en la que la había conocido por primera vez despierta. Estaba un poco pálida, como si tuviera miedo.

Avicente dio un paso hacia atrás mientras don Ilario lo empujaba:

—¡Abrazaos, abrazaos!

Avicente al fin obedeció.

Pero aquel, bien lo sabía, no era su hijo.

El maestro de las velas

1.

Ahora, sin embargo, tenemos que dar un paso atrás, hasta tres meses justos antes de esa funesta noticia, en la época en la que Lisario se negaba y su esposo se daba al vino.

—*Laissez! Laissez!* —gritó el hombre con calzones de tela, dejando caer un cartapacio con lazos de esparto del que habían salido dibujos y bocetos. Y corrió hasta la esquina del callejón del Santo Spirito di Palazzo para detener la mano armada de pincel de otro hombre, más bajo que él, en camisón y zapatillas, lista para golpear a un viejo semidesnudo, de carnes fláccidas, acurrucado en el suelo, que alzaba para defenderse un brazo, que poco más que un hueso era, levantado contra el sol ardiente del mayo napolitano.

—*Ladrón de gallinas* —amenazó el hombre del camisón.

El anciano no respondía ni tampoco trataba de escapar de los golpes que el otro le propinaba cada vez con más fuerza en la cabeza y la espalda.

—*Qu'est-ce qu'il a fait?* ¿Qué ha hecho? —gritaba a su vez el hombre en calzones de tela, conteniendo al agresor.

—Ladrón, es un ladrón... Y yo que le he pagado para que pose... Tres gallinas ponedoras de mi despensa...

—¿Para que pose? —el hombre en calzones de tela seguía sujetando al robado.

El anciano trató por fin de escapar y, poco a poco, oculto por otros andrajosos que se habían reunido a su alrededor, desapareció en dirección a la iglesia de Santa María Egipciaca.

—¿Quién sois vos? —preguntó alterado el español, armado ahora también con uno de sus azulejos.

La pequeña multitud de vecinos seguía en parte la huida del viejo, en parte la disputa. El hombre en calzones de tela fue a recoger el cartapacio y los numerosos diseños que habían salido de allí. El otro se los quedó mirando, con ojo crítico.

—¡Ah! *¡Otro pintor!* —suspiró, y luego, en perfecto napolitano, añadió—: ¡Andábamos escasos!

El francés hizo gesto de no entender. Entonces observó mejor al español, con los ojos azules muy abiertos y aún más dilatados por la sorpresa:

—*Le maître Ribera?*

—*¡Yo soy!* —respondió el otro, y le dio la espalda, haciendo caso omiso de su presencia, mientras echaba a andar hacia una cortina que se abría en el arco inferior del edificio ante el que había tenido lugar la escena.

El francés corrió tras él, mientras que los andrajosos y las mujeres se retiraban murmurando.

—*Attendez-moi!*

Ribera atravesó la cortina y quitó el palo que la sostenía, de manera que la cortina se cerró ante los pies del francés.

—*¡El taller de pintura está lleno! L'atelier est plein! Vous comprenez?!* —dijo en alta voz desde las sombras de la casa.

—¡Soy maestro de escena, no pintor! Estoy aquí por los decorados del melodrama —y como Ribera no daba aún señales de vida, añadió en español—: *Maestro... Maestro de las velas.* Ilumino el escenario, construyo los decorados, diseño los trajes.

Un largo silencio cayó sobre el callejón. Luego se abrió la cortina y Ribera, con una chaqueta sobre su camisón, sacó la cabeza fuera de la tienda.

—¿Os envía Juan Do?

—Sí —sonrió el francés—. Soy Jacques Israël Colmar —y tendió una carta al maestro, quien la tomó, resopló y se encogió de hombros.

—*¡Adelante!* Entrad.

En la penumbra, los detalles de los cuadros sobresalían por encima del francés: un sátiro repugnante y obeso, una concha de madreperla, el rostro vociferante de un hombre desollado, las caras lúbricas de unos andrajosos, un santo en los huesos como el viejo que había escapado a la ira del artista, Magdalenas entradas en carnes, calaveras, trompetas y libros. Jacques Israël Colmar observaba las obras en reverente silencio.

Con los brazos cruzados, el español sonreía bajo los bigotes.

—*¿Te gusta?*

Colmar inclinó la cabeza dos veces sin hallar palabras, en ningún idioma. Ribera se encogió de hombros y fue a buscar un vaso.

—*También le gustaba a Velázquez.*

—¿Ha estado él aquí...?

—¿Quién?

—Velázquez.

—Oh, sí, con todo su séquito de *toldos, carros, sirvientes...*

—Es rico...

—¡Muchísimo!

Una hermosa mujer vestida de azul se asomó por una puerta interior: Colmar vio habitaciones y muebles que llegaban hasta otra luz, una ventana o un balcón, que daba a una calle. La casa y el taller del maestro eran inmensos.

—*Veo que tienes invitados...*

—*Vamos, vamos...* —la conminó Ribera.

La mujer se retiró.

—Mi mujer...

—Enhorabuena —sonrió Colmar.

—¡... y muchos, muchos niños! ¡De lo contrario yo también sería tan rico como Velázquez! A ver, veamos quién me escribe... —y abrió la carta que Colmar le había dado—. Juan me había avisado, pero no me explicaba nada... —después, echando un vistazo a la carta dijo asqueado—: ¡En francés! ¡Esta también!

Colmar sonrió disculpándose con una inclinación de cabeza.

—¡Van Laer! *¡Qué asqueroso fornicador!* —exclamó Ribera, y luego, al ver la cara de desconcierto de Colmar, añadió en francés—: ¡Un follador irreductible! ¡Y más feo que la peste! ¿Cómo es que las mujeres...?

Colmar le explicó:

—Vengo para mejorar mis decorados, maestro. Si podéis dejarme asistir mientras impartís lecciones, os pagaré como cualquier otro estudiante. Os aclaro que he venido a Nápoles por trabajo, voy a montar los decorados en la Sala dei Fiorentini para la compañía española...

—¡Mercedes!

—Sí, para ella y para su marido.

—Pobre cornudo... —rio maliciosamente Ribera—. De acuerdo, de acuerdo. A partir de mañana podéis venir. Jacques Israël... ¿Sois judío?

—Mi padre lo era.

—¿Y vos no?

Colmar se encogió de hombros.

—He tenido una vida muy dura. Y en Flandes a los españoles no les gustan ni los judíos ni los herejes...

Ribera asintió.

—A mí no me importa a qué dios oráis, sino cómo pintáis.

Colmar sonrió:

—Aquí solo hay un dios que pinta... —y abrió los brazos para señalar las telas que había a su alrededor.

—*¡Ah, no me gusta que me laman el culo!*

—Lo entiendo. Era sincera admiración —asintió Colmar y se puso de pie para irse.

—Un momento —lo detuvo Ribera—. ¿Dónde dormís?

—En las Naciones, cerca de la iglesia de Santa Ana.

—¿Estáis con los holandeses?

—No, en una casa con napolitanos y toscanos...

—Ah, bueno. *Los holandeses...*

—¿... os tienen hasta las pelotas?

—Exactamente.

—Siempre he compartido esa opinión. Que tengáis un buen día, maestro —concluyó Colmar, tomó su cartapacio y se marchó en dirección al Largo di Palazzo.

2.

Colmar había llegado a Nápoles en una mañana de lluvia de la semana previa a su encuentro con Ribera. Había viajado a pie desde Roma durante semanas en compañía de once pintamonas, pero solo cinco de ellos llegaron a avistar a los soldados del virrey que cruzaban los campos azotados por la lluvia, sujetando con las manos los sombreros de paja robados a los campesinos. Los árboles, en la distancia, estaban engalanados de relámpagos: más de una vez alguno de los cinco había seguido el camino del bosque y los demás, por turnos, lo habían retenido para evitar que quedara fulminado.
Del grupo que había partido de Roma —el Spagna, el Venta, el Frasca, el Remo, el Ultra, el Lenza, el Lisca, el Braghe, el Ostia, el Morto da Udine, el Francia y el propio Colmar—, todos animados por la perspectiva de entrar de aprendices con Ribera o con algún otro de los maestros napolitanos, hubo quien se perdió en Bolsena, quien se echó al bosque en la zona de Formia, quien, como el Morto da Udine, nieto de aquel Giovanni que vivió en tiempos de Rafael, ya apodado el Muerto por su costumbre de desaparecer bajo tierra durante días para copiar grutescos, se emboscó con una campesina. Permanecieron con Colmar el Spagna, un convicto napolitano, de cara arrogante y lobuna, pelo rojo, mejillas grapadas en el interior por un hambre atávica; el Ostia, un meapilas a decir del Spagna, sacerdote frustrado que había insistido en bendecir el viaje una y otra vez, por más que en Casamari casi lo pierden a causa de la sobrina del abad; el Lisca, delgado, hambriento, pálido como una puérpera, tan especializado en paisajes de fondo que en diez años de trabajo nunca había pasado a pintar figuras, y el Braghe, pintor especializado en la cobertura de las partes pudendas.

Durante el viaje el Spagna se las tuvo con el Lisca, argumentando que el orden se mantiene con la fuerza y la violencia, mientras el Lisca enarbolaba la bandera de la paz. «¡Eres más santurrón que el Ostia!», trató de ofenderlo el Spagna. En la posada de Mondragone volaron platos y vasos, el Spagna hizo dos agujeros en la pared de un pistoletazo y descuajeringó nada menos que tres mesas. Después pudo pergeñarse una paz que había durado hasta las puertas de la ciudad. Por lo demás, los supervivientes eran precisamente quienes habían vivido ya juntos en Roma: Colmar había compartido con ellos una casa en Via Margutta y ahora, en Nápoles, ahí estaban ocupando otra vez dos habitaciones grandes en Santa Ana, donde se encuentra la Nación de los Lombardos, más o menos donde pocas décadas antes también había dormido Caravaggio, a quien todos en Nápoles adoraban y copiaban.

Desde el Largo di Palazzo hasta Santa Ana discurría ancha y flamante la Via Toledo, abierta por don Pedro ciento cuarenta años antes y a cuyo alrededor, como satélites de un planeta, la nobleza de tronío fue construyendo palacio tras palacio, llenando tanto la calle como la ciudad con una desordenada retícula de vistosas celosías para impresionar al virrey y a la corte. De modo que era esa la multitud que Colmar hendía: caballos y gente descalza, burgueses, tenderos y comerciantes, nobles en carruajes y artesanos, sirvientas y lázaros harapientos, todos arrimados unos a otros, más cuerpos que almas y, en cualquier caso, en aquellos días, más almas de las que se contaban en Londres y París.

Mayo era fragante pero cálido: de regreso de su visita a Ribera, Colmar se alegró de llegar a casa y deshacerse de casaca, dibujos y calzones. En mangas de camisa, contempló las pocas cosas que había salvado del viaje. De un envoltorio asomaba el único recuerdo de su padre: una topografía de Colmar, en Alsacia, la ciudad donde se había refugiado su familia hacía ya tanto tiempo que solo el dios de los judíos sabía cuál era entonces su verdadero nombre.

«¡So burros! No sois capaces de dibujar el plano de vuestra casa y nuestros antepasados dibujaron el templo del rey Salomón!», repetía Levi Israël Colmar, maestro topógrafo, que había criado a son de bastonazos a Jacques y a todos sus hermanos, siete en total, con la esperanza de conseguir una familia piadosa y respetuosa que lo redimiera del matrimonio contraído a causa de una estúpida pasión por una mujer francesa católica, obligada a convertirse al judaísmo y que, además, provenía de los bajos fondos alsacianos, donde por pobreza, al igual que en toda la Europa moderna, se prostituía a distinto título. Dos defectos, sus orígenes y esa costumbre, que a Ninon Colmar le costaba perder, ya que, solo dos días después de parir a Jacques, el último de sus siete hijos, recibía a escondidas a sus clientes.

Levi lo sabía y guardaba silencio. Su única satisfacción estribaba en el estudio de sus tres hijos varones —a todas las hembras se había apresurado a darlas en matrimonio con respetables miembros de la comunidad judía—. Compadecía a su mujer, vieja y deformada por los partos, pero no le impedía venderse: no dejaba de ser una contribución a los gastos familiares.

Jacques, de hecho, al igual que sus dos primeros hermanos, tuvo como preceptores a algunos clientes, un profesor y un músico, que visitaban cada semana a Ninon. Luego, hacia los doce años, comenzó a dibujar topografías con su padre. Pero Jacques, de natural guapetón, tenía demasiado éxito entre las mujeres, y se distraía sin cesar del arte topográfico. Es bien cierto que por las colinas que se extendían alrededor de su hogar, sueltas como cordones de bragas, el sexo femenino no brillaba por su elegancia. Las mujeres que Jacques había conocido, incluyendo a su madre, declinaban sus vidas en un alfabeto recitado al contrario: eran largas íes mayúsculas de jóvenes, con el puntito encofiado de la cabeza bien en lo alto de un cuerpo carente de curvas; pronto se convertían en haches, con las piernas separadas y paralelas deformadas por la artritis, torsos bajos, pechos enormes y pesados, brazos torpes; y acababan como pequeñas des, agazapadas sobre sus propios vientres, con la piel de las piernas cayendo sobre los pies como calzas sueltas, sentadas sobre sí mismas como en el sillón de la muerte prematura.

Para todas tenía Jacques una palabra amable, un gesto, una caricia, las cortejaba, fueran feas o guapas, por puro amor a la vida. Lleno de energía, pero mortificado en sus arrebatos juveniles, le costaba soportar tanto a los quejumbrosos alsacianos como a los altaneros habitantes del confinante Flandes, por más que a todos los matara el hambre o la herejía, y en efecto, a montones los habían enterrado en cien años los españoles.

Por otra parte, Jacques prefería el teatro al oficio de su padre. Tenía trece años cuando un grupo de cómicos representó una nueva comedia —un moro celoso, una veneciana sospechosa de traición, un consejero perverso y untuoso— en una barcaza a flote entre los canales.

Las fantasías del escenario, los fuegos artificiales, los trajes, los aparejos que simulaban castillos y torres lo habían conquistado; el triste consejero y el drama del moro le hicieron llorar amargamente. Por encima de todo, la joven esposa asesinada por error le había conmovido. Esa misma noche habló con el empresario, recogió sus bártulos y, sin decir siquiera adiós a Levi, a su madre y a sus hermanos, siguió a la compañía a la ventura.

Pero a los diecisiete años, la compañía ya se le había quedado pequeña. Se había presentado al maestro de fiestas de Burdeos, un señor que leía en latín y dibujaba en anchas y suaves hojas de papel, y solicitó ser su alumno. Le Nain, así se llamaba, le enseñó el arte del óleo y la mecánica, lo instruyó en el oficio de carpintero, de herrero y de artificiero. Seis años con Le Nain y Jacques Israël Colmar era capaz de hacer aparecer la luna de los pozos y sacar el sol de las nubes con apenas unas capas de madera pintada y dos linternas. Tenía una imaginación desenfrenada, anchos hombros y ojos buenos, lo que le proporcionaba mujeres en abundancia y mucho más hermosas que las alsacianas que frecuentaba de niño.

La noticia de la muerte de su padre lo tomó por sorpresa y lo obligó a volver a casa: dado que nadie se ocupaba ya de Ninon —«la furcia no es asunto nuestro», le dijeron sus apacibles familiares judíos—, se la llevó a París.

Pero, mientras tanto, había estallado la guerra y Jacques tuvo que alistarse a la fuerza. Después de dos años en los frentes pantanosos de Flandes optó por darse a la fuga, recogió a su madre y se largó a Italia.

En Roma, a la sombra del Papa, pudo por fin volver a entregarse a la escena. Preparaba habitaciones donde, por turnos, recitaban comicastros españoles, italianos y holandeses. Ninon halló alojamiento en un convento de monjas y él se buscó una cama con otros pintores en la zona de Via del Corso.

Fue entonces cuando el poeta y pintor napolitano Salvator Rosa le contó que en Nápoles había mucho que aprender, y que si acudía al taller del español Ribera, todo redundaría en un gran beneficio para él. Pero Jacques, en ese momento, no pensaba en absoluto en trasladarse ni confiaba en la palabra de Rosa, quien imprecaba mientras salmodiaba, mientras hablaba bien de uno imploraba un cuchillo para matar a otro, bebía como una esponja y mantenía a una tal Lucrezia, modelo y esposa, que también le había dado varios niños, en un estado de infelicidad perpetua.

Colmar se había hartado de conocer a gente mentirosa y desharrapada en los últimos años —inadaptados sometidos a vigilancia por la guardia papal a causa de su comportamiento extravagante o molesto, tipos violentos, borrachos, pintores mediocres— pero no se quejaba porque, confundido entre ellos, nadie prestaba atención a su nombre judío.

En cambio, los problemas, los graves de verdad, habían comenzado por culpa del holandés, maldito fuera el día en que llamó a su puerta.

3.

Michael de Sweerts fue siempre un niño ansioso.
Y al ir creciendo, esa ansiedad fue transformándose en ansia de perfección. Ser perfecto significaba crear objetos perfectos y crear objetos perfectos significaba estar cerca de Dios. Y nada era más importante que el estar cerca de Dios, auténtica plenitud de su condición de hombre y aspirante a pintor. Porque Michael supo desde sus más tempranos años de vida que consagraría su existencia a la pintura, pero el cuerpo empezó a traicionarlo pronto y con frecuencia.
Había elegido su camino el 6 de enero de 1623. Tenía ocho años.
Esa mañana la casa de Michael estaba de celebración, con su padre, David de Sweerts, borracho desde primeras horas de la mañana, y su madre lanzándole miradas de odio antes de darle la espalda cuando el viejo perseguía a las criadas. Margheta, la cocinera, acababa de empezar a preparar una tarta. Michael, jugando, se había quedado encerrado por error en el trastero y pugnaba por salir. Oyó que le llamaban. Margheta le estaba buscando para enseñarle el haba.
—Michael... corazoncito... ¿No quieres ver el haba antes de que la meta en el pastel? Ven con tu Margheta, ven a la cocina, adorado mío...
Michael se tocó el pelo: Margheta se lo peinaba a escondidas, como si fuera una niña. A Michael le gustaba. Oleadas de escalofríos le recorrían la espalda hasta que notaba tensarse el músculo del ano. Entonces, sintiendo el placer, se deshacía rabioso el cabello, los dedos como peine.
El pestillo de la puerta estaba atascado. Michael dio algunas voces, pero el espesor de la puerta amortiguaba sus gritos. Entonces sintió un ruido sordo, creyó que alguien

venía a liberarlo. Pero no, era el peso de su padre contra la puerta:

—Lumja... Lumja... deja que te huela... hueles como una alondra... pero ¿qué digo? ¡Como un pavo en el horno!

Y junto a la voz ceñuda y excitada de su padre, se oía la vocecita de Lumja, de trece años, que gritaba defendiéndose y pateaba la puerta con sus zuecos, en un llanto ahogado. Michael siguió escuchando hasta que su padre hubo terminado y los golpes de los zuecos de Lumja cesaron. Entonces, de repente, la puerta cedió, Michael se acurrucó entre las escobas, ni su padre ni Lumja lo vieron, pero él sí vio a su padre, un animal que ha corrido demasiado, con los calzones caídos, el oscuro objeto colgante, tan largo como el de un caballo. Luego, en la sombra de la puerta, la gigantesca silueta de Margheta.

—¡Amorcito! Pero ¿dónde estabas? Ya he metido el pastel en el horno —la cocinera lo abrazó con fuerza—. Cariño mío, ¿serás tú el rey de la Faba esta noche?

Se apartó a una habitación con mirador y se quedó observando las calles cubiertas de nieve, el cielo bajo que parecía una manta. Su aliento empañó el cristal que reflejaba la punta, roja a causa del resfriado, de su nariz. Era una casa rica la suya, no de esas con papel encerado en las ventanas, donde se muere uno de frío. Tenía muy claro que había nacido rico y que debía sentir lástima por los pobres. Hubiera sido estupendo invitarlos a todos, esa noche, a los pobres de Bruselas, a la mesa del rey de la Faba para dar cuenta de todo aquel exceso de comida, aves, huevos, quesos fundidos en la cazuela sobre nabos, ñoquis de harina fritos, dulce de requesón, vinos. Todo destinado a hinchar vientres ya enormes, para revitalizar la gota y los sarcomas. El vientre de su padre. Su aparato de caballo.

Mientras tanto, su madre, Martina Ballu, rezaba, severa y gris, sin dejarse tentar siquiera por un dedo de vino o una galleta recubierta de cristales de azúcar. Michael debía llegar a ser como ella. Llegaría a ser como ella y la redimiría además de la belleza que le faltaba, tanto en el cuerpo como en el alma.

Permaneció dibujando sus papeles hasta la noche. Copió una vieja jarra cuya asa representaba un dragón devorando un granado. Después le rogó a Dios que lo perdonara por cuanto hacía, que lo salvara de toda vanidad, incluyendo la pintura, y del orgullo de ser el mejor. Pero mientras tanto se repetía a sí mismo, como nunca lo había hecho antes: seré pintor, seré pintor.

Oyó que le llamaban y bajó a la cocina. Sobre las mesas desollaban osamentas descarnadas y restos de huesos: se persignó. Margheta lo vio.

—Pero si los pollos y las vacas no tienen alma —dijo—, excepto por la escasa alma gordinflona que servía para rellenar el asado... —y se echó a reír como un cañón, en el desconocimiento de que Michael no se había persignado en honor de los animales muertos, sino por respeto hacia sus personales temores a convertirse en cadáver. Sus enormes deseos de superación, de hecho, quedaban continuamente humillados por la certeza de la muerte que lo esperaba, como a todos.

Mientras tanto, habían llegado sus primos de 's-Hertogenbosch, los parientes que venían de Gante, el tío Jan con su pata de palo, la buena la había perdido en una batalla contra los británicos, contaba él —pero todos sabían que le había mordido un cerdo y que habían tenido que amputársela a causa de la infección—, y junto a él las damas, gruesas ocas de beneficencia, que perturbaban la plomiza quietud de Martina Ballu, en compañía de sus hijas, muchachas en edad de merecer, y un par de primos que ya eran hombres, Pieter en particular, que emanaba un buen olor a cuero y tenía los ojos verdes.

Michael sentía una singular forma de felicidad cada vez que recibía por parte de Pieter una mamola o un cachete. Le miraba las manos. También ahora, mientras Pieter entraba en la cocina y le quitaba el sombrero que Margheta acababa de colocarle, pudo sentir la languidez de su presencia, que situaba bajo una luz nueva la imagen de su padre con los calzones bajados y su erección de caballo.

La cena fue opípara. Bebieron mucho y comieron aún más. Por la mesa circulaba entre los vasos, de vez en cuando, la corona de hojalata decorada con flores que llevaría el rey de la Faba. El gato se sumergía en un plato repleto de restos que alguien había dejado en el suelo, el perro se restregaba en las alfombras, las mujeres eran lozanas, los hombres parloteaban.

—... después de todo, estimado amigo, ¡estoy lejos de ser un invertido! —exclamaba en ese momento su padre, y todo el mundo se echó a reír, excepto la madre de Michael, mientras este, por el contrario, reía siguiendo a los demás, como un loro, y su primo Pieter, dándole un codazo, le dijo:

—¿Por qué? ¿Es que tú, virgencita, sabes lo que es un invertido?

Margheta, que pasaba con una bandeja, cogió de una oreja a su protegido:

—Vamos, señor, no molestéis a mi corazoncito. Me siento en el pecho que esta noche va a ser él el rey de la Faba, lo vuestro no es más que envidia.

—Ah, ¿conque en el pecho, Margheta? ¿O te lo sientes en algún otro sitio? —y le dio un fuerte golpe en su prominente vientre.

Margheta dio un respingo entre carcajadas, toda la mesa se balanceó y mientras tanto apareció el pastel, que pasó de mano en mano sobre las cabezas de los más pequeños hasta llegar al padre, quien cortó el primer trozo, que fue a parar de inmediato a las manos de Michael. Lo observó de perfil antes de hincarle el diente: el haba estaba allí, escondida apenas donde la crema goteaba, la agarró con dos dedos y gritó, lleno de jactanciosa confianza:

—¡Soy el rey! ¡Soy *yo* el rey!

La mesa quedó en silencio de repente. Era de lo más extraño aquel silencio, en ese momento, después de horas de estrépito, tan extraño como si una pera con vida y con cofia hubiera cruzado la sala recitando salmos. Su padre tomó la corona de hojalata, que entre juegos había ido a parar a la cabeza de Lumja, la sirvienta de trece años que acababa de beneficiarse, y la colocó sobre el pelo claro de su hijo. Michael tuvo la impresión de ser visto por primera vez.

—Pues aquí tenemos al rey —dijo muy serio David de Sweerts, y luego, de nuevo riendo—: ¡Vamos, vamos! ¡A disfrutar, que estaremos muertos antes de que acabe este año!

Michael, con la corona de hojalata en la cabeza, ya bien entrada la noche, mientras la congregación se disolvía tambaleándose y poniendo los pies hinchados de vino en la nieve, siguió a su primo Pieter, que mientras le sujetaba por el cogote le dijo:

—Vamos, virgencita, ¿no se te escapan a ti también dos gotas? —y se encontró orinando en el patio, en la oscuridad, al tiempo que miraba el sexo rojo y duro por el frío de Pieter—. ¡Me pregunto a cuántas doncellas empalarás ahora, rey de la Faba! —cacareó señalándose el aparato. Después miró la ramita escuchimizada que asomaba de los calzones cortos de Michael—: Ah, pero bueno... ¡Desde luego no con eso! Todavía eres una señorita, mi querido primo! —se carcajeó, y dejó solo a Michael mirando la luna que se asomaba a través de densos mantos.

Antes de que acabara el año, según dijo en la mesa, David de Sweerts murió.

Y Michael no vertió una sola lágrima.

Ese mismo año se le explicó que derramar el semen fuera de un vientre femenino era pecado. Su estado de ánimo cambió y por la noche el semen empezó a derramarse por sí solo: el jergón de paja veraniego o el rico colchón de lana en invierno acababan siempre embadurnados por sus pegajosos sueños reprimidos. Y con tal de no ser descubierto por los mil ojos de su madre, que iba a la iglesia dos veces al día, Michael tomó la decisión de concederse el placer diuturno con parsimonia y avaricia.

Lástima que el objeto de sus deseos fuera aquel año un granjero que repartía entre sus clientes de la ciudad leche y huevos de los terrenos circundantes. El granjero tenía dieciséis años, era peludo y rubio y grandes manchas de sudor le aureolaban las axilas. Michael se pasaba horas enteras imaginándose su miembro oculto en los calzones y los mechones de pelo que le crecían por debajo de la camisa como bosques dispersos. En una ocasión había sido testigo del apareamiento de los caballos que tiraban del carruaje de su padre y así se imaginaba el miembro del granjero, de dimensiones equinas, exactamente igual que el que le había visto a su padre y que ahora asociaba con la muerte de David de Sweerts y, a la vez, con su coronación como rey de la Faba.

Sufría de desmayos repentinos por los que su madre llamaba muy a menudo al médico, quien, cual persona sagaz, le aconsejaba dar a su hijo más leche y más carne porque el muchacho, dijo, estaba sometido a grandes y nuevos esfuerzos.

—¿La pintura? —preguntó aturdida la señora Ballu.

El médico asintió con la cabeza: ¿qué otra cosa hubiera podido decir?

Sin embargo, Michael era incapaz de alcanzar sosiego y todos los domingos quería hablar con su confesor para aliviar su conciencia, pero el caso es que el sacerdote, obeso y sin cuello, alarmado por unas cartas de denuncia que lo acusaban de encuentros ambiguos con algunos de sus alumnos más jóvenes, había pronunciado durante todo el año largos y agresivos sermones contra los sodomitas, enumerando las penas infernales reservadas a los pecadores y las corporales infligidas por el tribunal de Bruselas, así como por los de Amberes, La Haya y Ámsterdam: quemaduras en las mejillas, azotes públicos, picota y cárcel, y a veces, dependiendo del grado de sodomía, la decapitación, o, lo que más miedo le dio al joven Michael, la emasculación a cuchillo del miembro masculino.

Ahora bien, si para pintar era necesario ser perfecto en cuerpo y alma, Michael tenía el máximo interés en que su cuerpo se mantuviera intacto, y se abstuvo de confesar, por lo tanto, el objeto de sus deseos, con la promesa de tratar el asunto cara a cara con Dios, sin pasar por los hombres. Pero la sodomía, en su corazón, contaminaba su esperanza de perfección y gloria: se esforzó por desear a las mujeres, las pagó sin resultados, y, por encima de todo, se convirtió en el más fiel asiduo a las iglesias que su familia conocía, hasta el extremo de ser recomendado para el claustro a la edad de dieciocho años. Por desgracia, más de un monje y numerosos clérigos lo tentaron con las gracias místicas del sayo y de poco valieron otros infructuosos intentos de su madre por desposarlo.

A sus dieciocho años Michael aprendió de su preceptor que el Imperio romano surgió en una época particularmente suave en cuanto al clima y que, en cambio, cayó en un periodo de inviernos largos y fríos: ¿qué ejército habría podido cruzar los Alpes, de lo contrario, e invadir Europa? ¿Cómo hubiera podido Aníbal llevar a sus elefantes hasta Capua, sin una tibieza aceptable? Una glaciación fue lo que empujó hacia el sur a los pueblos bárbaros del norte, y también el Imperio de Carlomagno disfrutó, en su florecimiento, de los favores del clima, o no habría resultado tan fácil para el emperador hacerse coronar en Roma en Navidad y regresar justo después a Aquisgrán: puertos de montaña cerrados y nieve alta le hubieran impedido el viaje. Incluso el siglo de Rafael que acababa de concluir se había beneficiado, le explicaba su maestro, de favorables condiciones climáticas, de lo contrario los artistas no habrían viajado tanto de una ciudad a otra.

El siglo de Michael, en cambio, por más que tanto él como su maestro lo desconocieran, era sin duda el primero de una larga glaciación destinada a dilatar sangrientas guerras, a imponer cambios de rutas, desviaciones de caminos, a cerrar pasos de montaña y a congelar puertos y ríos. Tal como se llegaría a ver en los cuadros de los pintores que ilustraban la Bélgica y el Flandes de entonces, los barcos encallaban en el hielo mientras se encontraban anclados en los puertos, y alrededor de esos barcos, en el mar, patinaban alegres familias en días de fiesta.

Durante ese verano, que no se presentaba ni mucho menos apacible, Martina Ballu decidió hacer un viaje a Ámsterdam. Era un domingo con el cielo bajo, los peces nadaban lentos bajo la gruesa capa helada del mar. Cerca del puerto, junto a un galeón varado, con las velas endurecidas por el hielo que el viento hacía pedazos —esquirlas de tela caían como cuchillos entre los gritos de los niños que patinaban—, Michael corrió serio riesgo de acabar casado.

El comerciante de seda al que se acercó su madre, tras extender la pierna y trazar una elegante trayectoria circular con los patines, iba acompañado por su hija, mona aunque desgarbada, a la que todo el mundo llamaba Fille. Las canciones de la fiesta cubrieron las palabras de su madre y Michael solo pudo oír: «... será un buen marido». Esa frase terminaba con un dedo que lo señalaba. Abrió al mismo tiempo los ojos y los brazos y cayó rodando por el hielo, con la espalda encorvada, como esos insectos que ante el peligro se encogen, recogiendo patas y antenas. Su prometida, que era toda hoyuelos, se afanó de inmediato por ayudarle a levantarse: en sus manos Michael parecía un niño ridículo, con una manga más larga y otra más corta, la capa levantada, el sombrero torcido.

Arrebujado y aturdido, le preguntó a Martina Ballu:
—¿Qué estáis diciendo...? —con el tono de quien le pregunta al médico «¿Me estoy muriendo? Decidme la verdad».

Nadie le contestó: los padres de la pareja de prometidos sonrieron al alimón, felices por la pronta intervención de Fille, que entre tanto permanecía aferrada al brazo de su prometido, cual mujer enredadera.

Michael trató de quitársela de encima con todo el garbo que pudo, y luego afirmó taxativo:
—No ha de ser así. Voy a tomar los votos. No tengo intención de desposarme.

Toda suerte de color se desvaneció del rostro de su madre y todos los hoyuelos de Fille se derrumbaron por los suelos, y casi pudo oírse el tintineo. El hielo que mantenía encallado al *Bella María* —ese era el nombre del galeón que había a su espalda— supo aprovecharse de aquel enfriamiento adicional del clima: unos patinadores que cantaban en una jocunda fila se deslizaron alegres y ruidosos alrededor del grupo de parientes frustrados y un violinista, chasqueando la lengua, instó a todos a patinar más deprisa. Carolas y voces felices, alboroto y griterío proveniente de los trineos en plena carrera resonaron desde una orilla a la otra del río y sobre el mar. Fue el comienzo de la glaciación personal de Michael, con ligero retraso respecto a la que, desde los primeros días del año de gracia y de salud de 1638, había anunciado el largo invierno europeo que aún hoy no ha terminado.

Pero si el amor no progresaba, el arte hacía grandes progresos. El maestro del taller donde estudiaba el casi seguro monje sentenció:

—Tiene mucho talento, que se marche a Italia.

Y Michael, una vez abrazada la afligida madre, se marchó.

Confiaba de verdad en que el pecado que llevaba en su viaje fuera diluyéndose milla tras milla, ciudad tras ciudad, hasta fundirse bajo el cálido sol de Italia. Por consiguiente, se detuvo en Bolonia, donde gran éxito había alcanzado la escuela de Dionisio el Flamenco, como se conocía a Denis Calvaert: Bolonia, fría y provinciana, cubierta de nieve durante todo el invierno, buena solo para comer y beber, no tardó en rechazarlo, se parecía excesivamente a Bruselas. Por otro lado, en lugar de Calvaert se había topado como enseñantes de pintura con los hermanos Carracci, quienes, en recuerdo de la competencia de Calvaert, sacaban la piel a tiras a los jóvenes pintores flamencos. De esta forma, apenas pasado el primer invierno, se había trasladado a Roma, donde, para entrar en el círculo de Peter van Laer, el más famoso de los pintores holandeses, tuvo que someterse al Bautismo, es decir, al festín en la Academia.

Aunque Van Laer pintara mendigos hambrientos, campesinos y pobres pastores y fuera un maestro de la pintura lacrimosa, su vida era una continua ronda de festines y también era muy popular entre las mujeres, cosa en verdad sorprendente porque era feo, corto de estatura y dotado de una nariz gigantesca.

Los pintores holandeses se agrupaban alrededor de su maestro para introducir a los principiantes en el hermoso entorno romano con pruebas de todo tipo: el rito que llamaban de la Academia tenía lugar en una taberna cercana a la iglesia de Santa Inés, donde el vino corría por barriles enteros, borrachos desde el principio los iniciadores y borrachos al final los iniciados, con las mujeres y los niños en la mesa junto a jabalíes y terneros, cerveza y aguardiente. La Comunidad de los Pájaros, como se llamaba la alegre pandilla de los holandeses romanos, no se contentaba hasta que el iniciado se veía sometido a las peores humillaciones. Imagínese el lector al más que perfecto Michael entre esta ristra de malintencionados.

Nada más entrar en la taberna, le ataron un codillo de cerdo al brazo y lo llevaron a ver a todos los cabecillas de la comunidad, con Van Laer a la cabeza, quien se sentaba, al ser más bien bajito, sobre un taburete reforzado con cojines, apoyado sobre el arco de la espalda de dos jóvenes pintores. En el centro de la enorme mesa, sobre un montón de barriles, se alzaba una imitación de San Pedro, al estilo, según se le dijo, de la construida para su compañía por Andrea del Sarto cien años antes, con la columnata hecha de salchichas, el pavimento de queso parmesano, el tejado de cerdo, el altar de lasaña; los sacerdotes en oración eran codornices al horno con el pico relleno de cerezas confitadas.

Los holandeses se la comieron en un santiamén, insultando a los pintores italianos, tachados de meapilas y meones, y dejando correr por canalones de cobre colocados a lo largo de la mesa cerveza y vino, que caían en las gargantas de los presentes tirados por los suelos. Cantaron y obligaron a cantar a Michael, bebieron y obligaron a beber al joven pintor, estuvieron comiendo hasta bien entrada la noche, cuando algunos se desmayaron en la mesa, otros vomitaban fuera y los demás habían pasado a ocuparse de las mujeres, con quienes fornicaban sobre la mesa y en el solado, que en la taberna era de hierba.

También se le dio una a Michael, quien se vio rodeado por un grupo de compinches con la intención de verificar la eficacia copulativa del nuevo adepto. Michael susurró al oído de la mujer que le pagaría si fingía con él, aprovechando la complicidad de calzones y faldas, y esta tuvo el valor, mientras todos los increpaban, de negociar el precio. Y puesto que los holandeses estaban demasiado borrachos como para verificar lo ocurrido, se fueron felices todos o casi todos, porque la mujer se carcajeaba repitiendo a media voz: «Impotente, impotente». De modo que un grabador larguirucho de Gante, aprovechando la oscuridad de la noche romana, aferró a Michael, le bajó los calzones y realizó con él el acto que el pintor tanto había aplazado para sentirse perfecto cuando pintaba.

Fue algo breve y doloroso, el grabador desapareció sin que su amante pudiera verle la cara y Michael, aturdido, humillado y ya para siempre imperfecto, volvió a casa llorando.

De su muñeca seguía atado el codillo.

4.

Michael de Sweerts se había presentado en Via Margutta una lluviosa noche de diciembre, mientras que Jacques y un par de compinches suyos, el Spagna y el Ostia, se revolvían en sus jergones entre trapos y mantas, lamentando no tener al menos un animal de granja que les respirara en el cuello. Las habitaciones romanas, inmensas y pintadas al fresco, habían sido sin duda hermosas —y en el alquiler pagado se cobraba esencialmente el linaje del edificio—, pero carecían de muebles, llevaban dos décadas abandonadas y tenían las chimeneas obstruidas.

Jacques corrió a abrir —los golpes eran de bastón y no de puño— y se encontró ante un pisaverde con sombrero de ala suelta, plumas moradas y grandes lazos en el pecho. Por debajo del manto asomaba una mano muy blanca y femenina con su correspondiente anillo. El bastón que había golpeado la puerta tenía una cabeza plateada de ganso como empuñadura.

—He oído que aquí hay una habitación disponible —dijo con voz meliflua el pisaverde.

Jacques lo había observado bien: era joven y tenía unos curiosos ojos verdes de gato, bigotes rizados y largos cabellos ondulados.

—Una habitación hay, en efecto, pero vuestra merced sin duda se ha equivocado de edificio —contestó Jacques, sujetándose los calzones con la mano—. Aquí vivimos solo nosotros, que somos pintores.

—Soy pintor yo también —alegó atenuando su arrogancia el huésped emplumado, y luego añadió—: Soy Michael de Sweerts, pero podéis llamarme Caballero Suàrs.

Jacques Israël, que se había criado con Flandes a su espalda, respondió en la lengua del huésped y ello cambió de inmediato la actitud del caballero, que de altiva se transformó en alegre, una alegría infantil.

—¿Puedo ver las camas? —dijo el caballero, quitándose la capa empapada—. Estoy aquí como acto de contrición. Quiero vivir en una casa modesta para inspirar mejor la fe de mi pintura. He decidido vivir entre los pobres. Quien los pinta no puede dormir en camas de plumas de oca.

—¿Ah, no? —comentó con expresión alelada Jacques—. En tal caso... por aquí.

Y le acompañó hasta los jergones infestados de chinches y piojos. Por debajo de las mantas, se habían asomado unas cabezas enfardadas de lana de ojos enrojecidos y con ojeras. El caballero los había aguijoneado con el bastón.

—¡Pintores de brocha gorda!

—Mmm... Ha llegado Rafael... —murmuró el Spagna, y Jacques se dispuso para enfrentarse a una pelea.

Pero Sweerts se limitó a volver la cabeza y preguntó con aire manso:

—La mía, ¿dónde está? —y puso en manos de Jacques tres monedas de oro, provocando el brusco despertar de todos los pintamonas sumergidos por los harapos—. Y que no se os pase por la cabeza intentar robarme esta noche. No lo parece, pero sé utilizar la espada —añadió sin mirar atrás, y se dirigió a su jergón conforme sacaba de un costado un sable corto.

Todos estaban de pie a esas alturas. El Ostia tomó por el cuello al Spagna y se lo llevó de vuelta a la cama, Jacques permaneció detrás de la puerta de la habitación a la que se había retirado el holandés para escuchar los ruidos: la espada apoyada contra la pared, el crujido del jergón al extenderse, las bolsas que caían al suelo, un suspiro, maldiciones ahogadas por los insectos que se daban rápidamente a la fuga. Su primera impresión había sido que aquella llegada acarrearía novedades.

Y, en efecto, las novedades no faltaron y muy inesperadas.

5.

En los días sucesivos, el Caballero Suàrs entabló con Jacques una premurosa amistad, una confianza que bien se cuidaba de compartir con el Spagna y el Ostia.

Se había empeñado en presentar a Colmar a todos los pintores de moda en Roma. Y ahí estaban, apretados en una cola para recibir comida —pan y aguachirle para los artistas— en la iglesia de las Almas, cuando vieron a Peter van Laer, apodado el Fantoche, de todo el círculo de Ámsterdam sin duda el pintor más famoso y el que obtenía más consenso, repulsivo pero sobrecargado de amantes lujuriosas, que con la excusa de pintar a los pobres se había hecho rico. Y ahí estaba, en una casa de Campo de' Fiori, el viejo Lanfranco, modesto y enfermo, que había sido amigo del Domenichino y lloraba melancólico el pasado.

—¡Guardaos de los pintores! —le advirtió a Jacques—, ¡en especial de los napolitanos! ¡Son gente endiablada!

A su difunto amigo boloñés, en Nápoles precisamente, mientras pintaba la cúpula de la catedral, le habían matado a uno de sus sirvientes y a él le habían administrado veneno a propósito, para que abandonara el encargo y la ciudad.

Más tarde acabaron en un convento, para ver al boloñés Albani, enjuto, serio y clasicista, hombre de pocas palabras y mesa aún más frugal que, de hecho, no les ofreció más que ciruelas pasas.

Pero el encuentro más esclarecedor para Jacques acerca del caballero y de sus fortunas fue con el sádico Gerrit van Honthorst, para los italianos Gherardo delle Notti.

Lo encontraron en su casa, en el Trastévere, borracho delante de un lienzo que representaba la irrisión de Cristo.

Los soldados no estaban menos beodos que él y toda la pintura era roja y negra, como el estado de ánimo de su autor.

—¿Cómo es, amigo mío —le dijo a Jacques Israël—, que aún no habéis asistido a uno de nuestros festines? Ah, eso es porque sois francés y con ese nombre... ¿Judío? Entonces no os acerquéis, que esos festines son peligrosos... ¿Ya habéis conocido a Van Laer? ¿Sí? Pues bien, ese es un hombre al que hay que evitar... como a algunos de sus amigos... Ah, pero si él los conoce muy bien... ¿verdad, señoritinga? —y señaló con un dedo vacilante a Michael, que se le quedó mirando con la cara roja de ira y vergüenza.

»Sí, sí, claro que sí... No os hagáis la recatada, que habéis estado con todos ya, vos, señorita Caballero... Oh, pero ¿qué hacéis? ¡No os vayáis! Dejad que os palpe un poco el trasero... Fláccido, por culpa del agua del Atlántico y de esos quesos de oveja...

Ya habían alcanzado la calle y Gherardo aún les corría detrás vociferando.

—No hagáis caso a ese Van Honthorst, su pintura es tan ácida como la bilis que guarda para todo el mundo —dictaminó el Caballero, dándose, como hacía a menudo, aires de profeta.

Sin embargo, el estado de ánimo del Caballero, llegados a ese punto, había cambiado y no mejoró durante su visita a los estudios de la hija de Orazio Gentileschi, de Spadarino, de Paolini, de Régnier y Vouet, todos ellos pintores de fama y ya de edad avanzada, con los que el Caballero, que debía de tener apenas veintidós años, demostraba un trato confianzudo.

Jacques se había hecho a la idea de que era un hijo de burgueses prestado a la vanidad de la pintura. El Caballero era religiosísimo, y hasta mojigato, de manera que Jacques evitaba cualquier referencia a su propio credo judío, por más que resultara evidente, y, en particular, todo detalle relacionado con Ninon Colmar, a quien sin embargo iba a ver todos los domingos al convento.

El Caballero, cada vez más unido a él en una amistad prolija y exclusiva, lo instruía, lo invitaba a suntuosas cenas a pesar de sus deseos de expiación, que le hacían dormir en el tugurio de Via Margutta. En efecto, mientras que Jacques Israël se las ingeniaba entre protestas, letras de cambio, pagarés nunca respetados, compañías teatrales y primeros actores, ganancias ridículas y comicastros insolventes en fuga, el Caballero tenía clientes... y menudos clientes. Pequeños, medianos y grandes, los lienzos que realizaba deprisa y bien salían en dirección a las moradas de cardenales, de príncipes y de marqueses de las que regresaban, con regularidad, sacos con monedas de oro y plata, estolas, pieles, anillos, un caballo, plumas para sus sombreros.

Y además era muy susceptible. Una noche en la que habían estado bebiendo y, tras discutir por un asunto trivial, Jacques se marchó dando un portazo, se encontró al regresar con Michael deshecho en lágrimas, que se le echaba al cuello, le rogaba que lo perdonara, le cubría la cara de besos, le acariciaba el cabello. Jacques, aunque borracho, al cabo de un rato lo alejó a empujones riéndose y asegurándole su perdón, con lo que el joven se metió sosegado en la cama, temblando como esos perros a los que su amo ha ordenado quedarse quietos en espera de comida, y cuando Jacques se tumbó en su lecho, todavía seguía dando gracias a la Virgen por el regreso de su compañero de cuarto. Jacques colocó un banco para mantener cerrada la puerta que los separaba y se hundió en su habitual sueño atormentado por lámparas del escenario y actores que, olvidando sus papeles, mandaban al infierno sus maquinarias escénicas.

No fue un hecho aislado: al menor motivo de desacuerdo, el flamenco se dejaba llevar por ataques de llanto o de gritos. A veces Jacques se lo encontraba leyendo en el corazón de la noche con un birrete en la cabeza; al preguntarle, le explicaba que no podía conciliar el sueño hasta que él no hubiera regresado.

Jacques Israël Colmar se dijo que estaba harto en repetidas ocasiones.

Mientras tanto, sin embargo, había conocido el estilo de la pintura del joven y le pareció extraordinario. Cuanto más inestable y humoral era el Caballero, más serenos, angelicales y bañados con una luz milagrosa eran sus óleos. Competía con el estilo de Van Laer en la insulsa pasión, al sentir de Jacques, por las escenas pastoriles, por los trabajos humildes y por los pobres en general, como si ser unos muertos de hambre fuera una virtud. Pero sabía estructurar perfectamente una escena al estilo antiguo, retratando ruinas y paisajes, y estaba sin duda muy dotado para los retratos del natural. Una joven pastora y su hermano menor, un muchacho con un turbante, parejas de mendigos, talleres de pintura, agricultores que vuelven del trabajo: era evidente que en otros tiempos Sweerts habría pintado retratos de reyes, pero esos eran años en los que a los ricos les gustaba pintarse rollizos, para conjurar epidemias y guerras, y en casa querían, al lado de sus propios retratos, los de sujetos demacrados, hambrientos y ascéticos, de modo que pudieran ablandarse el alma sin desprenderse de un solo céntimo, puesto que aplacar el sufrimiento de los demás sin conocerlos en persona —o haciéndoles una rápida visita con el fin de prestarles un socorro ocasional— vuelve a los arrogantes más ligeros, una condición física desconocida para ellos.

Sweerts, con su trazo angelical y adolescente, con sus colores impregnados de bruma y de niebla nórdicas, que empañaban oportunamente el exceso de sol mediterráneo, era un perfecto salvoconducto para las almas prensiles del patriarcado romano, a las que todo les podía ser reprochado a excepción de falta de generosidad hacia los pintores, ya que en esa época, por encima de cualquier otra, la imagen, más que la sustancia, era lo que contaba, y bajo las imágenes, plurales, las sustancias.

Sweerts oraba y se fustigaba, pronunciaba sermones para Jacques Israël y sus compañeros, llegaba hasta a decir misa en lugar del sacerdote, era un narrador nato y se veía que, a medida que hablaba, era siempre de sí mismo de quien hablaba, y de hecho, la casa de Via Margutta estaba a esas alturas repleta de osados autorretratos, de los que decía sarcásticamente el Spagna: «Los pinta para refrescar a sus muertos».

La compañía de Michael había empujado a Jacques a la pintura —pequeñas naturalezas muertas con velas— y a la realización de lo que llamaba Teatros para el Ojo, inspirados en un poema o en una alegoría. Acumulaba para sus teatros conchas de bivalvos, fragmentos de mármol, frutas de cera, corales, vidrios y espejos; recortaba figuras que iluminaba por detrás con faroles, estatuas de sal y paja vestidas de pastores o de faunos o de sátiros, junto con pájaros disecados y flores secas y perfumadas.

Montaba, en miniatura, las historias de Angélica y Orlando, de Dafnis y Cloe, de Antia y Habrócomes, de Quéreas y Calírroe, de Filemón y Baucis, de Aquiles y Patroclo, de Rodante y Dosicles, de Drusila y Caricles y todas las cantaba y recitaba también, por lo que el Caballero aplaudía y vociferaba:

—¡Pero es que vos sois un genio! ¡Un genio!

A cambio, el Caballero había empezado a cubrirlo de regalos.

La costumbre arraigó con rapidez, hasta el extremo de que Jacques no habría podido decir cuándo empezó exactamente la cosa.

Un pañuelo, una camisa, un pendiente, un sombrero, un par de calzones nuevos, pinceles de tejón de excesiva calidad, un bolso. No podían contarse ya los regalos que Michael dejaba a su compañero sobre la mesa cada mañana, dado que él se levantaba temprano y se iba a la iglesia a rezar, mientras que Jacques, casi siempre en pie hasta bien entrada la noche en las salas del teatro, a menudo regresaba al amanecer y dormía hasta el mediodía.

Fue entonces el Spagna quien le quitó la venda de los ojos.

—A ese holandés tú le gustas demasiado —dijo.

Y cuando, la noche siguiente, Michael tomó su mano en un arrebato de entusiasmo, mientras le contaba los elogios recibidos ya no recordaba de quién a causa de una pintura suya de animales, Jacques la retiró, ostentosamente. Michael parecía a punto de pasar de la ofensa al llanto y Jacques le dijo, en términos muy claros, que no entraba en sus gustos acompañarse con hombres y que tal vez se hubiera equivocado en hacerle creer que la amistad entre ellos era un puente hacia otras cosas.

Michael se mantuvo innaturalmente tranquilo, con la cara como una losa de hielo, y le contestó, todo cortesía, que no sabía de qué le estaba hablando y que si sus confianzas le molestaban, se debía sin duda a que no estaba acostumbrado a las maneras de la buena burguesía, él, que en el fondo no era más que un hijo de puta.

Jacques no se ofendió, porque sabía muy bien quién era su madre, pero se alarmó, al darse cuenta de repente de que todos los gestos de impaciencia en los que Michael solía incurrir iban asumiendo el rostro mojigato e intolerante de Martina Ballu, la irreprensible y álgida madre que Michael citaba con mucha más frecuencia de lo normal.

Ella era la mujer piadosa que le había enseñado a orar e infundido el deber moral de ayudar a los más débiles y en ese momento era ella también la que se agitaba en el brazo del hijo, malsufrida ante el dolor, la que repelía los rechazos y pretendía tener razón devolviendo a Jacques a su sitio en un orden social nunca antes evocado entre ellos.

Se acostaron inquietos, fingiendo ambos que dormían. Al día siguiente, Jacques abandonó la casa de Via Margutta hacia un nuevo destino del que ni siquiera había informado al Ostia, al Braghe, al Spagna ni al Lisca.

6.

Y después, de improviso, cuando todavía estaban en mitad del invierno, el séptimo que pasaba en Roma, Jacques Israël Colmar tuvo que enterrar a su madre.

Ahora la veía con claridad, pobre Ninon, envuelta en una sábana blanca, los huesos marcados allí donde tan abundante había sido la carne, tan lozana como la recordaba de niño, la misma carne que le había creado y parido. La enterraba recién cumplidos los cuarenta y siete años, sin que hubiera podido decir adiós a ninguno de sus hermanos y hermanas.

Tras los primeros días de desconsuelo, en los que se movió como si los demás le dictaran lo que debía hacer, Jacques retomó su trabajo en los montajes teatrales. Se habló mucho de un espectáculo que había iluminado, una adaptación de la novela de Boccaccio titulada *Nastagio degli Onesti*. La mujer desmembrada y devorada por los perros había causado una gran impresión, y a raíz de su contenido escabroso el Papa había ordenado suspender la segunda representación, con el excelente resultado de que las sucesivas funciones tuvieran lugar en los subterráneos de un palacio al que todos querían acceder en secreto y enmascarados.

Cerca del palacio se hallaba una posada que tenía precios altos y buen vino y a la que Jacques acudía merced al primer actor. No se le había ocurrido que esta nueva fama suya provocaría su reencuentro con el Caballero: aún estaba demasiado angustiado y perplejo sobre su futuro. Pero he aquí que en lo profundo de la noche, mientras todos estaban borrachos, Michael se detuvo ante su mesa, agitando su sombrero de plumas, y le explicó, sin que nadie se lo preguntara, que Martina Ballu, su madre, había heredado de su marido y de su hermanastro una gran tienda de telas en Bruselas y que lo que llevaba puesto —que Jacques prestase atención— no era más que una de las prendas que le llegaban directamente cosidas con finas telas de Amberes.

Jacques contempló el hermoso traje de brocado violeta y anaranjado, de colores raros, algo excéntricos, a juego con las plumas del sombrero que Sweerts había puesto sobre la silla. Le dejó hablar y solo al finalizar le comunicó que su madre, la ramera, no la burguesa que heredaba tiendas, había muerto, que había sido enterrada sin pompa alguna, envuelta en una sábana, poniendo así fin a su miserable vida. Ahora tenía que trabajar —y señaló al primer actor—, no estaba allí, por desgracia, para divertirse, y le despidió.

El Caballero Suàrs, perplejo, aceptó el rechazo sin rechistar. Pero al cabo de un rato regresó a la mesa del primer actor, invitó a una ronda a todo el mundo y preguntó dónde iba a tener lugar la próxima representación de *Nastagio degli Onesti*. Una vez averiguado el sitio, se despidió ya sin tanta ceremonia como al principio, y desapareció entre los clientes.

La última noche del *carnem levare,* que marcaba el inicio de la Cuaresma y del ayuno, la compañía de Jacques Israël Colmar salió a escena con una farsa mitológica para la que habían sido adquiridos veinte frascos de aceite de lámparas, tres bolsas de plumas de oca para simular nieve, ocho piezas de brocado y seis cestas de flores de papel. El actor que interpretaba a Perséfone había sufrido una caída de la voz y la Princesa de la primavera cantaba como un barítono peludo. El actor que llevaba el traje de Deméter estaba borracho y perdió un pecho de papel maché en escena, entre las carcajadas del público. Hades era un viejo bilioso. La escenografía de Jacques obtuvo un gran éxito, ya que la luz del alba quedó simulada a la perfección y los infiernos olían mal y ardían. Una vez secuestrada Perséfone, los copos de plumas cubrieron el escenario y quiso el azar que en Roma comenzara a nevar, por lo que a todos les dio por pensar que el amor y el calor no volverían nunca más a la humanidad.

Michael, vestido de azul marino, aplaudió convencido durante toda la representación. Repartió monedas entre los mendigos fuera del teatro. Conversó con los trabajadores del teatro y con el público desdentado como si entretuviera a una corte de nobles. Cuando apareció Jacques, sudoroso y sucio, le tributó un aplauso más fuerte y rotundo, y le propuso que cenaran juntos en su nueva casa. Ya no vivía en Via Margutta, sino en una habitación para él solo, repleta de sus cuadros y de hermosas sillas.

Se encontraron ya con la mesa preparada. Una joven les sirvió jabalí y gallina. Al final hubo incluso una taza de crema y peras. Jacques bebió tanto que se quedaba dormido en la silla.

Con los ojos velados de ebriedad, Michael puso una mano en la pierna de Jacques y fue subiendo lentamente hasta tocar su sexo. Por dos veces hizo Jacques un gesto al flamenco para que se detuviera, pero no hubo forma. ¿Era un sueño acaso? Michael le rebuscó en los calzones y murmuró algo así como «parece una lagartija» o «qué extraña lagartija». Jacques Israël se rio, eructando. Y Michael se agachó y le robó el semen con la boca.

Al despertar, vociferó toda su furia contra Michael, quien a su vez aullaba:

—¡Tú me perteneces! ¡No puedes abandonarme! —desgañitándose de tal manera que Jacques, que había jurado no volver a tocarlo jamás, corrió a cerrarle la boca con la mano.

El otro se la arrancó de la cara y le besó. Jacques se echó hacia atrás y levantó un puño, la nariz del Caballero recibió un golpe accidental y un largo chorro de sangre acabó manchando un requesón inmaculado que había sobrado del festín de la noche anterior.

Ahora Michael gimoteaba y Jacques le taponaba la hemorragia con el mantel de lino, pero los bigotes rubios del holandés eran de púrpura. Aturdido, hizo que le acompañaran a la cama, con ojos de gato, líquidos y suplicantes. Jacques, furioso, había desaparecido.

Días más tarde, se supo que el Caballero Suàrs se había decidido a tomar los hábitos y llevaba, incluso mientras pintaba, el cilicio. Rechazaba el dinero que le ofrecían sus ricos y leales clientes con el fin de expiar todos los pecados.

Se dijo que había declarado públicamente en las calles su intención de reclamar el perdón por los pecados de lujuria y orgullo que acumulaba, por más que la culpa hubiera de compartirla con un hombre, un pintor como él.

Harto y disgustado, Jacques se deshizo de las pocas posesiones que tenía, embaló el resto y envió a Nápoles algunas de sus herramientas, para que le precedieran en su llegada.

Tenía que poner cuantas leguas pudiese entre él y Michael de Sweerts y confiar en que a este nunca, lo que se dice nunca, se le ocurriera mencionar su nombre en relación con la noche que pasaron juntos.

7.

Michael se enteró de que Jacques Colmar había salido de Roma mientras retrataba al marqués Annibaldi en su palacio. La furia que lo embargó ante la noticia que traía su ayudante le llevó a destrozar jarrones y a desgarrar cortinas y alfombras, no suyos sino del marqués, quien, como es lógico, ordenó que lo pusieran de patitas en la calle. Una grave mancha en su reputación de hombre de autocontrol perfecto e invencible cortesía que el Caballero había edificado en torno a su arte.

Luego se dirigió a la carrera a Via Margutta, a la casa que había compartido con Colmar, el Ostia, el Braghe, el Lisca, el Spagna, en la esperanza de localizar a alguno de ellos, pero la halló deshabitada, a excepción de algunos cacharros, piezas de poco valor, que también fueron víctimas de su furia destructora.

Una vez que terminó con los platos, se dejó caer al suelo —se había roto una de sus preciosas medias— llorando. Lloró tanto tiempo y tan profusamente como para fundirse en el Tíber. No le fueron ya de consuelo alguno, ni ese día ni los siguientes, sus costumbres privadas: contemplarse durante largos ratos en el espejo, en especial el bigote y las comisuras de la boca, limpiarse y limarse las uñas, siempre incrustadas de pintura, comer dulces, ponerse largas batas bordadas con flores de seda, robadas años atrás a una modelo. Por lo general, se disculpaba con Dios y consigo mismo diciéndose que era ropa cómoda y cálida.

Pero ahora, incluso después de haberse concedido todas estas inconfesables libertades, seguía soñando con Jacques. Ya había pasado por la experiencia de ser denigrado, insultado, golpeado por los hombres que deseaba, pero nunca le habían abandonado de aquella manera. Porque Michael estaba realmente convencido de que, en el fondo, Jacques lo amaba. ¿Qué podía querer decir, de lo contrario, una fuga así sino la revelación de un sentimiento inefable? Oh, sí, era justo eso: Jacques no había huido para sustraerse a sus atenciones, se había escapado por amor, porque no lo había vivido nunca y no sabía cómo gobernarlo.

La séptima noche tras la desaparición de Jacques, Michael había vaciado la casa de vino, de víveres, dados y cartas con motivos obscenos, lanzando los corazones de manzana con la primera orina por la terraza, y, como todas las mañanas desde que había cumplido cuatro años, se puso a rezar. Y fue durante la oración cuando la Virgen, largo rato implorada, se le presentó bajo la apariencia de Venus, lo que consideró de buen agüero, y le sugirió: vete, corre tras él, alcánzalo.

Y Michael hizo las maletas y se marchó a Nápoles.

El encuentro

1.

—¿Dónde está, pues, nuestro maestro? Ah, aquí estáis... *¡Maestro de las velas! ¡Bienvenido!*

Jacques contempló desde el umbral del callejón el estudio de Ribera iluminado por las velas. Juan Do, el primer pintor del círculo español al que había conocido al llegar a Nápoles, permanecía muy serio, como un jesuita, al fondo de la sala. Sus cuadros le infundían un profundo respeto. En el cuchitril de Rua Catalana donde Jacques había entrado recién llegado de su viaje, con la carta de Van Laer en el bolsillo, vivía Do como si estuviera todavía en las altas montañas de sus Pirineos: rodeado de ovejas, un cerdo y una gallina al lado de la cama, pintaba lienzos altísimos, que a duras penas el techo del bajo medieval de aquella zona de mala fama, llamada Malpertugio, con vistas al puerto y a sus molinos de viento, lograban contener.

—¿Y bien? ¿A qué estáis esperando? ¡Entrad, entrad! Ya vimos vuestro montaje de anoche: *precioso, hermoso...*

—Gracias —murmuró Jacques bajando los escalones de la habitación.

—Vos sois verdaderamente el maestro de las velas —agregó chispeante Ribera—, debéis colocarlas también en mi estudio... Aunque, por supuesto, todavía os queden cosas por aprender...

—No hay duda...

Jacques echó una ojeada a Juan Do. En comparación con el brío de Ribera, Do parecía una estatua de madera. ¿Respiraba? Qué hermosos eran sus pastores: un enorme lienzo que representaba la Anunciación, los pastores adormecidos junto a los asnos, ángeles sin cielo, sin nubes, grandes niños pesados que descansaban sobre la cabeza de los pastores, llegados en el sueño, un sueño pesado sobre las cabezas de los hombres cansados del trabajo real, el lienzo saturado de cuerpos, el marrón de las túnicas y de las pieles de los animales...

Si Ribera era un dios, Do era el gobernador de los universos pictóricos.

—Es un placer veros de nuevo —le dijo.

Do apenas movió el bigote, caído al igual que sus ojos. Una arruga en la frente casi calva dio a entender que apreciaba él también la presencia del francés.

—¡Bueno, bueno, basta de formalidades! —ordenó Ribera—. ¡Estamos aquí para beber! ¡Mujer! Amigo mío, estábamos hablando de la luz, antes de vuestra llegada, y la opinión de un hombre de teatro era lo que nos hacía falta. Sentaos.

Do se agachó para tomar un vaso de vino que había traído la esposa de Ribera. En un lienzo que lo representaba viejo y barbudo con la paleta en la mano, Do había pintado un trozo de pergamino en el que estaba escrito: «Aún aprendo». ¿Qué podría decirles Jacques a los dos españoles? Se contentó con que lo acogieran en su compañía. A pesar de que era de noche, desde las habitaciones interiores se escucharon los gritos de los hijos del maestro. La mujer corrió a hacerlos callar, sin aparente resultado.

—Me ha parido demasiados... —meneó la cabeza desconsolado Ribera.

—Le dejaste tener demasiados —dijo serio Do.

—¿Qué pretendías? ¿Que abortara? Con lo religiosa que es...

—Más que tú, eso seguro.

—Cuando vamos a misa al monasterio de Santa Patrizia ocupamos la mitad de la iglesia...

Jacques entrecerró los párpados hasta que la luz de las velas no vibró como una superficie de estrellas móviles al borde de un océano negro. Revivió la primera vez que fue a la sinagoga de Colmar con sus hermanos, su padre que los contaba, vigilante.

—¡Vendréis con nosotros mañana, Jacques!

—¿Qué? —la mano de Ribera, pequeña pero robusta, había caído sobre su hombro. Sacudía fuerte, lo sabían todos en la ciudad, los descalzos daban la voz, los había oído: «¡Cuidado, el *Spagnoletto*!».

—A misa. La iglesia es preciosa. ¡Y las monjas son temas maravillosos para los lienzos! Viejas santas y ascéticas, ninfas jóvenes...

Do miró a Jacques. Jacques se encogió de hombros. Ribera se echó a reír:

—Dejadme que me dé ese capricho: ¡llevar ante las monjas un ejército de niños y un judío!

Do tosió.

—Es inútil que os jactéis, Juan, solo sois un marrano y vuestra esposa es de lo más católica, como todos los De Rosa...

Jacques miró el severo rostro de asceta de Juan Do. Van Laer le había enviado a verle, porque sabía que era un judío convertido. Y también sabía que estaba bien establecido en Nápoles: los De Rosa, Pacecco, Annella, Grazia, eran una familia de pintores muy estimada y bien pagada en la ciudad, hijos políticos del maestro Filippo Vitale y emparentados con otro maestro, Aniello Falcone. Do había salido huyendo de Valencia y Ribera había hecho de testigo en su boda.

Do abrió la cazoleta de la pipa, Ribera le pasó una caja de tabaco y señaló con el dedo a Jacques:

—¡Este es un judío de los de verdad! ¡Judío y cómico! ¡Más escandaloso que eso...! Si mañana os matan en la iglesia, ¿dónde podremos enterraros en esta ciudad, *maestro de las velas*?

Y estalló en carcajadas.

2.

Y así fue como acabó yendo al monasterio de Santa Patrizia, calle de los Armenios arriba, bordeada de hermosas iglesias y de tiendas de artesanía, en compañía de la ruidosa familia Ribera y la familia Do, mujeres y niños incluidos: un ejército. Por dondequiera que pasaran, otros pintores o algunos clientes los saludaban y los paraban, de modo que llegar a tiempo a misa supuso un verdadero problema.

La iglesia era una apoteosis de estucos y de maderas pintadas de rosa, amarillo, verde y oro; la santa iba vestida de collares e iluminada en pleno día por una cohorte de velas. Una barricada de flores innecesariamente fragantes pugnaba con el hedor a sudor y a cuerpos que saturaba el pasillo. Los Ribera y los Do se separaron por sexos: las mujeres en la parte superior detrás de las celosías, los hombres en la parte baja con la cabeza descubierta, al igual que los niños.

Dos grandes estatuas de madera y una cascada de ángeles con faldas de colores habían distraído a Jacques, de modo que nunca supo explicar cómo aquel día estaba en fila ante la pila de agua bendita, forzado por el movimiento general de la decoración, con la fila de los hombres separada de la de las mujeres. Una jovencísima muchacha con velo seguida por una criada se acercaba a la pila de mármol. Las mujeres apoyaban apenas los dedos en el agua y, después de persignarse, regresaban rápidamente detrás de las celosías de madera pintada, con un enjambre de monjas acordonándolas y escrutando codiciosas sus ropas mundanas. Los hombres permanecían de pie, con la nariz hacia arriba, aunque no para buscar a Dios, sino para espiar a las ocultas.

Cuando llegó el turno de Jacques, la idea repentina e inquietante de Michael de Sweerts, quién sabe cómo, volvió a visitarlo. Se mezcló con la imagen de la jovencísima española que tenía frente a él, de modo que no esperó a que la mujer retrajera los dedos, sino que metió la mano en el agua transparente y tocó por equivocación los dedos pequeños y blancos de Lisario Morales e Iguelmano.

Electricidad: de haberse conocido el nombre en aquella época, habría sido esa la definición exacta para la sacudida que los recorrió a ambos, las manos capturadas sobre el altorrelieve de peces, cangrejos y calamares que ilustraban la concavidad de mármol. Sus manos se separaron inmediatamente, o por lo menos eso le pareció a la criada que observaba inquieta a su ama y a los gentilhombres españoles y napolitanos que esperaban detrás de Jacques. Con el paso de los años, Jacques llegaría a pensar en aquel instante como un matrimonio místico, con sus manos que emanaban luz desde la cuenca, las reverberaciones de la promesa de felicidad que se perfilaban en los rostros de los asistentes, miradas y aristas esculpidas haciendo de mediadoras.

La mujer había retrocedido inmediatamente unos pasos y Jacques se había disculpado balbuceando en francés y luego en italiano, para regresar cada uno al instante a su respectiva fila. Lisario había desaparecido, ave nocturna entre las rejas; Jacques, abatido por el descubrimiento sobre un banco de la iglesia, fue el único que se quedó sentado entre una multitud de hombres que se pavoneaban con la espada a un costado, Ribera y Do lo miraban con el ceño fruncido.

Estuvo buscando hasta el final de la misa a Lisario en la oscuridad del techo, oro auténtico entre las incrustaciones de oro del estuco. Lisario en cambio lo veía muy bien, desde arriba. Con el cuerpo encerrado en la jaula del guardainfante, el dedo segregado del anillo matrimonial, con la cabeza velada como con un sudario, contemplaba al desconocido separado de ella y sin embargo tan presente. Se sentía transparente, plenamente comprendida, plenamente absuelta, traducida sin necesidad de hablar, mientras seguía quieta en el banco del gineceo que olía a orina seca, heces de roedores y a galletas encerradas en la despensa.

Una vez terminada la misa, un impaciente Jacques Israël Colmar esperó en vano a que saliera Lisario, las monjas habían retenido a la señora Morales e Iguelmano y a su criada para darles una sábana bordada con el fin de que se la entregaran a la *Señora* de Mezzala, protectora de su marido y financiadora del convento, y luego la condujeron directamente al carruaje detenido en la plaza de San Gennaro all'Olmo, a la espalda de la iglesia.

Y así, entre los encajes de la ventana que se alejaba, Lisario solo pudo atisbar al francés que la buscaba en vano, con el sombrero en la mano.

3.

Jacques Israël Colmar esperó el domingo siguiente con la misma levedad de ánimo con la que un réprobo aguarda el día del Juicio Final.

Una hora antes de la misa ya estaba de pie, de espaldas al tabernáculo de la santa, con los ojos azules enrojecidos por el insomnio fijos en la celosía. Les había preguntado a Ribera y a Do, había lanzado al Ostia y al Spagna en busca de noticias acerca de la joven y ahora estaba al corriente de su legendario despertar y de su matrimonio con el mejor médico español nunca existido.

Do le había advertido con su mirada severa: a Jacques le pareció volver a ver por un momento a Levi, su padre. Ribera, en cambio, había bromeado con él sobre su joven conquista y luego le advirtió gravemente que, siendo su marido el médico del virrey, aquel era un enredo que lo sobrepasaba. Jacques, como es lógico, no les hizo caso y ahora se hallaba allí, esperando volver a verla, aunque solo fuera por un instante, pero las rejas estaban tan apretadas que nada se filtraba salvo indistintos crujidos.

«Haz que se le caiga un botón, haz que se le caiga un anillo, haz que se escape un suspiro, haz que pierda un zapato.»

Le pareció distinguirla detrás de las rejas, un reflejo verde relució entre los oros. Sin duda iba vestida de verde con el pelo velado de plata. La misa terminó sin que obtuviera confirmación alguna de su presencia.

Los hombres salieron de la iglesia cubriéndose la cabeza. Pintores de la nación lombarda que se habían reunido para la función religiosa hicieron un gesto a Jacques. El Ostia y el Spagna fueron a su encuentro. El llamativo grupo de la familia de Ribera esperaba al maestro en el pórtico. Pero no había ni rastro de la joven.

«Haz que pase por delante de la iglesia, haz que haya venido a pie.»

Entrecerró los ojos e intentó recobrar la compostura: ¿es que nunca se había sentido atraído por una mujer? Se regañó a sí mismo. Mientras tanto, las manos le sudaban, las orejas se le habían puesto rojas.

Y de repente, ahí estaba: velada, el perfil aplanado, dos bandas de pelo negro como la pez, separadas por una hilera de perlas de río, el fino arco de las cejas sobre el abanico de los ojos. Ahí estaban incluso sus imperfecciones, vislumbradas o simplemente imaginadas: cuando sonreía, sus dientes eran anchos y su cuello joven estaba cubierto —¿por qué?— por abundante encaje.

El corazón es la sede del pensamiento, dijo Aristóteles: Jacques se lo escrutó. Una armadura de brocado de plata la sostenía como una coraza, signo seguro de que se trataba de una mujer sin corazón. Estaba tan absorto en sus fantasías que se sobresaltó cuando Lisario le miró.

El blanco rostro que asaetaba sobre el corpiño plateado, luminoso y oscuro a la vez, observaba a Jacques con los labios fruncidos. Parecía olfatearlo recelosamente. Jacques le devolvió la mirada, aturdido. Sintió por esa muñeca, que escapaba a su comprensión como el cuadrado sator diseñado por los monjes en los mosaicos de las iglesias, una repentina hambre. Quería devorarle las orejas adornadas con perlas pero sucias, la boca que resoplaba un curioso hastío, los párpados avergonzados, que se movían sin parar. Como el más previsible de los enamorados deseó apoyar la sien sobre sus mejillas. Pero ¿dónde estaban las manos? Ocultas por las mangas y por mil pequeños anillos, solo podían verse sus uñas, en forma de almendra, tan sucias como sus orejas.

El nombre. ¿Cuál era su nombre? No podría poseerla sin saber su nombre. ¿Sería extranjera? ¿Entendería su idioma?

—Señora... ¿Doña Belisaria? Seguidme.

Una de las monjas del convento apareció en el umbral y le estaba haciendo señas. Y Belisaria —ese era, por lo tanto, su nombre, escurridizo como una serpiente alada, oblicuo como el sator o bien «rotas», palíndromo del carro en fuga del deseo— se había movido mecánicamente hacia la puerta, derrotada por la necesidad de obedecer.

Con los hombros rectos, el torso rígido, había brillado con sus perlas en las orejas por última vez.

4.

Fue Juan Do quien le presentó a Jacques Colmar al príncipe de Belvedere. El acceso al convento le había costado un gran lienzo de tema antiguo, pero eso no le fue referido a Jacques, ni él llegó a descubrirlo. El locutorio del convento estaba cubierto de frescos de jardines y gatos, trampantojos a estrenar, lo que hacía el encuentro curiosamente romántico. Las monjas habían colocado entre ellos una gran mesa y armado a la señora Morales e Iguelmano, que lo había solicitado mediante gestos, con tinta, pluma y tintero.

Una monja con bigote se había quedado de guardia.

Jacques contempló detenidamente a Lisario: sus largos cabellos trenzados de perlas, el vestido excesivamente fastuoso, que no le sentaba bien, amplio y deformado.

La joven era la viva imagen de la desolación. Se sentía feliz de estar allí, emocionada, pero también —y Jacques lo advirtió— asustada. Lo primero que escribió en el papel fue: «¿Me haréis las cosas que me hace mi marido?».

Jacques sintió un escalofrío. La monja bigotuda no se acercó para comprobar nada y fue una suerte. ¿A qué se estaría refiriendo? Lisario tenía las manos sobre la falda de terciopelo, como una muñeca. Jacques tomó la pluma y contestó: «¿Qué os hace vuestro marido?».

«Rebusca», escribió ella.

Jacques tosió. La húmeda sala del convento era una madriguera repleta de peligros.

«Dentro de mí», agregó Lisario.

Jacques se dio cuenta de que se estaba ruborizando. No le había vuelto a ocurrir desde que era un niño. «¿Y eso os gusta?», respondió con la pluma.

Lisario negó rotundamente con la cabeza. Y añadió, por escrito: «Lo detesto».

La respuesta le volvió audaz, aunque con un ojo siguiera vigilando a la monja. «¿Y os besa?»

Lisario negó de nuevo con la cabeza. Luego le entró la duda y escribió: «¿Besos en la boca?», y se la tocó con dos dedos, como para tener la certeza de estar haciéndose entender. Jacques asintió.

«Solo una vez, en la boda», agregó con la pluma.

Jacques estaba a punto de pedir más información galante, cuando ella escribió: «Húmedo, peludo, aliento rancio».

Imaginando que también su aliento podría ser sometido a un examen tan poco piadoso, Jacques se tocó la cara. Se había afeitado por completo la barba para parecer más joven. ¡Qué extraña conversación para un primer encuentro! Sin que le diera tiempo a preguntar nada más, supo por ella: «Hace cosas y me pide que las haga. Me toca. Y quiere que me toque».

Jacques sintió que el bolsillo de sus calzones se hinchaba y se avergonzó mortalmente. Echó una mirada a la monja de nuevo, que parecía recelar de toda aquella escritura silenciosa. Era necesario que la hoja desapareciera. Jacques miró la vela que crepitaba junto al tintero.

Pero Lisario continuaba escribiendo. «Me gusta tocarme», como si garantizara la validez de una decocción. «Pero él no sabe cómo hacerlo. Solo toma notas.»

Los ojos de Jacques se abrieron tanto que provocaron en Lisario una enorme sonrisa.

«Podéis intentar besarme, si así lo deseáis.»

Seriamente asustado, Jacques miró a su alrededor, agarró la vela y dejó que cayera sobre la hoja.

—¡Hermana! ¡Traed un poco de agua! —gritó, y mientras la monja corría hacia ellos para agarrar el papel, él lo sacudió para que la llama ardiera más rápido y lo acercó a la estola de algodón que había entre los dos sobre la mesa, que se incendió a su vez.

La monja salió entre gritos y de este modo, aprovechando la repentina soledad, Jacques se acercó a Lisario, y se equivocó en todo. Ah, ¿dónde quedaba su arrogancia habitual, dónde su experiencia? El taburete rodó por el suelo —¡qué horror!, ¿lo habrán oído?— mientras Lisario seguía quieta y serena.

Agazapado en una pose ridícula y poco natural, le tomó la cara entre las manos, y posó, despacio, sus labios sobre los de ella. Me morderá, pensó. ¿Oleré mal?, se preguntó. Me contará los dientes —y eso que seguía disponiendo de una buena parte, teniendo en cuenta su edad—, la mayoría caídos al suelo en refriegas.

Los labios de Lisario eran delgados y curiosos, esquivos. Era como besar un lenguado. Y luego, un momento antes del verdadero fracaso, ella apartó sus manos de la cara, puso las suyas sobre las mejillas de él y hundió la boca en la suya. Jacques habría podido jurar ante un tribunal que no recordaba nada de lo que vino a continuación. El caso es que, cuando la monja apareció con una jarra, ellos ya se habían separado.

Lisario, tranquila, como si no hubiera sucedido nada, miró a la monja. La monja miró a Jacques, retorcido y rojo en su asiento. La hoja en la que habían escrito con las dos plumas de oca estaba completamente quemada.

—¡Se acabó! —gritó la monja, y Jacques se marchó corriendo, preguntándose si alguna vez volvería a verla.

5.

Pero luego la vio una y otra vez, en el convento, con la complicidad de la monja bigotuda que se había dejado comprar por el príncipe de Belvedere, a quien no le habían faltado oportunidades parecidas en muchos conventos napolitanos.

Cuando se quedaban solos, habían acordado que él nunca la tocaría, sino que ella sola sería quien tocara. Y la emoción que sintió Jacques, y el estupor cuando ella lo acarició y le cogió por vez primera con sus manos el miembro erecto, no puede describirse. Únicamente lo observaba con gran curiosidad.

Jacques preguntó:

—Vuestro marido... no... ¿no os lo enseña nunca?

Lisario enarcó las cejas y negó con la cabeza, sonriendo. Con dos dedos lo examinó arriba y abajo, maravillada. Se acercó a la mesa donde siempre había papel y tintero.

—Pero qué hacéis ahora, ¿escribís? —imploró Jacques.

Lisario se limitó a escribir: «Es extraño.»

Luego regresó junto a él mientras le mostraba la hoja y sonreía. La dejó hacer en aquella ocasión, al igual que en las demás, hasta que el niño por quien Lisario tanto había fingido rezar llegó. En el fondo, nunca había especificado de quién quería que fuera.

6.

—¿Por qué insistís?
—¡Porque tenéis que verla vos también!
En el taller de Ribera, su esposa y dos criadas estaban aireando las habitaciones. En el resplandor del sol, el lienzo de fondo negro brillante con pocos pero deslumbrantes detalles: un vestido amarillo, dos grandes manos blancas entrelazadas, largos cabellos del color del cobre y una cara de muchacha orando: la cara de Lisario Iguelmano.

Jacques Colmar había abierto los ojos de par en par e instintivamente intentó cerrar la puerta tras de sí, pero no había ninguna puerta, solo la cortina por la cual había entrado el primer día en la casa de Ribera.

—¿Qué habéis hecho?
—¡Pues nada! Me la mostrasteis en la iglesia, vamos allí todos los domingos y yo solo la he... retratado. *Yo*. En cambio, vos...
—Maestro, os debo respeto y estima, pero...
—Pero ¿qué? Si hasta os la he pintado rubia... Como vos decís en francés... *blonde!* ¡Así nadie pensará en ella!
—¿Y este cuadro ya está vendido?
—¿Mi Magdalena penitente? Pues no.
—Entonces lo compro yo.
Ribera se cayó riendo sobre un taburete.
—No os lo podéis permitir, amigo mío.
Jacques contemplaba nervioso a su amada. Luego levantó un dedo contra Ribera:
—No os atrevéis a venderla. Decidme el precio y yo os la compraré.
Ribera se quedó mirando al francés largo rato con los ojos brillantes como el caparazón de un insecto.

—Tengo que deciros algo más. Hay un hombre que os está buscando...

—¡Su marido! —exclamó Jacques.

—No. La verdad es que ese tipo debe de ser un hombre muy distraído. No, se trata de un holandés —y torció el gesto.

Jacques hizo un esfuerzo enorme para volver a centrarse en donde estaba.

—¿Y qué quiere?

—¿Os dice algo el nombre de Michael de Sweerts? ¿Caballero no sé qué?

Jacques se sentó también. ¡De qué sucias profundidades resurgía ese recuerdo del que había huido!

—Y le dijisteis...

—Nada. Que llevo semanas sin veros. Y que no sé dónde vivís. Ignoro para qué os busca ni qué quiere de vos ese pintor, pero él también llevaba una carta de ese proxeneta de Van Laer...

—Habéis hecho muy bien. Yo no estoy aquí para ese hombre.

—Bien. *Mi mentira* os costará este cuadro, entonces... —sonrió burlonamente Ribera.

Jacques lo miró con los ojos en llamas. Luego se marchó haciendo revolotear la cortina. Ribera pensó por un momento en la mirada del holandés cuando le había preguntado por Jacques Colmar: la mirada de una amante abandonada, había pensado.

Luego se encogió de hombros y sonrió a su bellísima Magdalena.

7.

—¿Así que abandonáis vuestra rica Roma para trasladaros al Virreinato? ¿Estáis realmente seguro de haber elegido bien, Caballero?

Gaspar Roomer giraba los pulgares echado en la cama, donde lo había sorprendido la visita del joven aunque ya famoso pintor.

—Vos sabéis con certeza que la competencia, aquí en Nápoles, es feroz y que la *maniera* de moda es la de las tinieblas en lugar de la luz... No he visto todavía un cuadro vuestro, pero no tenéis aspecto de ser un seguidor de Caravaggio...

—En efecto, no lo soy —Michael se quitó los guantes—, pero sé que aquí también tienen suerte los pintores de nuestra nación, y además estáis vos, señor Roomer, y vuestro distinguido colega, el señor Vandeneyden...

Roomer se levantó bruscamente y se puso una bata.

—Dadlo por perdido, a ese. Oh, sí, somos amigos, pero no cuando se trata de cuadros. Van Laer ha hecho bien en enviaros a mí y solo a mí. Permitidme que os insista, necesitáis hacer negocios, ¿nos hemos entendido, Caballero? Pedid que os acompañen a los aposentos de aquí al lado: sois mi huésped. ¡Y empezad inmediatamente a pintar!

Michael salió con una breve reverencia. El pasillo que llevaba a su nuevo alojamiento estaba invadido por una luz violentísima para sus ojos, nunca había bajado hasta tan al sur. Se imaginó la luz que le habría esperado por rutas aún más cercanas a África: Sicilia, los reinos de Oriente.

Cuando las puertas se cerraron a su espalda, entre las maderas pintadas de rosa y de verde que cubrían las paredes con frescos, se desnudó y se tumbó en la cama.

Dibujó en sepia durante más de una hora. Proyectos y hastíos se amontonaban: un retrato, una pareja de enamorados en un jardín, un oso, una cabra, un mendigo, un niño con las manos extendidas, el estudio de un artista en el que todos los modelos se parecían a Jacques Colmar. Miembros masculinos, espaldas de mujeres, iglesias, una mesa con cebollas, vino y melocotones, uvas, un par de guantes, un gato, el corazón abierto de una granada.

Mientras dibujaba permanecía en calma, pero en cuanto se detenía volvía a presentársele el sentimiento. Lo que experimentaba no era el deseo por su primo Pieter, por el mozo de cuadras, o por uno de los muchos monjes y chiquillos conocidos hasta entonces. De modo que empezó a dar vueltas por la habitación, lanzando la ropa por los suelos, abrió y cerró una botella numerosas veces, se sirvió vino, pero no se lo bebió. Luego, en un arrebato, estrelló el vaso contra una pared y se quedó mirando el líquido rojo que poco a poco iba goteando e impregnando el yeso de la casa donde se alojaba. Le tocaría volver a pintarla.

El vino dibujó un cuerpo martirizado y entonces la rabia se transformó en autocompasión. Rompió a llorar. Con el rostro tapado por las manos como una mujercita, dejó que las lágrimas inundaran sus palmas. Se arrancó el pelo, se deformó sus rasgos demasiado hermosos. Mocos y lágrimas le ensuciaron el bigote, sintió asco por sí mismo, luego frío. Se lavó. Limpio y seco, se sintió purificado, pero la emoción aún seguía allí, vibraba amenazante como un trueno lejano. Se arrodilló para rezar. Y rezó con tal intensidad que los nudillos de las manos se le pusieron blancos, las rodillas se le entumecieron. Como no era suficiente, sembró el reclinatorio de garbanzos y se apoyó en él. Nada que hacer. Encendió el fuego en la chimenea ya cargada y arrojó las cosas que llevaba: tres anillos, plumas, collares, cinturones. El olor de almidón disuelto que desprendían los encajes quemados hacía languidecer el aire.

Se arrepintió e intentó frenéticamente recuperar los anillos de la hoguera, se quemó, se armó con unas tenazas de chimenea. Tres anillos de oro, regalo reciente de un cardenal, incandescentes, las hermosas piedras ennegrecidas por el fuego, tintinearon al caer sobre los azulejos de Roomer, de mayólica de Vietri. Ahora Michael parecía un diablo: el pelo enmarañado, las rodillas tumefactas, las manos lívidas, los pequeños dientes de zorro al desnudo, los ojos desencajados.

¿La paz que había buscado vanidosamente en el claustro cuando era niño era preferible a la pasión desenfrenada? ¿Podría perdonarse, una vez más, por amar a un hombre? ¿Por haber amado siempre a hombres?

Dedicarse solo a la oración y al arte no había sido un camino de salvación. Era soberbia entender, era soberbia pintar, soberbia desear el cuerpo de ese desconocido como si le perteneciera.

Derrotado por un juez imposible de refutar, Michael se tendió en el suelo, junto a sus anillos incandescentes. El sueño le llegó sin pesadillas o esperanzas. Hacia el amanecer soñó que era un niño, inocente, ataviado con el vestido largo de monaguillo. Levantaba los bordes con el índice y el pulgar para mirarse los pies, hacía balancearse la cruz en el sayo y bailaba en el atrio de la iglesia.

Y nadie, nadie lo reprendía por esos actos suyos de niño alegre.

Cartas a la Santísima Señora de la Corona de las Siete Espinas Inmaculada Asunción y Siempre Virgen María

Clementísima:

Hoy, presente por devoción como lo ordena mi Madre doña Dominga: ¡te imploro y te imploro para tener un hijo que no quiero!

¿Me condenarás por esto? ¿Qué debo hacer? No puedo huir. ¡En verdad, más bien te imploro que me permitas volver a ver al extraño Desconocido vislumbrado en Misa! Señora, si Santa Patrizia es la santa de las mujeres estériles, ¿a qué santa tengo que rezar por el amor infeliz? Pero ¿es esto amor? Yo no lo sé... Me paso el día entre arrobamientos como nunca antes me ocurrieron: pienso y vuelvo a pensar en la cara de ese hombre y en esa mirada que parecía estar buscándome...

Mientras tanto, permanezco aquí, en el jardín del Convento, y escribo a escondidas dado que las Hermanas me ignoran: son viejas y tranquilas, no hay ninguna joven ni de familia rica. A menudo las oigo cantar, escucho el viento, en el cuadrado del patio miro cómo corren las nubes. Y luego un inmenso silencio. ¡Un silencio inmenso, poblado tan solo por el rostro del Desconocido!

Deambulo entre arriates y arbustos, chapoteo con la mano en una fuente, abro mi librito de oraciones. Un aburrimiento mortal. Y entonces hoy, ¿qué es lo que veo? ¡Un tigre! Sí, exactamente un tigre, una fiera que duerme.

No era un sueño, Clementísima: me pellizqué para estar segura. Aquello era un tigre de verdad, como lo había visto dibujado en ciertos libros. Un enorme gato estriado.

Sor Cándida, que pasaba cerca de allí, se percató de mi terror y me puso una mano en el hombro.

—*Es del Príncipe de Belvedere, lo lleva a dar un paseo por la playa de Mergellina. No tengáis miedo, no muerde. Po-*

déis acariciarlo si queréis. Le han limado los dientes. El Príncipe está aquí, visitando a la abadesa.

Eso fue lo que me dijo. Y entonces me acerqué al gato grande que se revolvía mientras dormía de espaldas. La oreja se agitaba por el zumbido de las moscas. Una mariposa utilizó el hocico de la bestia como apoyo. ¡El Tigre estornudó! Y entonces abrió los ojos y se los vi: ¡verdes y azules, del color del mar! Desde el segundo piso llegaban las oraciones de la mañana y se oían, lejanas, las campanas de los monasterios más allá de la colina, sonando como las gargantas de bronce de los ángeles.

¡Ah, qué gran melancolía sentí, Dulcísima! ¡He aquí el mar al que nunca más saldría, aquí el Tigre inmenso como la Naturaleza prisionera del jardín, igual que yo!

Luego llegó inesperado el lametón, un rastro baboso en la palma de la mano, Suavísima, en vano me la estuve frotando después en la falda. El aliento del Tigre apestaba, como el aliento de un gato común o de un perro. Entonces tuve la idea de echarle el aliento yo también en la cara al Tigre, que movió su cabezón y se lamió el hocico y el bigote, de lo que inferí que cada hedor es relativo, según la especie, y que también la Belleza apesta y, por lo tanto, ¡es opinable! Estábamos allí, completamente sumidos en la contemplación de Nosotros Mismos, cuando oímos un largo silbido: el Príncipe de Belvedere salía. El Tigre se levantó perezosamente y alcanzó a su dueño, en las escaleras del patio. Estaba atribulándome con todo mi ser por la condición que me aguarda cuando tuve una vivísima sorpresa: ¡al lado del Príncipe que llamaba a la Bestia, ahí estaba, el Desconocido!

Hablaba con el Príncipe y luego, con el permiso de las Hermanas, ¡venía a mi encuentro! Entonces era Sor Cándida quien lo detenía y él le daba algo y se despedía de mí con una mano. Sor Cándida vino a mí y dijo: «Esto es un regalo de un artista, ese señor que está al lado del Príncipe, que os ha visto y quiere haceros un presente. Es un regalo de devoción, con los saludos del Príncipe y el señor Jacques Colmar».

¡Ah, Señora! ¡Acaso mis oraciones erradas habían llegado al final hasta Ti? Colocaron en mi mano una pequeña caja historiada con Santos y Vírgenes, que abrí: ¡contenía una Rosa de terciopelo, *pero perfumada como si fuera de verdad! Perlas de cristal simulaban el rocío y menudísimas nubes de seda la envolvían: dibujadas a lo largo de los bordes con témpera entintada en polvo de oro. ¡El fondo de la caja estaba pintado de azul con lapislázuli en polvo, poblado por minúsculos pájaros y querubines con trompetas de papel de colores!*

Y, por último, algo que me causó recelo, miedo y, finalmente, emoción y llanto: detrás de cada uno de los querubines había una letra de Mi Nombre, que rodaba cuando uno soplaba. Suavísima, ¡pero yo estoy casada! No obstante, de inmediato pensé en quitarme del pelo una horquilla de perlas para darle las gracias al Donante que tenía un nombre francés: ¡Jacques Colmar! Pero se había marchado, con el Príncipe y el Tigre, y Sor Cándida ahora cantaba con las demás. ¡Estaba sola en el jardín, que ahora me parecía el Más Hermoso en el Mundo!

¡Lisario Confusísima!

[...]

Señora Milagrosísima:
El Amor ha llegado. Yo ya no lo esperaba y, en cambio, como escribe el señor Ludovico Ariosto, aquí está: «¿En suma qué es Amor, sino locura?». Lisario muda se vuelve loca. No puede decir su Amor sino con sus manos y pies y cuerpo. ¡Y si Ese Cuerpo le falta es como si el cielo fuera el fondo de una taza, y el corazón que late, una piedra hozada por las aves de corral, y el aire que respira, aspirado por las puertas del Castillo! Y todo muere.

Pero cuando el Amado está ahí, Señora, náceme el Sol desde los pies, puedo saltar el Mar, succionar los árboles de los prados y engendrar poblaciones de aves: ¿es esto lo que ocurre? ¡Oh, qué superfluos me parecen ahora mis Libros, y también Escribirte me parece vano porque Toda yo Te rezo mientras Amo!

Mientras tanto, sin embargo, me pregunto: ¿será una exageración?

A este Francés que tanto me gusta, que tiene un trabajo manual, y ni una perra, que no es esposo mío y nunca llegará a serlo, ¿tengo que seguirlo? ¿Voy a terminar como Desdémona?

Estúpida ella por no decirle ni una palabra al Moro; pero yo, Señora, aunque quisiera hablar, no puedo hacerlo, ¡como Tú ya sabes! Como precaución escondo pañuelos por doquier y aunque mi Francés tuviera que derramar sangre, nunca le prestaría tela alguna! ¿Para qué sirven los Libros sino para aprender qué es lo que no se debe hacer?

Y, sin embargo, paréceme ver que la Humanidad entera lee poco o, de lo contrario, evitaría hacer siempre las mismas majaderías: que si guerras, que si luchas, que si engaños, que si amor... Señora, ¿me equivoco porque no he leído lo suficiente? Pero, cuando pienso en el Maestro Shakespeare, Suavísima, tengo que decirlo: yo estoy en otra condición.

Yo no quiero al Moro, desprecio al Marido, y prefiero al Amante. Lo sé, ahora Tú me condenarás y así va el Mundo, pero ¿qué puedo hacer yo? ¿Acaso le prometí al Sacerdote soportar Asco, Desgracia y Molestia? ¡No me parecía que en la fórmula se contemplaran vejaciones!

De todos modos, qué locura, es verdad: locura es encontrarse en el Convento, locura también escribir algunas cosas aquí, que si alguien, Dios no lo quiera, descubriera estas páginas, ya estaríamos muertos los dos. ¡Y mi Amado es incluso Judío!

¿Esto Tú me lo vas a perdonar?

Hace poco encontré entre los Libros de mi Marido uno del italiano Alighiero y leí al azar un canto sobre dos desgraciados, Paolo y Francesca: «Solos estábamos y sin recelo alguno». ¡Inmediatamente cerré el libro y me negué a seguir! Solos nunca lo estamos, especialmente en el Convento, y en cambio rodeados por la sospecha: ¡de Todos!

Y Todos callan, sobre todo las Hermanas, que bien lo saben todo.

Pero el Sentimiento me hace inconsciente y dentro de mí la Zorra se ha rendido a la Gallina.

No me complace en absoluto la idea de morir a manos del Padre o del Marido y este pensamiento, aunque yo sea Feliz como nunca en mi vida lo he sido, me sorprende de repente, en especial por la noche o cuando estoy sola.

Entonces releo al Señor Ariosto y creo estar con Astolfo en la Luna y miro el astro que ilumina el Castillo, porque «allí en lo alto oraciones y votos infinitos hay, que nosotros los pecadores a Dios hacemos...».

¿También estas Cartas mías, Suavísima, se quedarán en la Luna?

¿Así cosechas «las lágrimas y los suspiros de los amantes, el inútil tiempo que se pierde jugando y el largo ocio de los hombres ignorantes, vanos diseños que nunca tienen lugar»?

Te he visto, ¿sabes?, pintada con el pie sobre la Hoz mientras conduces la Noche. ¿Guardas de verdad en una ampolla mi Voz y en otra los Dibujos Sucios de mi Indigno Marido? Así, Señora mía Tempestuosísima, me gustaría que me devolvieras mi ampolla, Tú que tienes tantas, para poder gritar Ayuda y Amor; y para salvar a Lisario no pediría nada más que ser Cantante, pero también ser cantada solo por mi esposo, aquel a quien he elegido, no ese otro que me fue dado.

Lisario, Sierva Felicísima y Afligida

[...]

Clementísima:

¡He sabido hoy que Jacques Israël Colmar lleva a la escena Dido abandonada*! ¡Cómo me gustaría ver ese espectáculo! Aunque eso no va a suceder. Estoy embarazada, Mi Señora, y soy tratada como una Enferma. Me encuentro perfectamente y tengo que fingir que estoy débil para que mi Marido no se dé cuenta de mi felicidad. Esta carta, Mi Señora, es brevísima porque tengo la impresión de haber sido seguida esta mañana hasta aquí, a la playa donde vengo desde siempre a escribirte. Me asomé para verificarlo y ahora vuelvo a escribir. Debo de haberme equivocado, tan solo oigo las voces de Annella, Immarella y Maruzzella que lavan la ropa en el mar. Voy a volver a mis aposentos y Te encomiendo como siempre a mi Amado, ¡qué importa si es Judío!*

Tu Devotísima Lisario

Perversos como los peces

1.

Había permanecido contra la roca que lamía la playa, tendido igual que una sepia, esperándola hasta casi la puesta del sol. A medida que la marea iba subiendo, las olas le habían mojado la casaca y los calcetines, las algas ahora ya le manchaban los zapatos.

Si alguien hubiera visto desde el castillo a Avicente Iguelmano en esa absurda posición, con los dedos aferrados al espolón de toba, la cara deformada por el esfuerzo, sin duda habría pensado en una locura repentina o en una temeraria manifestación del Maligno.

Había necesitado largo tiempo para averiguar dónde y qué ocultaba su esposa, pero ahora estaba seguro de haber encontrado el lugar: miró cómo las mujeres ascendían por las murallas con las cestas de ropa y se desplazó prudente desde el agua a la arena. Lisario había entrado allí, tras dejar solas a las criadas, y allí había permanecido durante un buen rato, mientras el sol recorría el cielo.

Nadie utilizaba la pequeña cueva en la playa húmeda —y oscura, aparte de los reflejos azulencos del mar—, al haber sido desplazados los amarres del castillo al lado opuesto de la playa. Avicente se inclinó para oler el hedor marino, luego, con evidente disgusto, palpó las paredes con incrustaciones de madrépora y légamo salobre: no tenía ni idea de que la cueva fuera tan profunda. Y, sin embargo, aparte del chapoteo del mar, el movimiento repentino de pequeños cangrejos y el graznido de las gaviotas, la piedra parecía no esconder nada.

Avicente casi se había resignado a volver atrás, cuando el dorso de su mano tropezó con un cuerpo viscoso que cayó al agua con un ruido sordo. Se agachó a hurgar:

una vela consumida. Siguió palpando a ciegas en el hueco que debía custodiar la vela. La mano tropezó con un objeto sólido, cuadrado. Esquinas de metal. Agarró el objeto y ascendió por la caverna invadida ahora en su mitad por el mar.

La luz externa le mostró una caja de hueso. No tenía cierre, la tapa se asentaba: tal era la certeza de quien la había ocultado de que nunca sería descubierta. La abrió: en el fondo yacían pluma, tintero y un fajo de hojas cosidas para formar un cuaderno. Lo abrió.

Se quedó de espaldas a la cueva leyendo de pie durante horas, hasta que en lugar del sol salió la luna y el esfuerzo para distinguir la grafía se hizo insostenible. Ahí estaban todas las páginas que la ignorante, muda, servil e incapaz Lisario había escrito desde que había aprendido a sujetar la pluma en la mano. Ahí estaba aquello que pensaba, oculto tras su silencio. Todo se revelaba en esas páginas: cómo Avicente había mentido sobre los cuidados administrados a la durmiente, cómo la durmiente se había dado cuenta de sus maniobras, lo que le había sucedido después de la boda en su habitación de matrimonio, cómo le había mentido sobre todas las cosas y ahora también le mentía acerca de su paternidad.

La más torva vergüenza lo exponía al juicio de un ser que él había considerado inferior a un objeto. Además —y eso le resultaba intolerable—, el secreto que había buscado durante mucho tiempo entre las piernas de su esposa estaba en cambio allí, en su cuaderno, enterrado en esa alma que no podía hablar, pero que, a despecho de todos y sin conocimiento de nadie, sabía escribir. Este pensamiento le atravesó como una punzada e inmediatamente se vio abrumado por la furia y por la negación, puesto que, si no podía permitir a Lisario disfrutar por su cuenta, mucho menos aún podía dejar que pensara y que con su pensamiento lo juzgara, no temiéndolo ni odiándolo, como se debía a un marido aborrecible o a un padre patrón, sino sintiendo por él aversión, indiferencia y, lo peor de lo peor, mofa.

Una desconocida rabia, incluso más violenta que la experimentada cuando su esposa había empezado a negarse a la observación científica, se abrió paso en su interior. Había sido privado de su derecho, de su propiedad, y escarnecido en su propia masculinidad. En casa de Tonno había leído recientemente un libro impreso, una comedia titulada *El moro de Venecia,* donde un tal Yago decía de la Mujer: «Liberal en familia, avara en la cama». Lo había cerrado de inmediato al reconocer y odiar aún más el engaño de su esposa. Cuánto se había atormentado buscando al culpable de la ofensa sufrida, el padre del bastardo, y ahora aquí, en las últimas páginas del cuaderno, saltaba su nombre: Jacques Israël Colmar. Un artesano, judío por si no bastara.

De golpe este descubrimiento redujo de nuevo a Lisario a su rango de mujer, de deshonrada y traicionera, porque era mucho más fácil para Avicente, como para cualquier hombre, pensar en la responsabilidad de un semejante suyo, aunque de rango inferior, que en la autónoma decisión de una mujer. Ahora podía pergeñarse la venganza y lavar con sangre la deshonra sufrida, al amparo de la ley.

Y, con todo, esas páginas lo ponían en peligro: si alguien las leyera de cabo a rabo, descubriría en cualquier caso que él era un estafador en su profesión. Se hacía necesario que los que tuviesen miedo fueran Lisario y el francés, y no él, y lo importante era que ella lo perdiese todo: afectos, seguridad, protección.

Ira, temblor de piernas, lágrimas ardientes no le impidieron regresar a la cueva y hallar a lo largo de la pared los libros bien escondidos que, poco a poco, Lisario había robado y leído.

Salió en busca de una barquichuela, se la llevó hasta la cueva, cargó en ella todos los libros de su esposa, luego escondió la barca en una grieta y la ancló por el lado donde los pescadores entraban mar adentro.

Y con el cuaderno, ¿qué debía hacer? Meditó dejarlo donde estaba, pero luego: no. Se lo llevaría consigo, escondido en la camisa.

Ascendió de nuevo hacia el castillo. A cada paso que daba en la calzada las piernas se le iban poniendo más rígidas ante el pensamiento de volver a ver a la mentirosa. Qué hábil había sido engañando a todo el mundo, incluyendo a sus padres.

Y luego otras dudas: las monjas del convento ¿qué sabrían de ella? ¿Habría escrito a la madre superiora? Y el hombre con quien cometía adulterio, ¿lo sabría todo acerca de él? El peligro del escarnio se ampliaba, su posición de médico recibido en la corte ¿se vería amenazada por los chismorreos de un banal pintamonas, que además había dejado embarazada a su esposa?

En el comedor encontró a Lisario radiante. Imposible distinguir sus razones, si es que había razones en ese animal misterioso: atendía con esmero cada tarea con renovado vigor, sin mostrar desagrado, a pesar de que todo el mundo le decía que se estuviera quieta y que reposara, o ese embarazo, muy esperado por algunos, corría el peligro de deshacerse en un coágulo de sangre. Lisario florecía y engordaba, parecía suspendida en su propio vientre. Se volvió para ver quién entraba, luego, al reconocer a Avicente, se giró hacia la única criatura a quien dedicaba un manifiesto afecto, Gatito, que ronroneaba. Las criadas la rodeaban.

Fue un momento. Avicente avanzó sin decir palabra, le arrebató el gato de sus brazos y lo lanzó contra la pared.

Gatito, generalmente ágil y listo, no pudo evitar golpearse con la cabeza y cayó al suelo inerte, con su hermoso pelaje fláccido, como un chal. Las criadas gritaron al unísono, Lisario, con la boca bien abierta, apretó los puños. Avicente se tapó los oídos, como si de verdad su esposa gritara. Luego Lisario agarró los objetos que tenía a mano —platos, floreros, jarras, peines, naranjas, pan, todo lo que estaba en las mesas y los baúles— y se los lanzó a su marido, que fue retrocediendo atontado, hasta salir y cerrar la puerta para defenderse.

El llanto de las criadas no se calmó hasta el amanecer. Avicente no abrió la puerta ante la insistente llamada de don Ilario y los clamores de doña Dominga, que se temía un aborto.

Annella, Immarella y Maruzzella celebraron a escondidas el funeral del gato.

2.

Al día siguiente, Avicente Iguelmano, con tal de no permanecer en el castillo con su suegro, que custodiaba su salida, la suegra que bramaba maldiciones, y Lisario, protegida y aislada como una santa mártir, aceptó la invitación a almorzar por parte del electo del pueblo, Tonno d'Agnolo.

Corrían aires de tormenta en la ciudad a causa de los impuestos —estábamos a principios del verano de 1647—, pero a Tonno los negocios no le iban mal, hasta el punto de que organizaba opíparos banquetes para sus clientes o acreedores.

Las voces de la inminente paternidad del doctor se habían extendido, a su pesar, y todo el mundo lo agasajaba: bebía vinos dulces en cada palacio que visitaba por su deber de médico, por cada gota o resfriado o mal francés oculto tras un reumatismo. ¡Viva, viva el primer hijo del doctor! Hacía ya días que le tocaba vivir así y Avicente se martirizaba: al frenesí de descubrir el secreto de las mujeres que ya lo destruía, se había unido ahora la desesperada necesidad de encontrar y matar al hombre con el que Lisario le había puesto, como se decía en Nápoles, una cesta de caracoles en la cabeza.

Pero el pensamiento del cuaderno, que guardaba escondido con tanto cuidado, lo traía literalmente de cabeza. Aunque desapareciera, Lisario podría reescribir su historia, por tanto como mínimo era necesario amputarle las manos. Pero ¿con qué excusa? ¿Por el evidente adulterio? Entre los árabes se estilaba eso: ah, ¡cómo habría querido ser un musulmán para infligirle a su esposa el castigo acostumbrado!

Esos eran los agradables pensamientos que agitaban la mente de Avicente cuando cruzó el umbral de Tonno, quien, al verlo cada vez más desmejorado, pero ignorando su condición de cornudo, lo reprendió:

—Oé, pero ¿es que poquito a poco esas dos furcias de la Argiento Vivo y la Pubbreca os están enredando? ¿La *ceuza* y la bruja?

—¿Qué decís? No las veo desde hace mucho tiempo...

—¡Y esas por despecho os han hechizao! Tenéis que poné una tetera de semillas delante la puerta o bien espigas de trigo, así las brujas cuando vienen se pasan toa la noche contando... La magia de la cuenta, se llama. Si no lo hacéis así, te se acoplan encima del vientre tuyo y te chupan el alma... Y es que estáis hecho unos zorros...

Avicente movió la cabeza, desconsolado, y saludó a los invitados del electo. Ese domingo se encontraban en el trinchero de Tonno dos banqueros holandeses que sustentaban el destino del Virreinato, Vandeneyden y Roomer; un maestro de anatomía alemán que daba miedo con solo mirarlo, un tal Johannes Töde; un viejo sacerdote que de los Pirineos se retiraba al monasterio de los camaldulenses, Père Olivier de Saint-Thomas; y un pintor recién llegado de Roma, un holandés guapetón y vanidoso, un tal Michael de Sweerts que se presentó enseguida pidiendo ser llamado Caballero.

Tonno era el alma de aquel batiburrillo de idiomas y costumbres. El tema, por descontado, era siempre y desde siempre Nápoles.

—Esta ciudad está hecha de *hidalgos, caballeros,* caras de perro y abogados. Luego están los curas... —y le hizo un gesto de homenaje a Père Olivier—, y por último las furcias, que, modestamente, son mi especialidad. Los cara de perro, ¿los veis?, son esos lázaros que están a la gresca. Eh... esta vez a los españoles no les va a bastar con poner una placa en todas las cosas en nombre de su Catolicísima Majestad Imperial: aquí, escuchadme bien, esto acabará yéndose al garete...

—Pero España... —objetó levantando un largo dedo índice Vandeneyden.

Tonno lo pulverizó:

—España, España... *Cavaliè,* ¡España es una provincia de Nápoles!

—Problemas así se resuelven solo con las escuelas... Es la educación lo que importa, los conservadores... —sentenció Roomer, frotando entre sí los dedos de la mano, el pulgar contra el índice y el corazón, con el gesto típico de los que cuentan dinero.

—¡Pero si solo hay cuatro, en competencia entre sí, y esta ciudad es más ignorante que una mojigata! —protestó Vandeneyden, que prestaba a los conservadores dinero con intereses de usurero.

—La poesía y las artes siempre tendrían que estar financiadas con dinero público... —trató de objetar de nuevo Roomer, polémico ante su amigo, a quien reprochaba también que remediara en exceso las deficiencias de los españoles.

Aquí, el Caballero Suàrs hizo un gesto de indignación:

—Perdonadme, pero así terminaría ocurriendo lo que pasó recientemente también en Roma, donde se les daban encargos a ciertos maestruchos solo porque eran amigos del poderoso de turno, solo porque tomaban el aire en la perrera correcta... Pero ¿y luego? ¿Qué es lo que sucede? Que todo lo que se pinta o se escribe rebaja el gusto, y cuanto más se rebaja el gusto, más muere el arte y menos se le pide que se encamine hacia lo nuevo...

Mientras tanto, la llegada de bandejas de plata al mantel de Flandes de Tonno no se interrumpía nunca, la comida se extendía de lado a lado, como el Reino de Carlos V, donde nunca se ponía el sol: ocas, capones, codornices, gallinas, cordero castrado y jabalí, besugos, caballas, langostas, anguilas y sargos.

—Comed, Caballero, hacedme los honores...

—Es una buena norma de los pintores, señor, comportarse con sobriedad en amores y alimentos —comentó Sweerts, e inmediatamente Roomer le chinchó:

—Ah, sí, conozco algunas disciplinas... Hasta el punto de que algunos de los más grandes artistas del siglo pasado murieron de hambre, pensad en ese Pontormo, quien apuntaba en un diario sus defecaciones cotidianas y llevaba la cuenta de las semillas y los frutos que tragaba...

Père Olivier, bastante molesto, levantó un dedo largo y aristocrático y advirtió:

—Hay que comer menos...

—Venga ya, padre, también queréis quitarnos este placer... —protestaron algunos.

El viejo monje movía los dedos en forma de abanico.

—Lo que más nos gusta es lo que nos mata —y dirigió su dedo, con firmeza, contra las barrigas de los comensales.

—¿Y cuál sería la mejor cura según vos, padre? ¿Verduras y semillas? —inquirió Roomer sin dejar de masticar.

—¿La mejor cura? —sonrió astuto el viejo—. Traedme un poco de harina, sal y agua.

Tonno hizo una señal a los sirvientes:

—Hacé lo qu'ha dicho Pàte Oliviè, espabilad.

La harina, la sal y el agua llegaron, Père Olivier las mezcló, tomó una cucharada, mantuvo el líquido en su boca unos instantes, mezclándolo con la saliva, y lo escupió de nuevo en la taza.

—Aquí está. El mejor alimento para un recién nacido o para un moribundo. Salud.

Y bebió. El grupo a duras penas reprimió una expresión de repugnancia. El viejo monje, que todavía tenía todos los dientes, los miró con intención, divertido por el asco provocado, luego prosiguió moviendo sus largos dedos.

—Nos parecemos a lo que comemos. Los comedores de pollo son papudos, van por ahí con los ojos muy abiertos, cacareando —y señaló a Iguelmano, a quien efectivamente las aves le gustaban mucho—. Los catadores de cordero son siempre embrollones y gruñones, como los carneros... —y fue el turno de Vandeneyden, que por un momento tuvo la visión de un cordero, el místico pintado por su compatriota Roger van der Weyden, campeando por un prado demasiado verde y girando en el asador—. Los comedores de vaca están irritados con el mundo, resoplan, ahuyentan las moscas con la cola. Y los comedores de cerdo son sucios y atolondrados —y fue el turno de Roomer, quien, en efecto, resopló y agitó una cinta que le llovía desde la gorguera—. Los comedores de pescado, en fin, son perversos: arteros, dejan su semilla ora aquí, ora allí... —y había simulado la dirección inconstante de un pez que nada en el mar, señalando al Caballero Suàrs, que se había tocado el cuello, como una niña a punto de desmayarse—. ¡Y la humanidad es aún peor, porque come toda esta comida muerta a la vez!

Se hizo un largo silencio. Solo Tonno siguió masticando con la boca abierta, indiferente.

Père Olivier lo miró con disgusto:

—¡Napolitanos y españoles: perversos, como los peces!

Luego intentaron cambiar de tema hablando de pintura, pero Père Olivier dio un puñetazo sobre la mesa:

—Todos vosotros —señaló a los banqueros— ¡hacéis acopio de obras de pródigos y avaros, asesinos, sodomitas, de damas incluso! Ladrones y estafadores...

—Pero ¿a quién os referís? —estalló Roomer.

—¡A estos artistas! —exclamó Père Olivier señalando a Sweerts, que tenía los ojos cada vez más desorbitados y la boca cada vez más abierta.

Al oír la palabra «sodomita» sintió que algo le apretaba el cuello de nuevo, tal vez era el rosario que llevaba o la soga del verdugo, porque en Nápoles, como en Holanda, el castigo para la sodomía era ese, definitivo e inapelable.

—... ¡y les pagáis generosamente! —continuó Père Olivier—. ¿No os importa a ninguno que estas personas sean reprobables a los ojos de Dios?

—¿Y si vuestro Dios ni siquiera existiese?

Todo el mundo se había olvidado del maestro de anatomía: Töde habló sin mover los labios, que tenía prácticamente invisibles. Era como ver hablar a una calavera.

—¡Herejía! —gritó Père Olivier—. ¿De qué pagana ramificación del pasado procede tal idiotez?

Töde levantó el cuchillo como restándole importancia.

—Vuestros Padres de la Iglesia se pasaron siglos degollándose entre sí por la naturaleza divina de Cristo... Y entre ellos había ladrones, asesinos, sodomitas. ¿Realmente los encontráis mejores que los pintores? Los artistas no hacen daño a nadie...

—¡Corrompen las mentes! ¡Modifican las almas!

—Padre, si venís a mi sótano os mostraré algunas moradas rotas de vuestra alma... Tripas, brazos, cráneos...

Père Olivier, la cara roja como un devorador de cordero, cerdo, vaca y aves de corral, vacilaba entre levantarse o no, y no dejaba de encabritarse en la silla. Sweerts mantenía el brazo izquierdo abandonado en apariencia, pero apretaba en su mano un paño, como si estuviera estrangulando a su madre; un perro de Tonno tiraba de él con los dientes. Vandeneyden y Roomer intentaron apaciguar los ánimos.

Avicente Iguelmano, en cambio, se interesó de repente por la conversación:

—¿El alma es la sede del placer? —le preguntó al capuchino.

Père Olivier de Saint-Thomas lo miró con desprecio:

—*Qu'êtes-vous? Un épicurien?!* Y ese pintor —había señalado a Sweerts—, ¿qué es? ¿Un gótico embadurnador de iglesias?

Si con lo de sodomita Michael se había contenido, con lo de gótico, el peor de los insultos que podía hacérsele a un pintor del Siglo de Oro, ya no se reprimió:

—¡¿Quién, yo gótico?!

—¡Señores, señores! —insistía Roomer mientras todo el mundo estaba gritando ya—. La buena mesa de nuestro huésped... Señores...

—¡Perversos como los peces! —gritaba Père Olivier.

—Vamos... pónganse de acuerdo, caballeros... Piensen en las Tres Gracias... —intentó mediar Vandeneyden, que había leído a los humanistas con conciencia esotérica—, piensen en Marsilio Ficino...

Pero Père Olivier lo trató de loco:

—*Ces trois gros culs!*

—¡Oye, que este tío ha llamado culonas a las Gracias! —se rio Tonno.

Michael estaba horrorizado, Vandeneyden temblaba:

—¿Quién ha dado de beber a este viejo? —gritó.

—*Les artistes!* ¡Santos desnudos para que vuestras hembras ronroneen! ¡Santas retratadas en pleno coito!

Avicente volvió a la carga, obsesionado con su idea fija: aquel era un camino que lo llevaría lejos.

—¿Queréis decir que el éxtasis divino es como el éxtasis del coito?

Pero Père Olivier de Saint-Thomas se había perdido en sus delirios y fue sacado en brazos por los sirvientes.

—¡Hombres con hombres! ¡Animales con mujeres! ¡Hombres con animales! *Fornicateurs damnés!*

Tonno picoteó sereno y alegre un capón:

—Y ya os vale, estas conversaciones de cultura me hacen venir un hambre...

3.

La cosa acabó en que una vez terminado el almuerzo Sweerts desapareció, indignado, e Iguelmano, ofuscado por sus pensamientos relativos a Lisario, por cómo cortarle las manos, por cómo castigar el adulterio, por cómo lavar la vergüenza de haber sido siempre, tal y como su padre le había explicado bien, un imbécil arrogante, acompañó al anatomista durante un trecho, hacia el Hospital de la Paz, donde Töde tenía su morada.

El edificio, antaño palacio ancestral del Nápoles tardogótico, propiedad del tal Sergianni Caracciolo que fue amante de la reina Giovanna, por ella ajusticiado después de veinte años de gobierno de la ciudad y de compartir lecho, había sido transformado a principios de siglo en lazareto, ya que no había año que Nápoles no fuera asolada por una epidemia.

Pasaron bajo el arco catalán de la entrada —gótico, haciéndose eco del insulto de Père Olivier en los oídos de Avicente— mientras Töde saludaba lacónico a los muchos médicos que salían del hospital. El patio estaba bañado por la luz del sol previa al ocaso, las religiosas tenían allí mesas y ollas para la comida de los pacientes y por ello el humo y las voces ascendían entre los árboles y la hiedra que trepaba por las viejas piedras.

Se asomaron al interior del lazareto a lo largo de la pasarela que evitaba el contacto entre médicos y pacientes. Las grandes ventanas y los frescos apagaban en parte el hedor, las quejas, la cantinela de las oraciones. Avicente entraba allí por primera vez. Töde lo llevó hacia un lado de la larguísima sala, donde una elegante arquitectura separaba el quirófano del inmenso dormitorio. Avicente apartó la mirada.

Töde lo arrastró hasta el final de la habitación. La estrecha escalera de caracol que llevaba desde el lazareto al subsuelo terminaba en una bodega donde el anatomista guardaba los restos de sus estudios. Estaba oscuro, a excepción de dos lámparas de aceite, y Avicente fue dando tumbos, tocando con una mano la pared húmeda.

—Parece ser que este suelo se remonta a la época de Nerón —estaba diciendo Töde, y señalaba unos mosaicos que se unían en un rincón con el desgastado suelo cubierto con ánforas y mesitas: la sala había sido utilizada pocos años atrás como establo—. Tengo un corazón humano bien conservado, aquí —añadió, jactándose con alguna fórmula galénica que a Iguelmano se le escapó porque, ahora que se iba acostumbrando a la oscuridad, distinguía mejor los cadáveres: todos eran mujeres.

—¿Cómo es que...? —empezó a preguntar.

—Oh, a los hombres no los conservo nunca enteros —dijo Töde, y le enseñó a Avicente un abanico rojo, que al principio el médico confundió con una rama de coral, una pieza de colección—. El sistema arterial de una mujer —explicó Töde, y luego, sobre una mesa, señaló un abanico muy parecido prendido con alfileres, pero mucho más largo y ramificado—: Era mansa, cuando estaba viva. Quería ver cómo estaban hechos sus nervios.

Avicente miró desconcertado los pequeños botones de madreperla que mantenían sujeto todo el sistema nervioso periférico de la desventurada: cómo el sistema arterial parecía cubierto de cera, cómo llamaban la atención sus colores vivísimos, casi como si uno estuviera irrigado y el otro injertado a lo largo de la parte posterior de la infortunada.

—¿Sabéis algo de los nervios púbicos de las mujeres? —preguntó Avicente, aunque en el límite de la repugnancia: ahí estaba otra vez la Operación a la que había asistido de niño en Padua, allí, delante de sus ojos, repetida hasta el infinito, y el mismo hedor de los cadáveres, y la misma ausencia de luz... De no haber sido por su obsesión, sin duda alguna se habría derrumbado en el suelo—: ¿Qué sabéis acerca del placer... femenino?

Töde sonrió sin labios:

—Todo lo que sabe un hombre adulto, doctor —y luego, mostrando la sala, añadió—: Aunque no he encontrado aquí placer alguno: ¿lo veis vos a vuestro alrededor? —y señaló los tarros de cristal llenos de alcohol y de materia humana.

—Sí, pero... —insistió el español— ellas gozan y yo no entiendo cómo... gozan también sin nosotros...

—¿Y por qué os importa?

—Porque... nos roban algo.

—¿Estas cabras? —y señaló a los cadáveres.

—Si pueden gozar incluso sin nosotros, tal vez puedan hacer algo más también sin nosotros...

—No os entiendo.

—Imaginaos que conciben sin nosotros... En el fondo, la Virgen María...

—Fábulas. Incluso los sacerdotes saben que es una mentira.

—Pero imaginaos que es una metáfora, imaginaos que es un mito que nos explica otra verdad...

—Vos acabáis de concebir un hijo, me han dicho...

Avicente miró hacia abajo. El anatomista lo observó.

—¿Queréis hacerme creer que vuestra mujer ha concebido por voluntad divina? ¿O es lo que ella os dice? —sonrió.

Avicente levantó la cara movido por la rabia, el otro alzó una mano para disculparse.

—De acuerdo... ¿Y si las mujeres concibieran sin nosotros?

—Imaginaos un mundo sin padres: ¿sobre quién ejerceríamos nuestra... autoridad?

Töde observó con marcada e insultante duda la supuesta autoridad de Avicente Iguelmano, a quien sin embargo no le molestó.

—Estaríamos a merced de quienes dan a luz a los hijos y los educan... Pronto también el dinero estaría en sus manos...

Töde se echó a reír:

—Mirad bien a vuestro alrededor. Estas hembras están muertas. Y no han ordeñado o mandado nada de nada. Vos estáis delirando.

—Pero si vos me ayudáis a comprender el secreto, nos haremos famosos y...

Töde volcó ruidosamente trozos de brazos humanos de una bolsa en una jofaina. Avicente se tapó la nariz con la capa.

—No creo en este proyecto vuestro, doctor. ¿A quién le importan los secretos de un animal inferior? El animal hace lo que se le ordena, ejecuta y obedece, y siente lo que se le dice que tiene que sentir. ¿Vos pretendéis un mundo donde se estime el cerebro de las mujeres? —le indicó la mesa—, ¿por su sistema nervioso?

—Yo hablo del alma...

—Otra vez. Estas ideas del sur... De todas formas, si una mujer que me pertenece quisiera experimentar placer sin mí... —dijo, mirando al doctor—, me imaginaría que lo está experimentando con otro... —Iguelmano apretó la mano contra el borde de la mesa anatómica—, y en tal caso sabría bien cómo comportarme.

Töde vertió líquido orgánico. Iguelmano permaneció callado. ¿Podría pedirle a este desconocido que llevara a cabo la venganza en su nombre?

Al cabo de un rato el anatomista continuó:

—¿Y vos decís que el alma goza en el acoplamiento?

Iguelmano se encogió de hombros:

—¿Vos no lo sentís?

—Nunca lo he sentido —confirmó átono Töde.

Y eso explicaba muchas cosas, pensó Avicente. Si él tampoco lo hubiera sentido nunca, ahora no tendría tantos escrúpulos sobre cómo vengar el honor mancillado.

Y consolándose con su falsa superioridad moral se pasó toda la tarde con el alemán, extasiándose con la posibilidad no expresada del asesinato.

4.

El mes de junio había llegado y con él el verano, el siroco, las abejas y las cigarras. Por conveniencia y para exhibirse feliz en público, la noche siguiente al almuerzo en casa de Tonno, Avicente decidió llevar a su mujer al teatro, o eso le había hecho creer a todo el mundo, a don Ilario y a doña Dominga, a los criados y a las criadas y a la propia Lisario: tenía que hacerse perdonar el asesinato de Gatito y a sus suegros les pareció adecuado el desagravio, con lo que volvieron a sonreír al yerno.

Solo Lisario siguió con su humor vítreo, como si pudiera leer en su marido las malas intenciones. Se le había impedido salir para no poner en peligro su salud y, por lo tanto, no había podido volver a la cueva; de lo contrario, habría comprendido mucho mejor el riesgo al que se estaba exponiendo.

Avicente Iguelmano, en realidad, estaba muy bien informado sobre la función que representaban en la Stanza dei Fiorentini, en el Largo delle Corregge. Una comedia de Tirso de Molina, con decorados, maquinaria y luces de Jacques Israël Colmar. Ordenó a su esposa que se emperifollara como un pastel, oculta bajo tres capas de gasa y dos gorgueras, y la colocó a su lado en el carruaje.

Era notorio que las actrices españolas eran unas desvergonzadas, aunque las comedias lujuriosas se daban en aquellos años en la Duchesca, mientras que en otra sala, llamada de los italianos, se representaban obras más serias y menos escabrosas. No le gustaba a la nobleza local ni a los religiosos que en el teatro se bailara, como en cambio era usanza en las comedias españolas, y no gustaba, por lo menos de boquilla, que las españolas agitaran sus pechos frente a los espectadores, riendo descaradamente. Mujeres en escena, pase, pero putas también, eso ya era demasiado. Mercedes de Los Ángeles, la más famosa en aquellos tiempos en Nápoles, y protagonista preferida de Tirso de Molina, se exhibía esa noche en el papel de Dido abandonada.

Si Avicente quería conocer de Lisario hasta el más pequeño recoveco íntimo, observar la vibración de la más insignificante mucosa, de las actrices admiraba desde lejos el oficio y el ingenio. Con todo, incluso esa salida al teatro formaba parte de su programa de estudio: ¿podían las actrices simular con credibilidad esa ola misteriosa que en Lisario parecía auténtica y en las busconas del virrey, falsa? ¿Y osaría Avicente pedirle a Mercedes una cita científica, con el riesgo de acabar sobre la mesa de disección atravesado por una espada a manos del director de la compañía? Las fantasías se agitaban en Avicente como pulgas en un frasco cuando marido y mujer se sentaron delante del proscenio, el médico orgulloso y desafiante, en el dedo un rubí gigantesco, regalo de la *Señora* de Mezzala, Lisario incómoda en su excesivo aparato.

Entraron en la sala los *guappi,* los matones de la Compañía de la Muerte, napolitanos de rango o artistas que se vanagloriaban de matar a puñados a los españoles, razón por la que los *hidalgos* miraban a su alrededor circunspectos. Avicente observaba cuitado el rostro de los asistentes, escrutando potenciales alborotadores o asesinos, pero, sobre todo, buscando al francés. Y ahí estaba Colmar, en un rincón, sin silla, con ropa modesta, con las velas iluminándole la cara.

También Lisario lo vio a la perfección, es más, antes lo sintió, como un gato que advierte el peligro: se giró y se giró hasta que también ella vio la misma cara que su marido parecía haber ignorado. Observó tan larga e intensamente a Jacques que el francés se vio obligado a mirarla. A pesar del velo, la reconoció y se sobresaltó. Su primer impulso fue el de reunirse con ella, Lisario se dio cuenta y levantó un dedo de advertencia, un gesto pequeñísimo que otros habrían tomado por una mano que flameaba, pues el ambiente era sofocante. Jacques, sin embargo, se encontró paralizado y luchó desesperado contra esa prohibición, buscando algún modo de burlarla.

Mercedes de Los Ángeles, mientras tanto, había aparecido en escena.

Jacques, al mando de las máquinas de luz, se había ido hacia las lámparas. En la oscuridad, entre las oscilantes llamas de las velas, Mercedes, de pecho abundante y de sombría mirada, avanzó con un vestido que imitaba la antigua túnica fenicia, cubierta con falsas conchas talladas en madera. Eneas, el marido de la actriz y primer actor, permanecía al margen, su abandono ya era cierto. Altas olas de tela azulada se agitaron sopladas por los fuelles y grandes macetas de terracota produjeron el ruido de la tormenta en el Mediterráneo.

Jacques había arreglado también el relámpago y aparejado una máquina de viaje, que hacía pasar tras las espaldas de los actores los lugares de su idilio. En ese momento, mientras Eneas hablaba en español, Troya ardía tras él, pintada al óleo por Jacques en un telón de fondo veneciano iluminado con colores oscuros por un brasero.

Cuando Dido miraba a su amado, Lisario y Jacques, a metros y sillas de distancia, separados por cabezas y sombreros, se miraban. Lisario estaba sonriendo a Jacques, quien la miraba lívido, casi como si padeciera el mar que se agitaba en escena a espaldas de los reinantes.

Avicente examinó el rostro del maestro de escena. Y luego el de su esposa.

Lisario se cruzó con su mirada y palideció.

Su mano se le deslizó de la falda, Avicente volvió a aferrársela, incrédulo e irritado. Eneas y Dido habían llegado al quid de la cuestión y la reina, indignada, levantaba el tono. Avicente apretó la mano de Lisario hasta hacer que los dedos se le pusieran azules. La carne se retiró de las uñas blancas. Lisario miró suplicante a su marido y observó su mano ya púrpura. Dentro de la sala se expandía el lamento de Dido. Eneas había partido. Jacques miró a Avicente, aterrorizado. Mientras su esposa continuaba implorándole con los ojos que le soltara la mano y un débil aliento salía de su boca, Avicente se concentró en Dido y pareció olvidarse de todo. Había llegado el momento de la pira. Jacques maniobró para que por debajo del escenario apareciera, entre los comentarios contritos del público, el ataúd de la reina.

Avicente soltó la mano de Lisario, quien suspiró de alivio, pero fue solo un segundo, lo suficiente para girar hacia el interior de su palma el enorme rubí, regalo de la *Señora* de Mezzala. Volvió a agarrar la mano de su esposa y le clavó en la carne la piedra puntiaguda.

Lisario apretó los labios.

Los falsos troncos de madera prendieron fuego, un fuego pintado, mientras que chispas de artificio transmitían la idea del crepitar de la hoguera. Las lámparas fueron invertidas para que las llamas dibujaran oleadas largas sobre las murallas. Avicente buscó un pañuelo para limpiarse el labio y utilizó la mano derecha, para no soltar a Lisario. La sangre brotaba de las palmas unidas hasta manchar el vestido de gran gala de la señora Iguelmano. Lisario mantenía la mirada en los pies de las sillas y no se quejaba, ni lloraba, ni respiraba siquiera. Jacques, alejado e imposibilitado para llevarle socorro, vio de todas formas que Lisario, y su alma, habían huido: estaban en la plaza, muy lejos, tal vez sentadas junto a la fuente, separadas del cuerpo.

Una gran proa azul con velamen apareció por entre el oleaje. La luna, purpurada por una tea, guio a Eneas desde Cartago hacia Roma. En los ojos de Jacques la luz ardió, junto con el humo de las velas. Los aplausos diluviaron abundantes sobre el cadáver de Dido. Mientras el público silbaba, aplaudía y gritaba en varias lenguas, Jacques oyó sus oídos zumbar.

El primer actor, tras haberlas recogido para él y para su esposa, invitó al público a rendir alabanzas al maestro de escena, pero Jacques ni siquiera se movió de detrás del escenario, y lo llevaron en volandas los actores, con los puños apretados y la mandíbula bloqueada.

Avicente, ignorando a la multitud y los aplausos, se había levantado entre tanto, y su esposa, obediente como un perro, lo seguía. Para salir era necesario pasar por delante del escenario y el español lo hizo en absoluto silencio, un silencio tan ruidoso que a Jacques le pareció como el golpe de una honda. Solo entonces se puso en pie de un salto, se subió a la pira junto a Dido, que se estaba colocando bien la ropa y se dedicaba a lanzar besos al público, y gritó:

—¡Oh, vosotros que lo habéis presenciado, estúpidos amantes y maridos celosos, deteneos!

La sala enmudeció, como si la obra se hubiera reanudado. Avicente, en cambio, no se detuvo, solo se veía frenado por la multitud, con Lisario a sus costillas, la cabeza agachada.

—Quien no sabe amar no merece vivir. Así muere Dido, pero es Eneas quien debería morir, ¿no os parece?

La sala murmuró.

El primer actor tomó a Jacques del brazo:

—Vamos... —le susurró, pero el francés era de mármol, no consiguió moverlo.

—¡Y los criminales que violan a sus esposas deberían morir de una forma lenta y dolorosa!

Alguien comentó que el maestro de escena debía de haber empinado el codo, el primer actor tiró de Jacques, que se tambaleó, pero su dedo y su brazo se habían dirigido hacia Avicente.

El médico entonces se volvió para mirar a su esposa por un tiempo difícil de precisar. Lisario, por su parte, no se atrevía a respirar y tal vez ni siquiera pensaba, se había convertido en sal como la mujer de Lot. Mientras tanto, la mano estaba perdiendo sangre sobre la falda, alguien al lado de ella se había dado cuenta y murmuraba:

—Señora, por Dios, ¿estáis herida?

Avicente, en voz baja y controlada, la voz de los arrogantes y de los inseguros, gruñó dirigiéndose al primer actor:

—Hemos pagado por una sola comedia, pero veo que deseáis aliñarnos dos.

A lo que el primer actor, con una ancha sonrisa, se quitó el birrete que llevaba para interpretar a Eneas —y que había de pasar por un gorro frigio—, succionó hacia la parte trasera de los decorados con un solo gesto a Jacques, de repente convertido en mermelada, y se disculpó, despidiéndose del público y dándole las gracias. Una nueva salva de aplausos lo enterró todo.

Arrastrada a la calle por el flujo de espectadores, Lisario era de cera. Fuera resonaban los festejos de la Ascensión: una procesión nocturna cortó el Largo delle Corregge, la Virgen se meció sobre el baldaquino llevado a hombros por los descalzos.

—¡Fuego! —se oyó gritar.

Una multitud informe los empujó.

—¡Le han prendido fuego a la casa de la fruta!

—¿Quién ha sido? —preguntó Avicente.

—Fue ese mierda del Naclerio, que no podía ver que no era bueno quitar a medias los aranceles... —gritó una vieja posesa, con un manojo de apio fresco en la mano con el que golpeaba en la espalda a todos con los que se encontraba.

—¡Qué va! ¡Ha sido Masaniello! —respondió un chico que tendría tal vez unos ocho años y que corría agitando un bastón con el que apaleaba las rodillas de los transeúntes.

—¡Eh, tú, trasto! —le iban imprecando a gritos los apaleados.

Avicente Iguelmano le dirigió la palabra una sola vez a su esposa en aquella refriega y fue para decirle:

—Hay que ver lo bien que se os da escribir.

Lisario abrió de par en par los ojos, llenos de terror. Les costó un gran esfuerzo volver a subirse en el carruaje y salir para Baia: soldados, vendedores de fruta, descalzos y pordioseros cerraban el paso en las calles.

La Virgen de la Ascensión caminaba sobre sus cabezas como un mástil de navío sobre el mar en plena tormenta.

5.

Una vez llegados al Castillo de Baia, Avicente dejó que su esposa se fuera a dormir y abrió sus libros. Ya había leído algo acerca de lo que buscaba. Pero ¿dónde? Desempolvó de nuevo toda la enorme biblioteca que había formado durante esos meses y por fin encontró la información.

Había que coserla, con doble hilo, bien ceñida. Coser los labios mayores que había escrutado durante meses, dejando solo un pequeño orificio para que fluyera la orina. Una operación breve y así ese capítulo habría concluido para siempre. Y el hijo de la vergüenza nunca habría nacido.

Preparó las agujas y se procuró algodón. Entró en el dormitorio donde Lisario dormía, con la mano vendada al tuntún, exhausta, y la aturdió con un golpe. Él, que tenía miedo de la sangre; él, que nunca había querido ser cirujano; él, que solo administraba pociones y brebajes. Abrió las piernas de su esposa, le levantó la camisa, tiró al suelo las sábanas. Enhebró el hilo en la aguja. Con dos dedos agarró la carne suave y se quedó quieto. Como un maestro de música que dirige a los cantantes. Esperando a que el sonido llegara desde arriba. Esperando la armonía. Punzó con la aguja la carne, cayó una sola gota de sangre.

Corrió a la ventana para vomitar.

6.

Más tarde, esa misma noche, mientras en la ciudad los soldados arrestaban a la esposa de un tal Tommaso Aniello —porque fingía que llevaba un niño y en cambio lo que tenía en brazos era una calza de harina no gravada— y una tormenta de verano descargaba sus rayos sobre el golfo, Lisario, aturdida por el golpe recibido, se levantó de la cama y fue a la cocina, atormentada por las náuseas, por la rabia y por los presentimientos.

El roce de unos pies la siguió, oyó tras de sí puertas abriéndose y cerrándose. Una hoja chirriaba en el silencio, como si alguien afilase un cuchillo. Tuvo miedo. En la cocina, oyó los pasos tan cerca que, al no encontrar otra vía de escape, se metió en el aparador. Tuvo que entrar tumbada para desaparecer toda entera, a su cuerpo le correspondían tres puertas. Medio desnuda —el camisón se le había enrollado—, aguardó conteniendo la respiración, entre las piezas de queso, la masa madre puesta a fermentar, los platos de huevos, los vasos, los floreros, los manteles engrasados con manteca de cerdo.

Avicente, por su parte, sudoroso y excitado, deambulaba por los aposentos de puntillas. A veces tropezaba con los trastos de la casa.

A través de una grieta del aparador Lisario podía captar el centelleo del cuchillo, un haz luminoso que se confundía con el relámpago y el trueno sobre el mar, repentinos añicos de cristal en el suelo. Las piernas desnudas y el sexo y las nalgas se le helaban, resistía inmóvil como una estatua antigua, el pelo derramado en el balde de las alubias. Las polillas le hacían cosquillas en la piel, un gorgoteo de las tripas amenazaba con traicionarla. Permanecer inmóvil, lo había aprendido de niña, podría ser la salvación: paralizarse, camuflarse igual que ciertas mariposas que observaba en las enredaderas o los insectos palo en las cortezas. Y cómo la asustaban, en aquellos días, esos animales grandes aunque inofensivos, que no aplastaba por repugnancia. Solo una vez le rompió las extremidades y el cráneo a una lagartija con la mano de mortero robada a la cocinera y luego lloró durante semanas, pidiendo perdón a la Virgen.

Ahora, echada entre los ingredientes de cocina, ingrediente ella misma, Lisario no esperaba otra cosa que morir. Los largos sueños que la habían salvado de los maltratos paternos y de los insultos de su madre no iban a salvarla esa noche. Aun así, estaba a punto de ceder al sueño cuando el aparador se abrió de un lado y la lámpara de aceite que sujetaba Avicente le iluminó las piernas y el sexo desnudos.

Se contuvo, igual que las presas que saben por instinto que el depredador es ciego en ausencia de movimiento. Avicente miraba hipnotizado el triángulo negro del sexo de Lisario a la luz evanescente de la lámpara, mientras el hedor de la mecha se mezclaba con el hálito del aparador abierto, provocándole aturdimiento. Entonces, un ruido sordo. El cuchillo se le había caído de la mano.

Lisario vio por la grieta el vuelo de la hoja hasta penetrar en la harina del día anterior, poniendo en fuga a las cucarachas del enlosado.

Avicente estaba de rodillas, sus manos restregaban el suelo.

Durante muchos meses había espiado el misterio y ahora el misterio había emprendido el vuelo, en fuga hacia la cama de otro. Pero ¿qué había querido hacer? ¿Capturar a Dios en el placer mecánico, en un único e insignificante detalle? Mocos y saliva le goteaban de los labios, lloró como un demente, sin sollozos.

Lisario escrutó a su marido: estaba descalzo —para no despertar a los guardias del castillo— con los calzones bajados. El sexo, si bien en los primeros días de su matrimonio le había parecido deseable, colgaba flojo, una taleguilla vieja de piel sin vida. Se deslizó fuera del aparador, suavemente. Avicente no se lo impidió.

—Corre —le dijo una voz—. ¡Corre!

Y que fuera la de Annella, Immarella o Maruzzella que espiaban la escena, o la de la Suavísima Señora en persona, no pudo verificarlo: dijo adiós al castillo descalza y en camisa, se lanzó a la lluvia, invisible para los gendarmes, a quienes la tormenta había obligado a guarecerse en las casamatas, superó el puente levadizo, bajado porque la tormenta había sorprendido a los guardias, y caminó por el bosque durante horas y horas, hasta que cayó exhausta.

7.

Durante todo el día siguiente don Ilario y doña Dominga buscaron a su hija desaparecida. Al final, les quedó el convencimiento de que su marido la había matado y escondido. La habitación que Avicente Iguelmano utilizaba para sus experimentos y estudios fue examinada de arriba abajo en busca de la sangre de su perdida esposa: cuál sería el espanto de los Morales y de los soldados al entrar y encontrarla revestida con vulvas y úteros. A continuación, enviaron a los soldados españoles a buscar en los pozos del castillo y en los pasadizos, cuyo destino se desconocía, porque como oscuros tubos vertían las aguas residuales en el vientre de la casa, visitado por aves y ratones y construido siglos antes de que las obras de Pedro de Toledo incorporaran la *domus* pagana.

—¡Ya lo decía yo que era catalán! —gritaba doña Dominga maldiciendo a su yerno, con los puños cerrados—. ¡Una única hija y que dormía siempre! —lloraba—. ¡Dormía tanto que este listillo de mierda ha podido hacerla desaparecer y que nadie se haya dado cuenta!

—¡Dormía de lo más alerta! —confirmaban las criadas de Pozzuoli, para que la culpa recayera sobre Avicente y la fuga de su ama pasara inadvertida.

La justicia, al final, acabó por interesarse en el médico, e incluso el virrey, por más que tuviera otras cosas en las que pensar: quinientos de los llamados *Alarbes* de ese Tommaso Aniello, cuya esposa había sido encarcelada, hacían la guerra contra los españoles armados con meras cañas, el pueblo asaltaba las casas y el cardenal Filomarino, supuestamente encargado de mantener la paz entre ambas facciones, azuzaba en parte a Masaniello y en parte callaba sobre las conspiraciones de la nobleza contra el pescadero, veinte barriles de pólvora en las alcantarillas de la ciudad para hacer saltar por los aires a los lázaros.

De manera que Avicente, a la fuerza, tuvo que pedir ayuda a Tonno d'Agnolo, refugiarse en su casa, celestina la noche, cuando el pescadero rebelde, para demostrarle al virrey de lo que era capaz, pidió a todos los napolitanos que apagaran las lámparas y las velas, y todos ellos las apagaron, así que, de repente, Nápoles desapareció de los mapas del Imperio. Y vete tú a buscarla; incluso desde el mar la ciudad ya no estaba allí: se dijo después que esa noche treinta barcos próximos al golfo se perdieron, unos atracaron en Ischia, otros en Gaeta y otros habían continuado hasta Salerno, cambiando las luces de esta ciudad por las de la perla del Virreinato. Y luego, tras haberse quedado sin luz, toda la ciudad se incendió.

Mientras Avicente se refugiaba en casa de Tonno —cagado de miedo este, porque era un objetivo seguro del pueblo al que debería representar pero al que robaba—, los lázaros y los comerciantes se levantaron solidarios por la frustrada concesión del privilegio de Carlos V que igualaba al pueblo con la nobleza: a Peppo Carafa se le encomendó llevar la plica que daba fe de la concesión del viejo privilegio, y en cambio había llevado un papel sucio, sin tener en cuenta que ya asqueaba a todo el mundo pues siempre había estado del lado de los españoles; se llevaba un unto sobre la *bona officiata* y sobre los juegos de cartas, y había hecho rodar de una patada la cabeza del príncipe Sanza, quien, en cambio, defendía al pueblo, después de su decapitación. Por toda respuesta, Masaniello ordenó prender fuego a los palacios. Primero los de los nuevos ricos, quienes prosperaban panificando pan negro y pequeño en lugar de pan blanco y grande, haciendo pagar el mismo precio: el orondo duque de Caivano, Basile, que se había enriquecido pasando de aprendiz a señor, vivía en el Spirito Santo, cerca de Tonno. Desde sus balcones volaron baúles y guanteras, los baúles se abrieron y de ellos cayeron sábanas, cortinas y tapices, oro, damasquinados y plata. Fue ordenado el arrastre: los lázaros, tras incendiar su palacio, lo arrastraron por la calle, tirando de él por el pelo. Después le llegó el turno a un consejero que quiso reconstruir la casa del impuesto de la fruta, y también su casa fue destruida, papeles y mercancías pasto de las llamas, incluso los caballos y las mulas. Y así, palacio tras palacio, hasta los electos del pueblo —y Tonno, cagado de miedo pero feliz, se frotaba las manos porque sus competidores reventaban uno a uno—, que a la gente les asqueaban de forma especial, porque expoliaban las iglesias y a los pobres rezando el rosario: los lázaros incendiaron sus palacios y los de sus hijos, mientras ellos, de rodillas, imploraban no ser achicharrados. En definitiva, cuanto más se negaba el virrey a recibir en audiencia a Masaniello, más palacios eran asaltados y más señores acogotados uno a uno.

A la justicia no le quedó más remedio que distraerse, a la demasiado justa justicia española: ¿quién tenía tiempo de fijarse en un médico que tal vez hubiera asesinado y enterrado a su esposa y que, mientras tanto, se había marchado de la casa de Tonno justo a tiempo para no salir volando él también por la ventana? Sí, porque la plebe indignada, al final, había prendido a Tonno d'Agnolo y lo había hecho volar desde la primera planta, obligándolo a huir completamente renco, mientras que la enfurecida turba le quemaba los enseres del hogar y las hermosas poltronas de estilo renacentista, las pieles y las alfombras anudadas, que precisaban de tres criadas con escobas de sorgo para barrerlas todos los días, y le vaciaban las bodegas y las despensas, donde había comida para un ejército, jodiéndole gratis a las prostitutas, porque nunca hay estupro suficiente durante una revolución.

Poniendo pies en polvorosa, Avicente había acudido al lazareto, a casa de Johannes Töde, quien, socarrón, lo había dejado entrar: sabía que tarde o temprano acudiría a él. Ya no tenía tiempo para buscar a Lisario, a quien el doctor se imaginaba vivísima, aunque, quién sabe, quizá los lázaros la hubieran encontrado y hecho papilla, *¿quién sabe?*

—¿Os vais a quedar mucho tiempo, doctor? Necesitamos lumbreras como vos aquí, en el hospital. Sois bienvenido —dijo el alemán con su voz tan afilada como una navaja—. El ambiente se está caldeando y los cadáveres afluyen con rapidez...

Avicente se abanicó, con dos dedos en el cuello, asmático:

—Gracias, gracias. ¡Hasta que no demuestre a mis suegros que esa desgraciada huyó con el maestro de escena no tendré paz! ¡Los quiero muertos, muertos!

—Vamos, doctor, en estos tiempos para determinados deseos no hace falta ni siquiera respirar... —dijo el anatomista y dejó caer el hacha en el brazo del cadáver que estaba seccionando.

8.

—El invierno desvela, el verano revela... —murmuraba, mientras tanto, Michael de Sweerts acercando la sien al cristal de la ventana desde la que contemplaba los viñedos urbanos de Gaspar Roomer.

Acercó la mano a la tela que cubría el *Rapto de las Sabinas* e hizo desaparecer a las groseras mujeres secuestradas. Su anfitrión consideraba ese cuadro demasiado explícito para la servidumbre, su esposa, sus tres hijas.

—¡Revela desgracias! —Roomer en bata y zapatillas vagaba nervioso entre sus bolsas de dinero—. Lo mejor sería marcharse...

Una tormenta de verano había llegado de forma abrupta —la segunda en dos días, a pesar del calor— y el cristal era una pared de agua: los chaparrones de lluvia deshojaban plátanos y limoneros, sacudían con fuerza las vides.

—¡Cuánto mejor es el invierno, Caballero! Este verano y estos incendios únicamente nos provocan ansiedad...

Roomer se retorcía las manos, pero se detuvo para revisar las cuentas, poniéndose las lentes sobre la nariz.

—Para ser honesto, la lluvia del sur no se parece a la nuestra. Y con diferencia prefiero nuestras heladas a este asedio sin fin de insectos y de plantas —dijo Sweerts, quieto como un gato que se lame sus bigotes.

Roomer se sonó ruidosamente la nariz. Las nubes habían cubierto el mar, los pisos superiores de los palacios eran invisibles. Cuanto más bajaba la oscuridad, más desaparecían en la lluvia calles y jardines. Entre los plátanos, un último vestigio del servicio, destinado a los trabajos de exterior, corría hacia casa sin aliento, sujetándose con la mano libre los sombreros de paja, que destellaban de amarillo al entrar en la órbita de las lámparas de aceite.

Michael se dejó caer abatido sobre una silla. El cuero emanó un olor a curtido reciente, los clavos nuevos apenas chirriaron. Eran esos detalles los que definían la riqueza del banquero.

Sweerts dormía en la galería de obras que Roomer poco a poco se había agenciado. Roomer pidió que le mostraran un par de cuadros de Sweerts y los encontró interesantes. Esperaba que a cambio de su hospitalidad él le hiciera un regalo espontáneo, esperanza mal depositada porque el Caballero era tan avaro como el banquero. Había que librarse de él.

—¿Qué vais a hacer aquí? La ciudad, ya lo veis, no está en las mejores condiciones como para acoger a un artista y garantizar su fortuna... Corréis el riesgo, quedándoos, de no trabajar nunca más. O incluso de morir aquí.

Michael cerró los ojos y luego los abrió con estudiada lentitud. La sombra proyectada por la lámpara de velas le dibujó una mancha oscura en el rostro, dentro de la cual tintineaban sus iris azules.

—Hay otras razones para quedarse. Al fin y al cabo, nunca he visto una revolución en vivo.

Roomer negó con la cabeza, asustado.

—Una guerra no es mala, una guerra es útil, uno puede ganar con ella, pero una revolución...

Y fue a palpar los sacos de monedas sobre el escritorio. El viejo secretario en zapatillas que había extendido sus manos para recogerlos y guardarlos en lugar seguro interrumpió su gesto a la mitad, luego se marchó reculando.

—Una revolución —prosiguió Michael— tiene otras mil ventajas. Saltan por los aires muchas convenciones...

Roomer estornudó.

—Vos estáis aquí por otra cosa, amigo mío, y me dais que pensar...

—¿Otra cosa?

—Ese amigo vuestro de quien me hablasteis, el maestro de escena...

El Caballero se levantó bruscamente y las sombras en su rostro dieron paso a un nuevo juego de matices oscuros. Sus ojos echaban chispas, como los de un gato al acecho detrás de un arbusto.

—El maestro de escena no tiene nada que ver conmigo ni con mi viaje a Nápoles. ¿Qué os hace pensar que tengo alguna relación con un modesto artesano?

Roomer tomó un candelabro y se encaminó hacia la puerta.

—Bien, bien. Entonces os deseo buenas noches. Estoy cansado, pero si os queréis quedar más tiempo... —e hizo una pausa llena de significado—, haced como si fuera vuestra propia casa...

—Sí —murmuró Michael, girado hacia la lluvia, ignorando la insinuación—. Me quedaré, gracias. Un rato más.

Con la salida de Roomer la sala se volvió más oscura.

Michael fue a abrir la ventana y el viento apagó la lámpara, levantó las faldas a las Sabinas, desbaratando los ornamentos. A Michael le pareció como si las pobres vírgenes gimieran del susto. O de placer.

9.

Entre el miércoles y el sábado de la semana que pasaría a la historia por los hechos de Masaniello, en el ínterin nombrado general, Jacques Israël Colmar y Avicente Iguelmano pensaron intensamente en Lisario Morales. Ninguno de los dos había tenido noticias suyas, ambos sospechaban que había muerto —las voces acerca de su desaparición habían llegado a la ciudad, al igual que todo chismorreo referido a los españoles y a la justicia— y cada uno de ellos la deseaba por diferentes razones. También Michael de Sweerts buscaba y no encontraba a su amado —había regresado en varias ocasiones al taller de Ribera, en vano—, y Lisario, a su vez, estaba buscando una forma de llegar hasta Jacques, ignorando por completo su domicilio.

El miércoles hubo un desfile del ejército insurgente en el arco del Maschio Angioino, donde la nobleza napolitana —los caballeros— se había escondido para no sufrir agresiones tras la frustrada aprobación de los capítulos de Masaniello, las plicas en las que pedía distintos impuestos y distintos derechos. El ejército desfiló delante de Jacques que se dirigía al taller y vivienda que tenía Ribera en Pizzofalcone. En las picas, cual botín del asalto, el miembro cortado de un conjurado, una peluca rubia, porque alguno se había hecho pasar por mujer para no morir, un brazo, un vestido de brocado.

—El cardenal les ha convencido para que no quemen otras treinta y seis casas —resopló Ribera, sentado en un escaño roto—, pero así no hay quien trabaje...

—Maestro, estoy buscando a mi mujer...

—*¡Esa estúpida idea!* ¡Hay demasiadas mujeres! —suspiró Ribera echando un ojo a la cocina, donde estaban su esposa y sus cuatro hijas.

—Creen que está muerta. Pero yo sé que aún sigue con vida...

Ribera se quedó mirando al francés.

—Tonterías de enamorado. Ahora me diréis que no podéis vivir sin ella y a mí me darán arcadas todo el día y no podré pintar ni siquiera una manzana agusanada.

—Su marido la quiere muerta.

—¡Menuda novedad!

Un grito inhumano subió desde la calle. Ribera y Jacques salieron a mirar. El pueblo corría hacia la nueva Via Toledo.

—¿Qué sucede?

—¡Le ha llegao la hora a don Peppo! ¡De ya se encomienza a hacer justicia!

Ribera y Jacques se miraron. El español cerró el taller. Llegaron a las inmediaciones del palacio Maddaloni cuando la cosa ya había terminado y una multitud exaltada llevaba la cabeza bigotuda de don Peppo en la pica de costumbre. Los críos se contaban lo sucedido:

—El tío decía: «Yo soy Peppo Carafa», y el otro, despacito despacito, respondió: «Y yo soy Aniello el carnicero». Y le cortó la cabeza. ¡Jo!

—Ahora ya nadie va a detenerlos —murmuró Ribera, levantando el manto y bajándose el sombrero.

—¡Eh! Han pillao también al esclavo, se llama Mustafá, y le han sacao ande está el dinero...

—Sfella me ha dicho que se le han comío los muslos: ¡menudo bocao!

—Y ahora, ha dicho el general pescadero que no se pue llevar ningún ferreruelo, pa que se vean las piernas, pa que se vean las espadas...

Ribera levantó instintivamente su amplia capa, el herreruelo. Jacques lo miró con extrañeza.

—Vamos a ir todos con calzones cortos, como los niños, pero al menos salvaremos la cabeza... Creedme, Colmar, olvidaos de vuestra mujer, no es el momento. Corréis el riesgo de volver a verla en el Más Allá.

Y a punto estaba de marcharse cuando una mujer alta y morena se precipitó entre los lázaros implorando que le dieran la cabeza de don Peppo y pidiendo recuperar el cuerpo, aunque fuera descuartizado. Jacques se imaginó teniendo que defenderla de los asesinos. En cambio, nadie la tocaba. Se apartaban, como si estuviera apestada.

—¿Quién es? —preguntó a Ribera.

Y antes de que el español respondiera se oyó la voz de una vieja llena de reverencia:

—Bella 'Mbriana ha salío afuera de los bajos...

Su cabello estaba empapado de lágrimas, el colorete que llevaba en la cara se le había deshecho y el color dado en los párpados chorreaba por sus mejillas. Su voz profunda suplicaba, pero al tratar de recuperar la cabeza de Carafa el pecho se le quedó al descubierto, revelando la ausencia de senos.

—Pero ¡si es un hombre! —se sorprendió Jacques.

Y justo detrás de él un lázaro obeso y tuerto comentó:

—Andá su madre, con la reinona... ¡Menudo fanfarrón era y le gustaba el culo y no el potorrón!

Si los hombres no la habían tocado, las mujeres en cambio acudieron en masa y la agarraron: el cuerpo de Bella 'Mbriana desapareció en la confusión, Jacques la buscó en vano con los ojos.

Los dos críos que habían contado lo del palacio Maddaloni y don Peppo les bloquearon el paso, desenfundando unos cuchillos:

—¡Alto ahí! ¿Vosotros sois pintores?

Jacques y Ribera se miraron. Ribera dijo en dialecto:

—¿Pos qué?

—El general ha ordenao que todas las casas han de tené en la puerta una «P», que quie decir Pueblo...

Ribera suspiró, irónicamente:

—Y el ángel del Señor pasó por las casas de los judíos cuyas puertas estaban marcadas con la sangre de los corderos...

—¡Anda que no os queda curro, seguidnos! —les conminaron los críos.

Pero en el primer callejón Ribera hizo un gesto a Colmar y ambos se desvanecieron en la oscuridad. Los gritos de los chicos los persiguieron.

Antes de separarse, Ribera recordó:

—¡Ah, Colmar! Os buscaba de nuevo el holandés. Vino al taller...

—En caso de que vuelva, no me habéis visto ni hoy ni recientemente.

Ribera asintió y se encaminó por Sant' Anna di Palazzo, pero a mitad de la calle se dio la vuelta: Jacques Colmar estaba preguntando a una criada y luego a un zapatero y luego a un carpintero. Ribera sabía por quién iba preguntando. Se encogió de hombros, buscando en vano el recuerdo de los días en que había amado así a su mujer.

Esa noche, para que nadie desapareciera y todos estuvieran a la vista de los vigilantes, Masaniello ordenó lo contrario de lo que había pedido días atrás, es decir, que toda la ciudad se mantuviera iluminada.

Y Nápoles reapareció de nuevo en los mapas del Imperio, tan luminosa que asemejaba un cielo estrellado.

Cartas a la Santísima Señora de la Corona de las Siete Espinas Inmaculada Asunción y Siempre Virgen María

Señora Suavísima:

Esta hoja se la he quitado a una Biblia hallada en casa del tipógrafo que esta noche me ha dejado dormir entre sus herramientas... Mi hermoso cuaderno, como bien sabes, está ahora en manos del Marido, dejado atrás en el Castillo en mi precipitadísima fuga, al igual que las novelas del Señor de Zerbantes y todos mis amadísimos Libros. ¡Qué horror descubrir que él lo había leído! ¡Si no hubiera sido por Ti, Santísima! ¡Y por el niño que llevo en la barriga y no me impide caminar! Tú me guiaste desde lo alto en la oscuridad del bosque hasta la ciudad. ¡Estaba claro que tenía que morir! Pero Tú sembraste el camino de ayudas: mujeres con cestas de cerezas y un viejo pastor con un vestido y luego un carro y nunca nadie que quisiera matarme o violarme: ¡a todos les explicaste que estaba Muda y también Embarazada, por lo que todos tuvieron gran piedad de mí!

Hoy he visto las devastaciones más grandes y he sido testigo de escenas que ni siquiera en los versos más excesivos de Messer Ariosto podían imaginarse: ¡estaba en la calle que lleva al Mercado cuando me he cruzado con un carruaje con incrustaciones de oro, guarniciones de borlas y ornamentos de plata que caminaba arrastrado por bueyes!

¡Me he frotado los ojos una y otra vez porque era incapaz de creerlo! Por la calle, he visto en los bajos a mujeres sucias y viles vestidas con ropas cubiertas de perlas, cinturones de oro en la cintura, anillos y collares, mientras freían pescado. Al tomarme por una mendiga, me han tirado un pedazo, gritando: «¡A tomar pol culo la escoria glotona y traicionera!». Y había patios de palacios en cuyas fuentes el pueblo llano se limpiaba el culo, y quienes se vendaban los pies con cortinas de seda, y quie-

nes iban por ahí con ostensorios a hombros, y quienes arrojaban huesos mondos a los bebederos de mármol...

¿El mundo se ha vuelto del revés?

[...]

Suavísima:
Perdóname que interrumpiera de ese modo mi carta anterior y que siga escribiendo en una hoja cualquiera, pero por la noche los rebeldes irrumpieron en la tipografía de mi querido huésped y me desperté entre llamas y gritos. Salí de rodillas y busqué refugio en una iglesia, trayendo conmigo esta mi única correspondencia contigo. Dormí entre los bancos, sobre el mármol, hasta que empezó la misa y entonces me marché. Yo, que nunca había estado en el Mundo y que no sabía lo que era, sola como nunca lo he estado, caminaba durante horas sin rumbo, sin poder dejar de pensar en mi pobre Gatito muerto, en mi Francés que sin duda me cree muerta o perdida, en el odio terrible y en la locura de mi Marido y en todos los acontecimientos que tan rápidamente se han sucedido, cuando de golpe... ¡Todo se ha resuelto! ¡Y yo que pensaba que no ocurriría nunca!

Deambulaba hambrienta por la Via Toledo y al ver una gran multitud bajo el Palacio Real me acerqué, y ahí pude ver asomado a la ventana del Virrey a un lázaro vestido como un duque que decía cosas con las que todo el mundo lloraba. ¡Y aún más lloraban porque el Virrey abrazaba al lázaro! Y allí estaba yo medio hechizada mirando cuando sentí que me agarraban por los hombros: me di la vuelta con la seguridad de tener que defenderme o de huir, y en cambio... Mi Francés me miraba como yo miro Tu imagen, Suavísima, y me decía cosas que en la confusión de los murmullos de la multitud yo podía entender a duras penas, salvo que yo nunca había visto llorar a un hombre y, sin embargo, en plena plaza, Jacques lloraba y me abrazaba. Y entonces cerré los ojos, llena de felicidad, porque nos abrazábamos mientras a nadie le importaba.

Desde el balcón, el lázaro vestido de duque decía algo acerca de los maravedíes que hacían falta a millares para las necesidades del pueblo y proponía vender los ornamentos de las iglesias: «¿Por qué tienen que ser de oro? Basta con una taza de madera pa decir misa...». El Virrey no respondía, y descalzos y lázaros a nuestro alrededor se movían como las olas, algunos no estaban de acuerdo, los religiosos mezclados con la multitud se miraban. Pero Jacques me sacó de allí y juntos caminamos largo rato, cogidos de la mano con fuerza, y finalmente llegamos a una casa en la cima del barrio alto de Nápoles, en un callejón que se llama Séptimo Cielo, donde el aire sofocante se había disuelto y notábamos el fresco.

Fuera de la casa había un hermoso peral y un muro de jazmín perfumado. Una anciana nos abrió y nos hizo entrar en una habitación con cama. Tuve una tina para lavarme y, por fin, algo de comer. ¡Me lavé por entera, Suavísima! ¡Que ya no soportaba apestar! Y nos tumbamos en la cama, fuera se hizo de noche y Jacques me dijo: «Ahora tú y yo estamos casados. Y a nadie tendremos ya que rendir cuentas».

¡Cómo he dormido, Suavísima! Nunca en mi vida había tenido sueños más bellos, más azules. Mañana voy a escribirte de nuevo, mientras tanto las horas pasan volando en mi nueva Casa y casi no siento la ausencia de mis Libros: he podido coser esta hoja en un nuevo cuaderno, ¡una clara señal de la Nueva Vida y del Nuevo Tiempo!

¡Gracias, Suavísima, gracias!

Tuya Devota

La conciencia es cuestión de química

1.

Lo que ni Jacques ni Lisario habían podido ver en el Largo di Palazzo, mientras comenzaba el declive de Masaniello y él ni siquiera se daba cuenta —hasta tal punto había sido hábil el virrey acogiéndole como noble, que a él y a su familia de putas de Lavinaio les había parecido ascender al Cielo (porque es así como se gobierna: a los amigos pequeños favores, a los enemigos puentes de plata)—, fue la cara deformada por los celos de Michael de Sweerts.

Cada vez más asustado, y de acuerdo con su amigo el banquero Vandeneyden, Roomer había mandado hacia La Haya algunos carros con pinturas y estatuas. También había ordenado trasladar otras obras, que por el momento no podían transportarse, al palacio de don Peppo Carafa, porque, al haber sido ya asaltado y desvalijado, no era objeto de interés para los lázaros. Mientras, Michael deambulaba trémulo y cauteloso por la ciudad, dándole vueltas a la idea de volverse corriendo a Roma.

Y sin embargo, el pensamiento de no seguir buscando a Jacques Colmar lo afligía: fue por eso, en consecuencia, por lo que con absoluto estupor asistió de pie, apoyado en una columna, al encuentro de los dos amantes.

Separaban a Michael de Colmar y Lisario los cara de perro, lázaros con el hocico plagado de arrugas de carne, la boca ancha lista para ladrar. Permanecían sentados y medio desnudos bajo el palacio virreinal. También sus mujeres tenían la cara de perro, ojos negrísimos y cejas muy pobladas. Las más tiernas, las que servían en los conventos o en las plantas bajas de los edificios, tenían ojos bovinos, rasgados hacia abajo, herencia griega o alejandrina, caras atontadas.

No estaban solos esa mañana, de todas formas: también se habían congregado en el Largo los maestros de música, de pintura, los estudiantes de los cuatro conservatorios, que hacían las veces de escuela, de orfanato y de comedor de la ciudad para los niños. Todos colgados de los labios del general pescadero, solo Michael distraído por una escena a la que nadie prestaba atención.

¿Quién era la mujer? Una niña, por lo que veía, más bien embarazada, además. Así, manteniéndose a distancia, siguió a los dos hasta el monasterio de San Gaudioso, frente al cual, en el callejón del Pero, esquina con la calle del Séptimo Cielo, había una casa cubierta de jazmín.

Acogido con beneplácito por las monjas de San Gaudioso para el almuerzo, Michael estuvo observando largo rato las casas del siglo XIII que se alzaban frente al recargadísimo portal barroco del convento, fresco aún de escalpelo. El alto peral que se cernía sobre la morada de los amantes atrajo su fantasía, porque vivían ahí urracas y arrendajos, y de él caían hojas anchas como sábanas. Bajo las hermosas hojas aparecía a menudo una vieja magullada y fea para tender la ropa. Y además, se podía ver mucho de lo que ocurría dentro de la casa.

La chica morena a la que Jacques había acompañado era bastante elegante en sus gestos, pero pobre en ropajes. Mil fantasías se agitaban en la mente de Michael: con mucho gusto la habría usado como modelo para una virgen o tal vez para Santa María Egipciaca. Y como pintor sublimaba su ira fantaseando con colores y posturas, mientras Jacques abrazaba a la desconocida.

Y también se besaban. El odio y los celos fueron encrespándosele por dentro como una enfermedad mortal. Acababa de subirle una llamarada y ya venía otra, era peligroso seguir allí mirando aquella alucinación continua. Deseaba estar en los brazos de Jacques y ser él la mujer besada.

Salió del monasterio sin despedirse y las monjas se lo tomaron muy a mal. Por la calle, esquivó una procesión que beatificaba a Masaniello, regresó al palacio Carafa y se echó en la cama sin poder dormir.

2.

Sí: la inmortalidad había llegado.

Jacques Israël Colmar podía mirar ahora cualquier cosa del mundo con una nueva mirada, feliz por todo lo que le sucedía. La inmortalidad habitaba las ocurrencias para la escena del maestro de las velas, y había dejado de importarle, como de joven, cuando la ansiedad le impedía terminar cualquier dibujo, que su gloria fuera por habilidad o técnica o fama o riqueza, no le importaba que su nombre perdurara y que fuera reconocido como ganador sobre otros. Ahora era inmortal porque había tocado la verdad.

Al no poder montar espectáculos a causa de la revolución, comenzó a pintar pequeños cuadros que representaban detalles iluminados por una vela. En los días siguientes acudieron de visita a la Casa del Pero algunos pintores de las Naciones: se daban cuenta de que la pintura era buena, pero, insatisfechos, envidiosos, infelices, comentaban arrugando el gesto como monos de Berbería:

—Te conformas con pequeños lienzos...

—Hasta excesivos son. La eternidad duerme a mi lado por la noche —respondía tranquilo el francés y volvía la mirada hacia Lisario, que cosía en una esquina de la habitación. Había aprendido a ruborizarse de una nueva manera, y cuando sucedía, Jacques decía a sus invitados—: Mirad, es el alma de Lisario que ha venido a saludarnos... —ella levantaba un brazo en señal de amenaza y se llevaba la alegría a otra habitación, riéndose y fingiendo estar ocupada.

Los pintores salían de allí hablando del francés con pasión y con desprecio, únicas armas de la rabia impotente. Una estela de malos pensamientos dejaba la casa del callejón del Pero y se extendía por Nápoles sin que Jacques se diera cuenta.

Mientras tanto, la idea inconsciente del enamorado era transformar la casa del callejón del Pero en taller, haciendo caso omiso de la presencia de un marido legítimo y celoso en la ciudad, de una familia de militares que buscaba a la hija desaparecida y de los otros mil peligros del momento: cuanto más pensaba en ello, más fermentaba la cosa en él.

Necesitaba un préstamo, sin embargo. Fue precisamente Ribera quien le dijo que Roomer se había refugiado en el palacio Carafa y quien le sugirió que le pidiera a él el dinero.

Así que, esquivando ora una pelea, ora una carga de soldados, ora las procesiones de lázaros que llevaban en alto jarrones de oro y alfombras robadas en las casas, la mañana del sábado se presentó en la entrada desierta del palacio.

El enorme jardín, un verdadero y auténtico bosque salpicado de huertos y repleto de viñas que ascendían hasta la cartuja de los frailes de San Martino, estaba abandonado. Ni servidumbre, ni jardineros. Jacques cruzó lentamente Belgioiello, que así se llamaba, buscando los pavos reales y las raras aves por las que se decía que estaba habitado. Cruzó el templete de estilo griego que tenía unas lentes, regalo del príncipe de Tarsia, gracias a las que se observaba a los habitantes de la luna en las noches claras. En vida de Peppo Carafa, el duque se había ido de paseo por la playa de Mergellina con un león de la correa. Ahora que Belgioiello yacía abandonado, como los jardines de las hadas, mientras los lázaros se dedicaban a sus correrías y los colonos ya no encendían las hogueras de broza blanca para mantener saneados los prados, Jacques se sentía autorizado a infiltrarse en las escaleras del palacio.

Bajo los elevados arcos se abrían grandes ventanales como camas y puertas modeladas como fuentes. Oyó voces de las habitaciones interiores y hacia allí fue esquivando cascotes de vajilla y tapicerías rasgadas. Desde un pasillo le llegaba un olor a aceite de linaza. Una lámpara se erguía sobre la mesa de la última habitación: a su tenue luz, el rostro delgado, infantil y al mismo tiempo insolente de Michael de Sweerts lo miraba fijamente con asombro. Tras el Caballero Suàrs, o lo que quedaba de él —en ese momento carente de plumas o penachos, la barba sin arreglar, las mejillas pálidas de miedo y tal vez incluso de hambre—, había un viejo envuelto en un manto verde, con un gran sombrero de ala ancha, el dueño de la casa, Gaspar Roomer.

—Señor... *monsieur*... ¿quién sois?

—Soy un pintor.

—¿No sois uno de los alborotadores asesinos que vagan por ahí fuera?

—No, no lo es —intervino Michael.

Se hizo un extraño silencio y Roomer, aunque molesto, los observó a los dos.

—Veo que os conocéis... Bueno, señor, sabréis disculpar a este pobre viejo tan mal instalado... Por supuesto que preferiría recibiros en mi villa de Barra, pero, de momento, me dicen que es peligroso tomar el camino a Calabria... Puestos de control, emboscadas... ¡En qué mundo vivimos! Pero voy a ir allí de todos modos, cueste lo que cueste... ¡Oh, sí! Ya he enviado la mitad de mi colección a La Haya...

—No sabía que hubieras venido a Nápoles —mintió el Caballero Suàrs, dirigiéndose a Jacques Colmar como si no existiera Roomer—, ¿y cuánto hace que vives aquí?

—Hace un año.

—¿Y vives solo?

—¿Qué quieres decir?

—¿Has tomado una esposa? ¿Has concebido algún hijo? Esta es una ciudad para crear una familia... —torció el gesto en una sonrisa ácida.

—¡Sí, claro, cómo no! —se rio burlonamente Jacques—. ¿No ves la paz que se respira en las calles? ¿Es que no te has fijado en la guerra? Cuidado, tu huésped se marcha...

Gaspar Roomer, en efecto, no había dejado de recoger sus pertenencias. Dos sirvientes bajaban por las escaleras con cajas y baúles y estatuas empaquetadas con paños y cordajes, se les había acercado para despedirse, y había dejado a Michael la dirección de la villa de Barra.

Jacques lo intentó:

—Su excelencia, he venido hasta aquí para pediros un préstamo para un taller de arte...

Roomer lo miró como si estuviera loco.

—¿Estáis de broma? Adiós, adiós... —y ya bajaba por las escaleras del palacio Carafa.

Michael se sintió obligado a ser mundano y generoso, de modo que salió tras él:

—Prestadle atención, Roomer... Jacques Colmar realiza decorados para los teatros...

—Ah, bravo, bravo... —y mientras tanto ya se subía en el carruaje.

—Y también pinturas —agregó Jacques corriendo a su vez—, naturalezas muertas con vela...

—¿Una sola vela? Me interesa, me interesa... —gritó casi desde la calle Roomer, pero los caballos ya habían emprendido el trote.

Michael de Sweerts movió como gesto de despedida el pañuelo que le colgaba en la muñeca, única vanidad sobre la ropa sucia.

—No hay forma de que pierdas tus empalagosas costumbres, ¿verdad?

Colmar estaba lleno de desprecio.

—Pero ¿cómo?, ¿intento colocarte ante el mejor coleccionista de Nápoles y te quejas? Tendrías que estarme agradecido...

Jacques también se encaminó hacia la calle.

—Tu ayuda tiene un precio y tus atenciones me molestan. ¿Necesitas un consejo?

—No veo el momento...

—Abandona Nápoles deprisa antes de que algún lázaro te corte el cuello. Cuídate y adiós.

Y salió al paseo del Belgioiello, a paso ligero, derecho hacia la calle llamada de Toledo.

El Caballero Suàrs permaneció un rato en la galería de la escalera monumental:

—Huye, huye... Total, ahora ya sé dónde estás... —dijo en voz alta, aunque Jacques ya no lo oyera. Luego se sacó el pañuelo de la manga y se tapó la nariz, molesto por el hedor que ascendía de los pozos negros—. Tarde o temprano, la peste llegará a esta ciudad —murmuró irritado y regresó a las habitaciones abandonadas, entre los marcos rotos y las tapicerías desgarradas en la huida.

3.

Michael permaneció agazapado aquella tarde como un zorro detrás del gallinero. Esperó a que Jacques saliera y se aseguró de que fuera al taller de Ribera. Por la noche, Jacques aún no había regresado y Lisario vagaba inquieta en el balcón de la Casa del Pero.

Michael se acercó. Lisario admiró en silencio la elegancia de la ropa, la pluma en el sombrero: se había vestido de punta en blanco.

—Os traigo noticias de vuestro hombre.

Lisario se asomó preocupada.

—Por desgracia, en un accidente... Los lázaros... Creo que está muerto, señora.

Lisario se quedó blanca, se llevó las manos a la cara, se tambaleó.

Michael se acercó rápidamente y la sujetó. Lisario apoyó el pelo en la mejilla de Michael, llorando sin sonido.

—No lloréis, pequeña amiga... ¿Qué más da? —susurró—. ¿Vuestro Jacques no vuelve? Si la vida es una cuestión sin importancia... El amor va y viene... —y luego, muy bien informado acerca de la morena que lo incordiaba, agregó—: Ven: te llevo a tu casa, a la de tus padres..., a la de tu marido...

Lisario al oír estas palabras abrió los ojos de par en par, los brazos de Michael, en los que se había abandonado, se tensaron, dio un tirón y huyó. Salió corriendo, callejuelas abajo, con los pies repletos de barro, entre las mondas de fruta, resbalando en la orina y en las hierbas mal crecidas por los bordes de la calle. Michael la vio desaparecer en la oscuridad.

Cuando se convenció de que la española no iba a volver sobre sus pasos, dio un respingo de alivio. Habría querido arrancarse la camisa del pecho para hacer respirar más libremente el corazón: ahora podría, si la mujer no regresaba, si un matón la mataba en un cruce de caminos, volver con su amante. ¡Que se perdieran la mujer y el bastardo que llevaba en su seno entre los malos pensamientos de la ciudad!

Imaginó con horror y deseo que tropas de lázaros la descuartizaban y la arrojaban al mar, que Jacques desesperado la buscaba en vano, y a sí mismo consolando a su amigo con las mismas palabras que acababa de dirigirle a Lisario: «Pero ¿qué es la vida? ¿Qué es el amor?». Y luego añadiría: «Tú y yo nos dedicamos al arte... El arte une a los individuos sublimes... Tú y yo nos entendemos, olvídate de esa niña lisiada, ese peso que te hubiera impedido con niños y deudas llegar a ser pintor...».

Michael permaneció en la Casa del Pero hasta el amanecer, pero Jacques no regresó. Al final, una patrulla de esos lázaros que había evocado como asesinos de su rival le hizo huir blandiendo, a distancia, mazas y alabardas.

Ya era de día, en cambio, cuando Lisario encontró el camino de casa y en el umbral a su hombre, aterrorizado, esperándola. Ella, que no podía explicarse, lloró hasta quedarse dormida.

4.

—¿Y qué ties? ¿Es que te arde la raja?
La anciana se asomó entre las piernas de Lisario, acostumbrada a tratar enfermedades genitales e infecciones del perineo de las mujeres que en el campo se obstinaban en montar sin bragas. Lisario sentía dolor, se temía un aborto. Jacques daba vueltas sudando por la habitación.

Era el día de la locura, o así iba a ser recordado por todos, porque Masaniello fue conducido en barco a Posillipo —él que nunca había pescado peces, solo los vendía bajo cuerda— borracho de Lacryma Christi, mientras treinta mil personas lo miraban. Luego, en el Ponte della Maddalena habló a los caballos, loco como Hamlet, Otelo, Ricardo o algún otro de los personajes de ese maestro Guillermo al que Lisario había leído a escondidas en el castillo. Y, entre tanto, el virrey compraba traidores para que asesinaran al general desacreditado, mientras él quedaba bien, hospedando generosamente en los aposentos del palacio a las mujeres del Lavinaio vestidas de fiesta, a la esposa de Masaniello, a la que pronto se llamaría con desprecio «la duquesita de las sardinas», a su hermana, a sus cuñadas y a todo el puterío inocente transformado en corte. Lázaros en palacio, cocinados como es debido por la política.

Quien había firmado la carta de pago de la traición fue Marco Vitale, abogado sedicioso, secretario oficial de Masaniello, amigo del viejo Genoino, alma negra de la revolución, y sodomita, quien había llevado, a cambio de dinero, un cadáver muy codiciado a Töde y a Avicente, que seguía estando en el lazareto, en casa del anatomista.

Así, mientras Lisario hacía que le visitaran la barriga, Avicente contemplaba un cuerpo de gran interés, salvado en parte del descuartizamiento de los lázaros: Bella 'Mbriana, muerta en su intento por recuperar el cuerpo de Peppo, yacía sobre la mesa, iluminada por un derroche inusual de velas. Desnuda, se intuían en el vientre aplastado unos testículos no natos, el miembro pequeño y casi invisible, como un clítoris demasiado crecido, el pecho seco que fingía unos senos con un relleno de paja y plumas que había sobrevivido al estrago de la plaza.

—¿Y vos erais un cliente? —le estaba preguntando Avicente a Vitale, que acababa de entregar el cuerpo a Töde.

—Como muchos, aunque yo prefiero los hombres de verdad.

—¿Qué diferencia encontráis?

Vitale se secó la frente. Tenía el pelo claro, el rostro de normando.

—Ella no podía hacer lo que...

Töde los interrumpió.

—Está bien, está bien... Mi amigo os acompañará al Banco de los Pobres, la carta ya está firmada, vos solo tenéis que retirar el dinero. Por otra parte, ya sabéis perfectamente cómo se hace, ¿verdad?

Vitale hizo una mueca, muchos cuerpos le había procurado ya al anatomista, luego salió seguido por Avicente, quien no obstante, al salir, continuó mirando a Bella 'Mbriana mientras Töde se disponía a abrirla con su instrumental.

La calle del tribunal estaba invadida por el sol y las moscas. El calor era opresivo.

—Nunca he entrado en el banco —dijo Avicente.

Vitale lo ignoró, nervioso. Miraba a su alrededor como si de un momento a otro fueran a agredirle.

El edificio que albergaba el banco tenía un reloj de sol en la fachada del patio, cegada por la luz del verano. Las escaleras, estrechas según la moda de otras épocas, llevaban a una serie de habitaciones y pasillos, con frescos en los arcos y un suelo de terracota. Largos bancos de madera sostenían las pandectas y los libros de contabilidad, algunos cosidos en encuadernaciones tan altas que parecían espaldas de mujeres, sinuosamente deformadas por la escoliosis. En los mostradores, sobre la cabeza de los contables del banco, colgaban como embutidos las sartas de créditos vencidos, suspendidas del techo con ganchos para que no las royeran los ratones.

El contable miró hacia los lados, sin dejar de consultar los libros.

—¿Y pues?

—Un pago, a nombre de Johannes Töde para Marco Vitale —y mostró el recibo.

—Abogado... —le presentó sus respetos un contable más viejo—, ese pago que firmasteis para el banquero Roomer, de cinco mil cequíes...

—Sí, sí... —lo cortó Vitale, que no quería hablar del tema delante de Avicente.

—Solo quería deciros que el dinero ya está listo, podéis pasar a recogerlo cuando queráis. Si el general cree...

—¡Ya hablaremos más tarde! —le espetó Vitale—. Por cierto —y cambió de tono—, os presento al doctor Iguelmano, ilustre médico...

El contable se inclinó y por detrás de él apareció un apuesto jovenzuelo, vestido con ropa chillona.

—Perdonad si me entrometo... He oído por azar vuestro nombre...

El contable hizo los honores de casa:

—El Caballero Suàrs, ilustre pintor... Sois el doctor Iguelmano... si no he entendido mal.

Avicente asintió, tras reconocer al pintor como a uno de los invitados al almuerzo en casa de Tonno d'Agnolo.

El contable prosiguió, esta vez dirigiéndose a Vitale:

—Hablando de Roomer, aquí el Caballero acaba de recibir un pago por una pintura de gran valor, que todos esperamos ver, encargada por nuestro banquero, precisamente...

Vitale fingió estar interesado:

—Ah, sí, y ¿cuál es el tema?

—Asesinos de los profetas —dijo Michael—. Un encuentro entre dos grandes traidores: Herodes y Judas.

Vitale tragó saliva, nervioso.

—Un tema peregrino... raro...

—Menos de lo que pensáis... —lo fulminó con los ojos el contable. Luego añadió en tono de disculpa y como despedida—: En la vida, quiero decir. Vitale, ¿queréis seguirme?

Sweerts e Iguelmano se quedaron solos entre las sartas que colgaban como jamones y el olor a tinta. Avicente tamborileó con los dedos en uno de los libros de contabilidad, el pensamiento puesto aún en Bella 'Mbriana.

—Disculpadme, doctor —comenzó el Caballero—, tengo que hablaros de un asunto muy privado, dónde podríamos...

Se acomodaron en una pequeña habitación cerrada por una cortina donde colgaban otras sartas e innumerables volúmenes estaban archivados, con el lomo de las hojas pintado al temple para indicar el banco de procedencia.

—Vos habéis perdido a una esposa y la estáis buscando.

Avicente se sobresaltó:

—Señor, si habéis venido a amenazarme...

Michael levantó una mano para prevenir su reacción.

—Todo lo contrario. Sé dónde está. Y sé dónde está su amante. Viven juntos, en un callejón llamado del Pero. Casi todos los días vuelvo allí a espiarlos.

—Y por qué razón...

—¿Vos queréis que mueran?

—¡Me basta con que muera él!

—Me ofrezco para hacerlo. Mas tenéis que ayudarme.

—Pero cuál es el motivo...

—Asuntos privados. Celos entre pintores... Y una deuda de juego —añadió, ante el temor a no ser creído.

Avicente se mortificó la barbilla.

—¿Vos sois hábil con la espada?

Michael inventó:

—He dejado en el suelo a muchos. Decenas.

—¿Qué necesitáis?

Pero el asunto tuvo que ser pospuesto debido a que el jefe de contabilidad abrió la cortina y miró, con una ceja fruncida, a los dos conspiradores. Vitale hizo un gesto por detrás de él al médico.

Y los tres hombres se dirigieron en silencio hacia el lazareto, donde el cadáver de Bella 'Mbriana había sido completamente desmembrado para entonces, mientras en la Casa del Pero la comadrona se despedía de los dos amantes tranquilizándolos:

—Le quema la raja, no es na. La criatura está bien.

5.

El hedor de los cuerpos velludos y deformados apestaba el aire.

Töde y Michael miraron cómo el médico español se ponía amarillo, luego verde, luego lívido. Sus fosas nasales se dilataban y contraían como un caballo después de la carrera.

—*Está demasiado caliente...* ¿Salimos?

Fuera de la gruta termal de Baia, pusieron los pies en el estanque frío. Una gruesa carpa tiñó el agua de rosa y se acercó con otros peces para comer los residuos de la piel y el vello de las piernas de los tres hombres, uno largo y hermoso, el otro pálido y frío, y el tercero encorvado, cadavérico de fatiga.

El sentido estético de Michael estaba horrorizado:

—Pensé que a las antiguas termas vendrían hombres jóvenes...

Avicente jadeaba. No, a los médicos no les afecta, se repetía mientras en el centro del pecho un músculo se le encogía. Claro que les afecta, sí, al contrario, decía la voz lejana de su padre, autoritaria y burlona, como cuando estaba vivo y Avicente era un niño. Incluso los médicos tienen miedo a enfermar y morir, todos los días de su vida. También por eso le había intentado robar el secreto del placer a su esposa, porque le había parecido el único contrafuerte que oponer a la muerte.

—Son los viejos los que más necesidad tienen —murmuró Töde—. Y para hablar con discreción este lugar es excelente. ¿No hemos elegido bien, doctor? —añadió, dándole una sólida palmada detrás de la espalda a Iguelmano, cuyas rodillas se doblaron.

En ese momento, una anciana desdentada y su hijo estrábico pasaron al lado del estanque, con las cestas cargadas de uvas. La vieja instruía al niño:

—¿Ves a esos tres? —dijo—. Son tres pecadores, uno es lascivo, el otro es un julandrón y... No... mira bien, a mamá —el estrábico se esforzó—, el tercero se carga a la gente... Intenta no pillar ninguna de esas vías...

Y escupió en el suelo. Töde, el cráneo reluciente de sudor que lo hacía parecer aún más una calavera, le hizo señas a la vieja para que se acercara, pero esta se cubrió la boca con una mano, la pequeña cesta con uvas a punto estuvo de caerse, y huyó mientras se santiguaba.

Töde se echó a reír, los dientes desnudos sin labios.

—¡Qué gente más impresionable! —comentó.

Mientras tanto, se había levantado un viento fortísimo. Habían elegido un día de tormenta: frente a las termas se movía el mar de Cuma como una única mano verdosa. El oleaje se levantaba muy lejos, más allá de Miseno, más allá de Ischia, venía de Cerdeña y de más lejos aún, ascendía desde España, hasta el punto de que se diría que era una tormenta enviada por Felipe IV para castigar a los lázaros y a su general. Pero el verde se rompía pronto en el blanco de la espuma que devoraba la playa, mientras los golpes de mar zarandeaban las naves españolas ancladas en el golfo, un frente de pendones y banderas agitadas en el vaso listas para volcarse como barquitos de papel en una fuente. Se les revolvía el estómago a los marineros más jóvenes, y los viejos callaban su miedo a morir allí, en la dársena; las anclas se soltaban y, mientras tanto, el puerto y el molino en la parte frontal del golfo sufrían la embestida de las ráfagas que surgían idénticas y lejanas sobre Scalandrone y sobre Capri, mientras el cielo gris de pleno julio relucía como una hoja de Toledo.

Árboles y aldeanos, doblados para no dejarse arrancar del suelo, se quejaban de las cosas que volaban sobre las casas: arrebatadas las ropas puestas a secar y el pescado a desecar para el invierno, sombreros y tinajas, techos de paja y tejas, hasta cornisas y yeso, descubiertas las iglesias más pobres, destrozados todos los vitrales, incluso los decorados con esmaltes franceses de las catedrales; arrancadas, en fin, por el viento las gafas de los contables cómplices del prolongado robo español y llevados a la orilla los huesos, las maderas, los muertos restituidos al bosque o a las casas por el mar embravecido.

—Busquemos refugio —sugirió Töde, y el holandés y el español lo siguieron.

La bóveda del antiguo templo, el mismo donde había dormido Lisario en su huida, hacía retumbar la tormenta. Una lluvia torrencial empezó a caer desde el *impluvium* sacudiendo la superficie habitada por las carpas.

—Os garantizo doscientos cequíes, las armas que necesitéis y un salvoconducto para Holanda, en el caso de que fuerais descubierto —le estaba diciendo Iguelmano a Sweerts.

En las termas les había llegado una doble noticia: tanto el general como Marco Vitale habían sido asesinados; el general por sus propios amigos, incluido Genoino, quienes habían dicho que ya no podían creer en un loco, total, era evidente que el virrey iba a barrerlos a todos, mientras que un chivo expiatorio, en cambio, garantizaba la salvación de algunos. Quien había sugerido el plan había sido el revivido Tonno d'Agnolo, ya curado del todo, y de nuevo congraciado con el virrey tras su precipitada fuga debida al asalto del palacio Bagnara.

—Un plan digno de él —comentó Töde.

En cambio a Vitale lo habían matado directamente los soldados españoles, en Chiaia, total, era un simple «pececillo de caña», un papanatas, como siempre había dicho Tonno.

—A él lo quiero muerto, a ella me la devolveréis intacta, el hijo incluido. Si aborta por el susto y ella muere, el niño me importa un pepino, responderéis con vuestra vida.

—Claro, claro, por supuesto —dijo Sweerts, sus ojos relucientes bajo la bóveda.

Un rayo cayó muy cerca, el antiguo mortero tembló ligeramente.

—Pero ¿os parece un verano esto? —exclamó el doctor.

Las colinas, los retales de huerto, las casas con porches de paja sujetos de una rama, todo había sido barrido. Un rayo de sol permitía ahora a los aldeanos recolocar sus pertenencias rotas y llevar rebaños y vacas a los cercados derribados por el viento.

Töde recogió un nido caído. Una procesión de vendedores de pescado volvía del mercado de Pozzuoli, con las espuertas vacías debido al mal tiempo. Formaban parte de ella, entre otros, como a menudo solía verse, un inválido, un deforme, un idiota, niños raquíticos. Un grupo de gallinas picoteaba a su alrededor, el idiota las conducía con una rama.

—Encender la conciencia es cuestión de química —murmuró el anatomista.

—Es la voluntad del Señor —agregó Sweerts, que no podía abandonar las costumbres religiosas de su madre ni siquiera cuando actuaba como asesino.

—¿Es la voluntad del Señor que un hombre nazca tullido o tonto?

Un niño se acercó a Töde y se asomó a una de las piletas de agua sulfurosa que precedían la cueva. Con las piernas arqueadas, las pantorrillas bien alimentadas, iba seguido por su madre, una de las pescaderas.

—¡Ven pacá! —le reprendió la mujer. Un perro que seguía a la procesión se acercó al niño, que le mostró un mendrugo de pan mojado. El perro lo lamió.

—¿Y qué diferencias veis entre el uno y el otro? —preguntó Töde a Sweerts.

—¿Vais a comparar a un perro con un niño?

Töde contempló el nido que tenía entre las manos.

—¿Vos pintáis cuerpos, Caballero?

—Claro. ¿Qué pregunta es esa?

—¿Y los pintáis ya sean ricos o pobres, jóvenes o viejos?

—A menudo pobres.

—Ah, la moda... Y cuando pintáis un viejo, ¿os habéis preguntado por qué la razón no envejece como el cuerpo?, ¿os habéis planteado la agonía de seguir siendo inteligentes y con deseos como cuando se es joven, mientras que la carne se convierte lentamente en tumba?

Sweerts se encogió de hombros.

—Apuesto a que vos tenéis una explicación, señor anatomista...

—Veo la misma luz en el perro, en el niño, o en la carne lacia de ese viejo —y señaló a un vendedor de pescado que a duras penas se aguantaba de pie—, la misma que os anima a vos, que acabáis de aceptar matar a un semejante vuestro.

Iguelmano fingió estar distraído, Sweerts se enfureció fríamente:

—¿Queréis decirme que no soy digno?

—¡Oh, cómo podéis pensar eso! Los usuarios de la mente son inquilinos arrogantes del cuerpo. Y a quien habla del alma no le importa nunca quitarle el cuerpo a otra persona, creyendo facilitarle así el camino hacia el cielo. En cualquier caso, yo me propongo cortar las dudas con un cuchillo.

Entonces, mientras Sweerts se ponía rojo de cólera, Töde con un solo gesto arrojó el nido al suelo, cogió la espada del holandés, abandonada junto a las ropas de brocado, no asegurada a la funda, como la ley prescribía, por pura vanidad, y cortó limpiamente el cuello de una gallina. El idiota que dirigía el averío gritó.

—Podéis cocinarla hoy que no tenéis pescado —dijo a la madre del niño, que había escondido detrás de ella a su hijo.

La procesión acallada retrocedía.

El idiota, chillando, pidió monedas por la gallina muerta.

El perro ladró.

Sweerts recogió rápidamente la ropa, pensando en la mentira que acababa de pronunciar: no tenía intención de matar a su Jacques, sino a Lisario y su hijo, y se marcharía muy lejos con el hombre que amaba. Se aferraba a ese pensamiento, al volver a ponerse la ropa. Avicente, amarillo y tembloroso, se vistió también, y por último, Töde.

Durante un rato, mientras Michael, Avicente y Töde se alejaban vestidos de punta en blanco, nadie se atrevió a tocar la gallina muerta.

Luego, la vendedora de pescado la recogió y el vocerío que se había apagado volvió a comenzar, el manco, el cojo, el idiota y los pescadores en sus carros reanudaron el camino, como si nada hubiera sucedido.

6.

¿Qué había aceptado hacer? Ahora que se había quedado solo, Michael se torturaba. La perfección del cuerpo y del alma, las oraciones cotidianas, ¿en qué se estaban quedando? Asesinato. Y bien podía repetirse que su objetivo era recuperar a Jacques —recuperar: palabra de dominio precipitado porque, mirándolo bien, ¿cuándo había sido suyo Colmar?— sin matar a la mujer y su hijo.

Sentado en la iglesia de Santa Ana, con la espada entre los muslos, tenía las manos entrelazadas sobre la hoja, que nunca le había parecido tan pesada y fría. A su alrededor, grupos en oración vaheaban entre las ventanas cubiertas por cortinajes que el viento aspiraba contra los cristales.

También Nápoles se sentía conmovida y contradictoria en su conmoción: ahora que el general había muerto, el pueblo lo redescubría y se volvía en contra de Genoino, considerado tan artífice del asesinato como el virrey. En el Largo di Sant' Anna, alrededor de la fuente, se celebraban asambleas, la voz de una vieja comadre llegaba hasta el interior de la iglesia:

—¡La duquesita de las sardinas! Se l'han llevao pa' dentro del edificio colgando la probe, con las teticas pa fuera.

—Pero ¿a quién?

—A la mujé del Masaniello.

—¿Quién la tirao de los pelos?

—¡Es to' envidia! ¡To' envidia!

La envidia entró por un momento en la iglesia vociferando, llevada por un lázaro de siete u ocho años que se divertía repitiendo las palabras de la vieja.

Michael se dio la vuelta, sorprendido por las palabras que no entendía, y vio en la puerta de la iglesia a una niña que llevaba del brazo a otra niña. La imagen de Lisario, el rostro de la mujer que ya conocía, incluso sus lágrimas y su olor que había ido a olisquear a la Casa del Pero con la esperanza de arrebatarle a su Jacques, lo asaltaron.

El aire viciado de la antigua iglesia era intolerable, se levantó y la espada se le cayó e hizo girarse a los fieles que oraban. En la capilla lateral un retablo de mármol representaba una crucifixión, la Magdalena era solo una melena de espaldas, con las ondas de sus rizos en espirales de serpiente. Estaba sudando. Miró a su izquierda: otro retablo cándido escenificaba la Natividad, con los Reyes Magos en camellos que se acercaban por la curva de la colina y una choza que era poco más que una tela sostenida por una rama: ahí estaba la rama que mantenía en pie la tela del taller de Ribera por la que salía Jacques. Retrocedió, tropezando. Se adentró jadeante en la iglesia hasta una capilla cercana al altar donde estatuas de terracota a medida y sentimiento humano lloraban al Señor muerto. Tan muerto como pronto lo estaría él y sin duda su alma por lo que en su corazón maquinaba hacer, o como ya lo estaba, debido a la pasión culpable que sentía. Se hallaba en una trampa: tenía que partir de nuevo inmediatamente hacia Roma y poner leguas de distancia entre el delito y él.

En el umbral de la iglesia, mientras salía a paso ligero directo a recoger su equipaje, se tropezó con Töde. Bajo el arco, entre las escenas del martirio, el desollador de San Bartolomé se reía burlonamente, tallado en piedra.

—¿Dónde vais tan corriendo, señor pintor?

Michael farfulló palabras sin sentido. Töde le apretó con fuerza un brazo y lo arrastró de vuelta a la iglesia, a la sombra de un gran nicho.

—Yo estaba seguro de que os echaríais para atrás. Vos me necesitáis a mí, un profesional. Pongamos que la mitad como pago, total yo aquí en Nápoles ya he terminado, estoy listo para volver a marcharme.

—Terminado... ¿el qué? —Michael balbució en holandés, sin preocuparse por ser entendido.

Y Töde, en el mismo idioma, contestó con toda naturalidad:

—La revolución ha terminado, el protagonista está muerto. El virrey está satisfecho con mis servicios. Vos también lo estaréis —y le mostró el recibo de la letra de cambio de Vitale, la del Banco de los Pobres, para rasgarla acto seguido ante los ojos del pintor—. Dos asesinatos por el precio de uno. Con vos incluso podría ser aún más módico: en el fondo se trata de matar más bien a tres...

7.

—Chavá, aquí la cosa ya no tie remedio. ¿Qué venimos en sueños pa hacerle a este?

—Giovanni, Giovanni, ¿es que nunca albergas esperanzas en las causas perdidas?

—¿Alguna más perdía que esta?

Los otros tres teatinos estuvieron de acuerdo con Giovanni y así, casi en coro, dijeron:

—Violó a su hembra, hizo que se largara, ahora está liando el asesinato de su hembra y del que malamente l'ha preñao...

Y Giovanni concluyó:

—Pos lo pasamos directamente al piso dabajo, qu'esto no es competencia nuestra...

—Vamos, vamos, hagamos un intento... Tal vez necesitemos ayuda, tal vez sea el idioma...

Y así que hizo un gesto y por una sexta ventana apareció un hombre alto, oscuro, severo.

—Anda, mira tú, el Ignacio... Este a mí nunca m'ha gustao... —se quejó en voz baja con un hermano Giovanni y de nuevo San Gaetano da Thiene lo reprendió.

Desde el fondo del patio Avicente en su cama habitual levantó los ojos hacia su compatriota.

—*Que el Señor sea contigo, hermano.* ¿Conoces las reglas del amor? Responde.

Avicente negó con la cabeza.

—La primera regla es que el amor ha de ponerse más en las obras que en las palabras. La segunda es que el amor consiste en la comunicación recíproca, es decir, en el dar y comunicar el amante al amado lo que tiene, o de lo que tiene lo que pueda, y así a su vez el amado al amante, de tal manera que si uno tiene el conocimiento lo dé a quien no lo tiene, y así también honores, riquezas, el uno al otro...

—Anda tú que no le da vueltas a la cosa... —murmuró Giovanni, pero San Ignacio de Loyola no le hizo caso y continuó:

—Hay que tener escrúpulos, pero que sean escrúpulos verdaderos y no falsos. Y hay que ser capaz de reconocer el pecado...

—¡Nacho, que ese tío es un tizón de lava!

—¡Silencio! —ordenó San Gaetano—. ¡Un respeto! Veamos si la presencia autorizada de nuestro hermano ha obtenido resultaos...

Pero abajo Avicente, de rodillas en la cama, estaba armando una pistola corta utilizada por el ejército español y comenzó a disparar contra los santos, que huyeron gritando hacia el cielo.

*Cartas a la Santísima Señora de la
Corona de las Siete Espinas Inmaculada
Asunción y Siempre Virgen María*

Suavísima:

Casi he consumido Tu Imagen que me ha regalado la dueña de la Casa del Pero: aquí, donde estás retratada en el Dolor y en el Fulgor, rodeada por la Esperanza, he puesto el dedo pulgar en oración tantas veces que casi he agujereado el hermoso papel troquelado. Otro sobresalto más y estaría muerta, otra noche en el bosque y habría gritado Ayuda. Pero Tú miraste con Tu Sonrisa este largo viaje durante el cual temí muchas veces perder la vida y la de la criatura que crece dentro de mí y nos llevaste sobre Tu manto desde tierras del Virreinato a las del Santo Padre. Estamos, como bien sabes, en Pitigliano, protegidos por el Conde Orsini.

En verdad, somos huéspedes acogidos por Eleazar Fucini, un orfebre primo del pintor Juan Do, quien nos acompañó hasta aquí, al Gueto. Diría una grandísima mentira si no confesara que echo de menos las grandes habitaciones del Castillo o la casa perfumada de jazmín del callejón del Séptimo Cielo. Nos alojamos en un establo bajo, con vistas a un escarpado acantilado. Pitigliano me pareció la primera vez, desde el paso del Santuario de Santa Maria delle Grazie, como una mano de piedra salida de la tierra para agarrar las casas. Un inmenso acueducto cruza el valle y el aire finísimo y celeste me hizo darme cuenta de que Tú, Señora, de alguna misteriosa forma aquí me estás más cerca.

La cama es modesta, Suavísima, dormimos sobre un saco de maíz. Tenemos un cántaro, un cofre lleno de lencería que la esposa de Eleazar, Yacova, me ayuda a lavar, aunque no siempre, porque le doy un poco de asco ya que no soy Judía.

Mientras tanto, a estas alturas la espalda me pesa cada día más, de manera que aprovechamos la cocina de Yacova y del orfebre que está llena de niños con los ojos negros. Dos días más tarde Juan Do se despidió de nosotros, nos deseó lo mejor y abrazó con fuerza a Jacques: Tú lo acompañarás de vuelta a casa sano y salvo, ¿verdad? En la mesa de Eleazar vi asomarse una lágrima en los ojos de Jacques: comíamos carne y lentejas, y él dijo: «Esta es la sopa de Esaú, el plato favorito de mi padre». En otra ocasión comimos pierna de cordero, mejor dicho, jarrete, nos corrigió Eleazar, y Jacques murmuró varias veces la palabra gigot, con infinita melancolía. Entonces, como si hubiera entendido la pregunta que yo no podía hacer con la voz, me dijo mirándome: «Nunca quise de verdad a mi padre».

[...]

Reina Mía:
 Jacques ha encontrado trabajo como peón, a veces también ayuda a los pastores a gobernar las ovejas y otras diseña hebillas y joyas para Eleazar, que no le paga, pero a cambio nos da alojamiento y comida. A veces me pregunto sobre esta fuga repentina nuestra y sobre adónde nos llevará. Soy feliz habiendo puesto un montón de tierra entre mi marido y yo, pero también tengo la impresión de que las verdaderas razones de la fuga Jacques no quiere explicármelas.
 A menudo contemplo las nalgas desnudas de mi amante. Parecen nalgas de niño, prietas y musculosas. La noche pasada se las acaricié largo rato pero el sueño de Jacques era tan profundo que no se enteró. Más tarde se las miré reflejadas en el espejo que hemos fijado en la pared del establo mientras se apretaban en el acto de poseerme.
 Suavísima, Tú lo sabes, los culos masculinos son ridículos, aun en el caso de que pertenezcan a los dioses o los héroes pintados en los techos: siempre parecen el trasero de un macaco. Pero de Jacques me gusta todo, sin excepciones. A veces, Suavísima, antes de que mi barriga creciera demasiado y dejara de verme, como me ocurre ahora, siquiera la punta de los pies, me miraba a mí misma entre los muslos. Este hijo de Jacques no sé si realmente yo lo quería. También se me vienen pensamientos extraños: un hijo así, sin un hogar, sin monedas, justo en medio de guerras y revolucio-

nes, con un marido que quiere matarme, ¿cómo voy a criarlo? ¿Qué quieren los hombres? ¿Espiar entre los muslos de la mujer? Y ahora, si doy a luz un varón entre mis muslos, ¿este niño va a considerarme como un par de muslos que lo han parido? ¿Y qué me espera? ¿Parir y olvidarme de mí misma, envejecer, morir? ¿Se resume en esto la vida?

El amor de Jacques me da calor, pero Jacques está tan ocupado en pintar, en diseñar... ¿Por qué los hombres siempre parecen tener algo que hacer y a las mujeres les toca quedarse tranquilas y quietas?

Jacques siempre dice: «Porque vosotras ya lo sabéis todo, sin necesidad de ir a descubrirlo. Vosotras sois como el misterio encarnado».

Le doy en la cabeza con la zapatilla cuando dice estas cosas y se ríe, aunque la zapatilla de corcho es pesada: para estas respuestas solo necesito un Sacerdote o a aquellas santas Hermanas del Monasterio de Santa Patrizia, que a saber qué harán ahora o qué pensarán de mí que ya no voy a verlas.

Suavísima, perdóname, yo sé que Tú en cambio eres feliz de ser así, pero yo de hacer de Misterio Encarnado en la silla no me siento capaz.

[...]

Clementísima:
Jacques no ha dejado de pintar: telas pequeñas que no enseña a Eleazar, una vela que las ilumina. A menudo me utiliza como modelo, y como tengo la impresión de ser siempre el modelo para algún hombre —como con mi marido—, también me dejo pintar, pero le enseño la zapatilla, de manera que sabe que no tiene que obligarme a estar muy quieta o le acarreará algún mal. Es bonito ver a un hombre reír.

Esta semana fuimos a rendir homenaje al Conde Orsini. Nos esperaba detrás de una mesa tallada con lunas y carneros, me sonrió y luego nos llevó a mirar los cuadros que recubrían las paredes del viejo castillo condal: las velas producen la ilusión de que el oro pintado es oro de verdad, las manchas luminosas, gemas *auténticas y las figuras desnudas, mujeres deseosas. El Conde nos dijo que adquiere solo pinturas que le ofrezcan la ilusión de ver a Dios y a los santos en su propia casa y de no envejecer, porque el cuadro sobrevivirá a los propietarios durante siglos. Un cuadro lo representaba floreciente, con su esposa al lado, gorda, señal de que la guerra no puede empobrecerlo ni las carestías rozarlo y que la peste, el tifus, el cólera, no le importan un ardite. Incluso la comida nunca deja de llover desde las pinturas del Conde Orsini: comer es un sueño al alcance de unos pocos, ahora lo sé, todos los demás quieren pero no pueden. Incluso quien tiene ducados y maravedíes es delgado, pálido, enfermizo, e idolatra en el óleo divinidades rubicundas y vulgares, rollizas, atocinadas. Una uva próspera rebosa de los lienzos pintados por esos holandeses llamados «Fioranti». Entonces Jacques le mostró al Conde sus pequeñas pinturas a la luz de las velas: un niño que sujeta por las patas a un murciélago que chilla, una chiquilla (¡yo!) que se despioja a la luz de la vela, un niño que sopla una vela sin lograr apagarla, una cesta de fruta cubierta con tulipanes azules a la luz de una vela, una mesa cubierta con pescados y cebollas.*

El Conde los valoró mucho y ofreció monedas para comprarlos. También quería el cuadro que representa una lagartija asustada que, quieta sobre una mesa, se enfrenta al peligro del fuego. Pero dijo que no, que ese no lo vendería, debido a que la lagartija se llama Lisario. Luego me cogió de la mano y regresamos a nuestro establo.

[...]

Santísima:
Daré a luz aquí o en casa del Judío Eleazar, si me quieren allí, porque el parto de una cristiana en su casa dicen que hará impura la habitación. Señora, yo sé que soy Impura porque, a pesar de los años y los sufrimientos, soy Conejo, Perro, Gato y Cigüeña. Y amo a Jacques porque ha comprendido que no tiene que tratarme como a una esposa cualquiera, de lo contrario ¡me dormiría de nuevo! La vida es un poco menos justa que las novelas, Suavísima.

Y, sin embargo, yo me adapto, soportaré el esfuerzo mientras sea necesario: a cambio tengo esta gran felicidad que me sonríe y que ha aprendido a decir en español con un curioso acento: «Te quiero».

Te amo demasiado, Jacques.

[...]

Suavísima:
Estábamos tomando una de las comidas habituales en la mesa de Eleazar y de su esposa a base de este pequeño trigo que ellos llaman cuscús y calabaza machacada, cuando trajeron a la mesa un requesón bañado con vino que los niños aplaudieron y llamaban «borracho», y entonces vi a Jacques ponerse pálido. Se levantó de la mesa y no regresó al establo hasta bien entrada la noche. Me quedé despierta e inquieta, con los pies fríos. ¿Habrá sido de nuevo un recuerdo de su padre?

El otoño se avecina, las hojas se vuelven de color rojo y la escarcha nocturna congela los caños de las fuentes. Cuando regresó, ya casi amaneciendo, esperé a que me lo explicara, pero él solo me abrazó fuertemente y se quedó dormido, como un niño. No sé qué pedirte, Dulce Mía. De verdad, me gustaría recuperar mi voz para hacer preguntas. Me toco la garganta. Sé que las mujeres gritan durante el parto y no voy a poder. Llorará por mí la criatura que va a nacer. ¿Qué tiene, qué tiene mi pintor?

Pitigliano

1.

Pocas semanas después de la llegada a Pitigliano, el diácono de la aldea, íntimo amigo del orfebre Eleazar, le pidió a Jacques que pintara unas imágenes sagradas en las piedras de la vía cava, uno de los muchos caminos etruscos a través de los cuales trashumaban las manadas desde Pitigliano hasta la ciudad de Sovana. A menudo la vía cava era testigo del paso de procesiones, de acuerdo con un ritual cuya longevidad ignoraban los habitantes, en primavera y en verano, y también, si la nieve lo permitía, por Navidad.

De modo que Jacques había comenzado a pasar días enteros entre los bosques que rodeaban los volcanes apagados de la zona. Subía a las grutas de la vía cava al amanecer, contando las sombras de los robles que inclinaban su tronco a lo largo del camino. Con frecuencia acercaba la oreja a los árboles y le parecía oír la savia subiendo, succionada de la tierra. En el bosque volaban currucas y tórtolas, palomas, pájaros carpinteros, urracas y halcones. De regreso, entre la puesta de sol y la noche, oía cantar a los mochuelos y búhos que salían de caza. Durante el día, mientras pintaba colgado de una escalera de frutero, crepitaban bajo sus pies escarabajos, ciempiés, lagartijas, culebras, coronellas y caracoles, entre la maleza hurgaban lirones enanos y tejones, garduñas, jabalíes, erizos. Revoloteaban mariposas de los muros, mientras rápidas liebres y tímidos corzos hacían susurrar las ramas. Los carboneros descansaban sobre los cornejos y los buitres trazaban círculos en el cielo sobre el cráter.

Cuando la noche descendía entre las ramas alrededor de Pitigliano —la misma oscuridad que entraba a esas horas por las ventanas del lazareto de Nápoles, mientras una joven apestada expiraba entre las oraciones de las monjas, o en el

Castillo de Baia, donde Avicente Iguelmano se mortificaba las manos leyendo tratados—, Jacques regresaba hacia casa feliz, porque amaba los bosques más de lo que nunca había amado las ciudades: a menudo soñaba con correr por los campos como el viento, privado de piernas, hecho solo de alas y nariz, aspirando voraz el aroma del mirto y del romero. A su alrededor, cada estación era hermosa, ya florecieran las amapolas, las rosas silvestres y el lentisco, margaritas y dientes de león, o como ahora, con el otoño a las puertas, cada hoja virase hacia el rojo.

Y, no obstante, del mismo modo que, al comer en casa de Eleazar *hummus* y pan ázimo, había vuelto a oír la voz de su padre, Levi Colmar, también le volvía continuamente a la memoria la cara desesperada de Michael de Sweerts, la noche en que le había gritado: «¡Tú me perteneces! ¡No puedes abandonarme!» y un puñetazo había salpicado de sangre un requesón.

Estaba seguro de que Sweerts habría seguido buscándolo de haber permanecido en Nápoles y de que Avicente Iguelmano habría buscado a su esposa. Y ahora que estaban tan lejos y escondidos, la ansiedad no lo abandonaba. Tenía la certeza de que Lisario notaba esa preocupación suya y, al no querer preocuparla, se sentía feliz de estar lejos todo el día en los bosques.

Transcurrieron así los meses y, finalmente, se acercó la Navidad. La lluvia comenzó a golpear con insistencia en las colinas: los arroyos se convirtieron en ríos tempestuosos que ahogaron los rebaños, los jabalíes hambrientos se acercaban a las casas para robar gallinas, las nubes se congelaron en el cielo como lejanos veleros.

Cuando hasta la última flor se marchitó y las águilas bajaron a rapiñar corderos, Lisario entró en sus últimos días de embarazo y la procesión navideña por la vía cava ya estaba preparada.

Jacques, una vez terminadas las imágenes sagradas, se había dedicado a baldaquines y festones, organizando para el diácono la más majestuosa escenografía que la aldea había admirado en toda su historia. Volaban alrededor de la Virgen de madera, bajo un tabernáculo de terciopelo verde, ángeles de alas amarillas, azules y bermejas, coloreados con ropa de seda de tonos chillones; a los pies de la Santísima un diablo rojo, con cara de dragón y culo de macaco, obsceno y violáceo, aplastaba murciélagos de estofa con alas rellenas de pelo de tejón. Salvados y condenados se golpeaban el pecho vestidos de luto y, por detrás, tablas con ruedas y camillas levantaban los misterios, doce en total, que los aldeanos admiraban santiguándose, los sueños de su noche de alcohol poblados por las estatuas de Jacques. No se veía la hora de que fuera ya Navidad para cargar a sus espaldas centuriones vulgares, lujuriosas Magdalenas, dramáticas vírgenes.

A las diez de la noche del 24 de diciembre Jacques se preparó para seguir la procesión y comprobar que sus máquinas sagradas funcionaran. Besó a Lisario, encareciéndole que no se levantara de la cama, la tapó con dos mantas y salió.

La nieve caía copiosa desde por la mañana. Lisario se adormeció, luego se despertó en la oscuridad y, llena de ganas de hacer cosas, ignorando las recomendaciones de Jacques, salió para saludar a Yacova, quien sin embargo no estaba en casa, sino en la sinagoga. Caminó entre las casas desiertas del gueto y llegó hasta el palacio condal, con la esperanza de encontrar aún a Jacques allí. La procesión había empezado hacía poco, se oían los coros en oración subiendo desde el fondo del valle. No pasaba un alma, estaba casi a punto de regresar cuando el golpeteo de unos cascos delante de la puerta del pueblo hizo que se diera la vuelta.

Apenas distinguió un sombrero con plumas. El hombre a caballo que se dirigía tras las huellas de la procesión —velas y fuegos bien a la vista en el valle, encaminados hacia la vía cava— era sin duda el mismo que había ido a la Casa del Pero para referirle que Jacques estaba muerto. Un segundo hombre al que nunca había visto lo seguía montado en otro caballo y, quizá debido a la nieve que confundía los perfiles de las cosas, quizá debido al miedo o al cansancio del embarazo, Lisario pensó que se trataba de la Muerte armada con una guadaña.

Así que, en vez de regresar, siguió a aquellos dos bajo la nieve, escrutando las llamas de la Santísima, llevada en volandas por los católicos y vestida de fiesta por un judío, hacia las profundidades del bosque.

2.

Llegó al borde de la vía cava. A lo largo del camino, los etruscos habían excavado tumbas que los pastores de ovejas utilizaban como refugio para el rebaño o como lecho temporal. De la procesión ya no veía señal alguna, pero, de lejos, el eco de las ramas y el ruido sordo de los pies en la nieve ampliaban las voces en oración. Los dos caballeros, en cambio, parecían haber desaparecido en la noche. Avanzó con dificultad, resbalando, cayéndose. A cada paso le parecía estar cerca, a cada nueva recta compuesta de escalones se sentía lejanísima.

Llegó a la primera enseña pintada por su Jacques y rezó a la Suavísima: la imagen rosada a la luz de una antorcha, que habían dejado allí los orantes hacía bastante tiempo y que ya había sido consumida en gran parte y puesta a prueba por la nevada, le sonrió con dulzura. El frío le provocaba sueño y cansancio. Quién sabía lo lejos que estaría la procesión ahora. Pero no podía detenerse.

Una zanja en el lado del camino preanunciaba una galería altísima: la senda había sido excavada en la montaña y, en lo alto, las ramas de los árboles que crecían en los bordes, sometidas al peso de algún ave nocturna, iban dejando caer inesperados montones de nieve fresca sobre los transeúntes. Aquí no podía llegar la luna que de vez en cuando se filtraba con dificultad entre las nubes, la noche era sin estrellas y a duras penas la blancura de la nieve recortaba un perfil de piedra o de planta.

Cuando, de repente, apareció la procesión, muy lejos, en un punto distante de la vía. ¡Si pudiera gritar! ¡Si pudiera llamar a Jacques! De pronto los cascos rompieron el silencio, dos cuerpos cayeron encima de ella y un golpe en la cabeza le hizo perder el sentido.

3.

La mujer yacía aturdida en el redil. Una puerta cerraba la habitación, repleta de heces secas. Töde había dejado una lámpara encendida al lado de la paja. Michael se colocó detrás de la puerta para esconderse de ella y esconderse de sí mismo.

Ahora le volvía a la mente la voz de Martina Ballu, su madre, su aliento a lejía, mostaza y flores secas: «¡Michja, échate para allá, que me asfixias! Y deja de abrazarme, que no eres una niñita».

Su vida era una enorme, una gigantesca mentira, una magnífica pintura, hermosa a la vista, pero falsa. No sentirse aceptado, amado, elogiado era una úlcera purulenta, una inmensa y dolorosa herida. Oh, sí, él era un buen cristiano, mejor dicho, un verdadero profeta. La santidad oculta en la tela. Ojalá hubiera tenido esa parte masculina y capaz cuya ausencia le reprochaba su madre. También la voz de su padre le había alcanzado, el desprecio por su hijo, la señal del fracaso. Volvería corriendo a su país para confesarse, para admitir toda culpa, toda mala intención. Pero el puñal que le había dejado Töde le pesaba en el costado. El anatomista había salido en la noche a caballo, después de haberlo ayudado a arrastrar a Lisario hasta allí, para completar el trabajo. A él le tocaba matar a Jacques.

Michael había pensado en mil maneras de deshacerse del maestro alemán —matarlo antes de llegar a Pitigliano, sobornarlo y disuadirlo de matar al hombre al que amaba—, pero no había tenido el valor de llevar a la práctica ninguno de los remedios imaginados. Y ahora la Muerte con la guadaña cabalgaba hacia Jacques y a él le tocaba la tarea de apuñalar a la parturienta.

Lisario dio un respingo al sentir una contracción, su falda se mojó. Michael retrocedió temblando hacia la puerta. Ahora Lisario estaba despierta y miraba a su alrededor, aturdida. Se tocó entre las piernas en el punto por el que le habían salido las aguas. Luego miró al hombre que la tenía prisionera con los ojos alarmados, abiertos por completo.

Por encima de la cabeza de Lisario, una losa de piedra en la roca representaba a una mujer con una doble cola. Michael estiró los labios en una sonrisa cobarde y temblorosa.

—*Dicen que son unos monstruos...* —dijo en español para hacer que la muchacha se sintiera más cómoda, pero por toda respuesta Lisario abrió la boca y tendió los brazos, sacudida por un espasmo ininterrumpido de los pies a la cabeza, con la espalda arqueada.

Michael retrocedió aterrorizado.

Ahora Lisario respiraba jadeando. El parto había empezado. He aquí que de repente la mujer se parecía a la sirena con dos colas esculpida en la roca, con los muslos abiertos y la falda levantada en su esfuerzo desesperado de empuje. Se tapó los ojos ante ese cangrejo humano, abotargado y devastado por el dolor, con las manos y los pies raspando furiosos contra la madera. Quitaba el aire del habitáculo con su respiración, como si lo succionara hacia su interior. Entre los dedos Michael igualmente vio, no obstante, la terrible presencia de la parturienta, las piernas lustrosas de sudor a pesar del frío, la falda amontonada como una cortina sobre el enorme vientre, el cuello tenso en el esfuerzo, el pelo pegado a la frente, los hombros desnudos por la agitación, los ojos completamente abiertos pero opacos por el dolor, el pecho comprimido por el esfuerzo, pero ya hinchado de leche, el jadeo. Michael temía la salida de la «cosa», el nacimiento, disgustado contra ese sexo femenino del que ahora manaba sangre y del que, un momento después, comenzó a salir una cabeza. Ahora el ser tenía dos cabezas: la de la madre y la del hijo, ni bestia, ni objeto, monstruo de la naturaleza.

«Morirá por sí sola», confiaba, acordándose de repente de la espada que tenía en un costado y le colgaba, cual miembro inútil, sobre el suelo. Sintió entonces la vergüenza devastadora de la cobardía, al mantener encerrada en un redil a una mujer a la que no sabía ni ayudar ni matar y que, obstinada, concebía sin voz, y se acurrucó de nuevo en un rincón para lamentarse, como un niño, refunfuñando, única voz de la escena, mirando cómo su estólida ansia de perfección colisionaba con la absoluta imperfección de la vida.

Desolado, se tapó los oídos para no oírse a sí mismo y el raspar de la parturienta, al tiempo que rogaba que todo terminara rápidamente o que a él también le naciera un hijo, producido con el tan deseado semen de Jacques, brotándole de una pierna o la cabeza, como les ocurría a los antiguos dioses, o incluso que pudiera defecarlo, a ese hijo de la culpa, o vomitarlo. Pero todo su cuerpo, a pesar del miedo, vibraba con el de Lisario y se ahogaba en el infinito espasmo, luchando por la vida, buscando infinitamente un punto de apoyo por donde ascender.

Al fin Lisario engendró y la pequeña cosa que gritaba comenzó a moverse. Fue un parto rápido, dictado por el pánico, y deseable por rapidez en otras circunstancias; pero para él ese tiempo equivalía a las eras en que se generaban masas enteras de estrellas y tenía lugar la creación divina.

Temblando, Michael abrió los ojos. Lisario sostenía entre los brazos al niño que gritaba, y apuntaba con su dedo a algo en su costado. Le llevó tiempo entender.

—¿*El espadón?* —preguntó.

La madre asintió con la cabeza. ¿Qué quería hacer? ¿Matar al niño recién nacido? Debía prestárselo de inmediato, en tal caso, pero Lisario agarró la espada para cortar el cordón que le colgaba entre las piernas y luego anudó un trozo, como le había explicado Yacova en las semanas precedentes, expulsó la placenta y se desmayó.

¿Qué quedaba? Michael, sin espada, agarró el sombrero de terciopelo y plumas y se escabulló en la oscuridad, a cuatro patas, como el animal en que se había convertido. Detrás de él, la lámpara que había colocado encendida se volcó y prendió fuego a la paja. Michael vio las primeras llamas, pero no volvió tras sus pasos, al contrario, corrió más rápido en la dirección en la que pensaba encontrar a Töde. El caballo, roto el ronzal, lo siguió trotando en la nieve. Poco después, atraídos por el llanto del recién nacido y por las llamas, tres campesinos acudieron y arrancaron del fuego a Lisario.

4.

En el mismo momento en que Lisario daba a luz, la procesión osciló ante la llegada al galope del caballo. Jacques, que sostenía el baldaquín de la Virgen sobre el hombro derecho, a duras penas podía girarse. Los gritos se alzaron retumbando en la vía cava, campesinos y artesanos, mujeres y niños se hundieron con sus cuerpos en la nieve fresca, algunos cayeron en las tumbas etruscas.

El hombre armado, cubierto por un largo manto negro, lanzó su espada dos veces contra Jacques, quien levantó el brazo para defenderse. La torre del baldaquín se vino abajo, arrastrando consigo el Misterio siguiente —San Miguel Arcángel matando al dragón— en un tropel de maderas rotas. Lo último que vio Jacques fueron los ojos azules de vidrio del arcángel, la cara rosada que le caía encima y detrás de sí una calavera sin labios, los dientes rechinantes —el anatomista Töde—, que se lanzaba hacia él para matarlo. Tropezó, tiró con una mano del manto del asesino, que se desgarró.

Lisario, libre, corría por los prados. Si hubiera podido oír su voz al menos una sola vez antes de morir: ¿cómo era la voz del amor? La nieve y la montaña contestaron: está muda, está muda.

Mientras se desplomaba gritando hacia el fondo del valle, en dirección al lejanísimo arroyo, vio cómo el arcángel giraba a su vez sobre sí mismo, y la espada de San Miguel ensartaba al asesino y se clavaba contra un árbol, el cadáver negro balanceándose como un ahorcado. Pero la caída era larga y no había asidero alguno para salvarlo.

Entonces cerró los ojos y cayó la oscuridad.

Mujer, estatua, cadáver

1.

—Habéis recuperado a vuestra esposa, el hombre que os puso la cornamenta ha muerto y hasta habéis acogido con satisfacción el fruto de la culpa en vuestra casa: ¿quién iba a atreverse a condenaros? A lo sumo, se os considerará un hombre piadoso y generoso que no eligió el camino de la violencia para hacer justicia, como hacen muchos, sino alguien a quien la Divina Providencia ha resuelto el problema...

La *Señora* de Mezzala se sonó la nariz por sexta vez desde que Avicente había ido a visitarla. La cara hundida, con ojeras, incluso el pelo se mostraba más blanco de lo debido. El doctor Iguelmano parecía haber envejecido diez años como mínimo. Si ahora se hubiera comparado con aquel soldado de fortuna que tan maltrecho le había parecido a su llegada al Castillo de Baia pocos años atrás, seguro que no habría salido ganador. Le faltaban las marcas de la viruela, todavía tenía algunos dientes y se perfumaba el aliento, pero los tormentos más que el tiempo lo habían encorvado y le habían procurado un abdomen hinchado que nunca dejaba de llenar con vino.

—¡Ahora la mantendréis bien incomunicada, a esa desgraciada! ¿No le importaba nada su familia? ¿Sabía que mientras ella actuaba como una perdida su padre había muerto?

Avicente negó con la cabeza y concentró su atención en el guacamayo azul y amarillo de la *Señora:* él también parecía estar llegando a su fin, el pico con costras, el plumaje descolorido, una extraña forma de silbido, casi un jadeo. Solo la pata estaba, como siempre, encadenada al plato de metal.

—¿Y su hija? ¡Eh! ¡No podía más que parir otra niña! ¡Mejor para vos: una putita de más os dará menos preocupaciones que un varón vengativo!

Teodora, en realidad, ya estaba vengándose: desde que Lisario y ella fueron arrancadas por la fuerza a la familia de Eleazar Fucini y la bautizaron, no había dormido ni una sola noche. Lloraba a dos voces, la suya y la que le faltaba a su madre, quien, palidísima, desde el momento en que supo de la muerte de Jacques y dado que ni siquiera se le había concedido un cuerpo al que enterrar —el valle bajo la vía cava no lo había restituido—, era el fantasma de sí misma.

Pero lo peor no había llegado a saberse, aún no. Por eso Avicente estaba ahora en casa de la *Señora* de Mezzala, para que la noticia quedara restringida y protegida por quienes mejor podrían defenderla.

—El hecho es... Perdonadme, un mareo...

—¡Traed algo de beber para el doctor! —ordenó preocupada la *Señora*.

Avicente se tragó el vaso de Tempranillo. La *Señora* recibía como presente de forma continua el Lacryma de los viñedos de Pozzuoli, pero, como de costumbre, despreciando todos los productos humanos, comestibles o textiles del Virreinato, solo bebía vino de Navarra.

—*Gracias*... El hecho es, *Señora,* que mi esposa...

—*Esa perra...* menuda perra...

—... duerme.

—¿Cómo decís?

—Duerme, de nuevo. Y no hay manera de despertarla.

La *Señora* se recostó asombrada contra el respaldo de su silla.

—¿Y desde cuándo?

—Desde hace seis días. Había regresado una semana atrás y se ocupaba únicamente de su hija, cuando una mañana me la encontré dormida. Y no hubo modo de despertarla. Como antaño: come y bebe, si se la alimenta, y no se le ha retirado la leche. Cuando se le acerca Teodora a su pecho, amamanta.

—¡Pero es un escándalo! ¡Una vergüenza! Avicente... —era extraño para el médico que la *Señora* le llamase por su nombre, señal de un trastorno auténtico—, os debo una disculpa: desde que os envié a Baia, ¡toda vuestra vida ha sido una desgracia!

Y en verdad parecía estar a punto de conmoverse o llorar. Iguelmano observó desconcertado el pañuelo dentro del cual había estornudado. Por fortuna, la vieja se recuperó rápidamente y en vez de abandonarse a las lágrimas estornudó otra vez. El estornudo la revigorizó, salió de él endemoniada:

—Hay que guardar silencio acerca de todo esto. Ocultar la noticia, amenazar a la servidumbre, pagar a los guardias...

—Estoy aquí para eso, para pediros ayuda.

—Y luego vos tendréis que despertarla, como ya hicierais una vez. No importa si empleáis dos meses o un año, pero este escándalo...

Avicente se miró las manos compungido y desesperado. Nadie, aparte de Lisario, sabía cómo la había despertado la primera vez. Y, en honor a la verdad, en algún rincón lejano de su alma mezquina el médico estaba seguro de que esta vez no iba a funcionar y que matar al hombre que había dejado embarazada a Lisario no había sido un gesto que la acercara a él. Por suerte no se había fiado ni de aquel holandés ni del alemán. Por otra parte, fue el mismo Töde quien le dijo, después de lo acordado en las termas, que al Caballero Suàrs le haría falta una mano, y consistente. Y al doctor eso le pareció una buena idea, entre otras cosas porque el anatomista le daba miedo y asco, cuanto más lejos estuviera de Nápoles mejor estaría él también.

Además, gracias a este acuerdo había podido regresar al castillo, mostrar a sus suegros las páginas en que Lisario se declaraba adúltera —las otras se había guardado bien de enseñarlas— y aportar el testimonio de Sweerts, quien con todo lujo de detalles les había hablado de la Casa del Pero y de los dos amantes, exhibiendo, tras una recompensa, incluso a la dueña de la casa de los fugitivos. Poco importaba que don Ilario cayera enfermo no mucho después e incluso muriera a causa del enorme disgusto, pues fueron necesarios meses y no semanas para encontrar a los fugitivos. Al final, también fue bueno que Töde se quedara en el sitio y que el Caballero desapareciera quién sabe dónde. Pudo limitarse a traer de vuelta a su esposa y su hija, pero en qué estado: la Lisario que huyó en la noche mientras él la perseguía con el cuchillo era una niña. Esta mujer, cansada por el parto, destrozada por el dolor por la muerte de su compañero, asustada y rabiosa, era en cambio una Erinia.

  Tuvieron que atarla para hacerla subir en el carruaje. En ningún momento ella le dirigió la mirada. No escuchaba. No daba señales de entendimiento. En el castillo, llevada a sus aposentos, se encerró por dentro, rodeada por sus tres criadas napolitanas de siempre. No quiso ver a su madre y la noticia de la muerte de su padre apenas le veló la mirada. Amamantaba casi sin comer, solo lo mínimo para no dejar morir a la criatura. Al proponerle un ama de cría para Teodora, se encolerizó, arrojando platos y jarrones contra las paredes hasta que la propuesta fue retirada. Igual que un perro, se quedaba en un rincón cuidando a la niña, que no lloraba cuando estaba en los brazos de su madre, mientras que de noche, cuando la llevaban a dormir en una cuna al lado de la habitación de Iguelmano, alborotaba hasta el amanecer. Ni hablar de retomar sus experimentos: ¡algo que le habría gustado mucho, porque incluiría la novedad de realizarlos con una madre reciente! Había que abandonarlos durante un tiempo.

  Luego quiso bajar a la playa, él sabía qué quería buscar. Entró en la gruta y la encontró vacía. Lisario dirigió la mirada a su marido solo una vez y fue una mirada de odio tan intensa y funesta, de rabia tan violenta, que Avicente retrocedió. Y luego, de pronto, se durmió. Tuvieron que llevarla a la gran sala donde la viera durmiente la primera vez, lavada, vestida, acostada. Las criadas sabían con exactitud qué hacer. Avicente permanecía junto a la cama. De cuando en cuando tomaba la mano inerte de su esposa y se la ponía sobre la ingle, en otras ocasiones se frotaba contra una de sus piernas. Rara vez de estos míseros intentos surgía una polución casual y rabiosa; la naturaleza se lo negaba, Dios le daba la espalda; su esposa, a pesar de haber vuelto, había desaparecido.

De manera que decidió intentarlo de todos modos, aunque tenía pánico a las consecuencias, y ordenó que nadie entrara en la habitación de su esposa mientras él estuviera allí. Dominga dio comienzo a cuarenta horas de oración para que el Señor ayudara a su yerno a despertar a su hija endemoniada, y Avicente se sentó, sudoroso, a mirar el catafalco de su esposa. Le levantó las faldas y metió la mano donde había nacido su curiosidad morbosa. El único resultado, sin embargo, fue una infección, rojiza y bubosa, como si el cuerpo de Lisario supiera a quién pertenecía la mano que la tocaba y, en vez de abrirse, hubiera inventado una peste local para alejar al indeseado y mostrar su completo disgusto. Entonces ordenó enjuagues a las criadas y no volvió a quedarse solo en la habitación con Lisario.

La vida ahora le parecía inútil: de nada servía que sus clientes de siempre, pasado el miedo a la revolución, le requirieran con la mayor de las diligencias, solicitándole sus famosas *palluccelle* o píldoras, comprimidos rosas que el médico llenaba con azúcar moreno y alguna hierba, placebo muy apreciado que le hizo ganar dinero sin medida. No se preocupaba tampoco de que las hierbas fueran las más adecuadas para el malestar, hasta ese punto estaba seguro de obtener el efecto deseado: su arrogancia juvenil se había convertido ahora en una tranquila altivez, que, a pesar de todo, la presencia de Lisario y Teodora mellaba, ponía en cuestión en silencio.

¡Qué mujer más ingrata, qué mujer tan fría e insensible! Entre los libros que acompañaban las noches insomnes de Avicente a causa de la furia de Teodora había un volumen italiano de novelas cortas. En una de ellas se relataba el caso de un hombre que se suicidó por amor a una mujer difícil, cuyo fantasma perseguía cada noche a la desafortunada en una cacería infernal, haciendo que los perros la desmembraran en una pineda. ¡Cómo le gustó esta historia! Incluso había soñado esa misma escena con Lisario como protagonista:

por la espalda le arrancaban los riñones, los intestinos, el corazón, el hígado. El cuerpo de la mujer al final acababa hueco, como una cáscara vacía, y con los ojos buscaba su sexo, pero en vano: también mutilado por los perros, no le revelaba a Iguelmano el más mínimo secreto, era solo carne podrida.

—¡Esa cruel mujer acabará por consumiros! —estaba diciendo la *Señora*.

Avicente se espabiló de los recuerdos y las fantasías, sorprendido por lo muy similar que era la expresión de su protectora a las palabras de la novela corta italiana.

—¿Qué pensáis hacer?

Él se levantó de la silla, con el sombrero entre las manos:

—Tendré que esperar, no me queda elección. Voy a esperar y entenderé.

2.

—¿Avicente? ¿Avicé?
—Mira este: ni oye y ni se'spierta...
—*Dottò?* La Virgen, qué sueño más pesao...
—¡Va a ser er sueño de la curpa!
—Pero qué dices, el que tie a un bribón en el cuerpo no se aduerme nunca, ha perdío la libertá y se quea frito.

Los cinco teatinos de costumbre se asomaban por las ventanas del oscuro patio. Uno por cada ventana, con una vela en la mano. Pero, en la sexta ventana, había también una hermosísima mujer vestida con un traje cerúleo, el pelo removido por el viento.

—¡Yo soy el Órgano que comienza a entonar la Reforma del Mundo! ¡Yo os lo dije! —tronó con armónica voz, y luego se hizo como de mármol y por sus labios cerrados salió una música profunda y remota, alta y lejana.

—¿Y quién es esa, eh?
—Calla, calla, que esa es... esa tía que olía bien incluso de muerta...
—¡Uh, Santa Úrsula! ¿La Venerable?
—¡¡¡Shhhh!!! Silencio, que si esa ve que l'has calao te suelta un rapapolvo que no veas...
—Gaetà, ¿es esa manera de hablar?
—¿Tú también, Giovà? Eres veneciano y hablas napolitano...
—¡Yo os lo dije!
—Pos hala... ¡Insiste!

La mujer se había desgreñado, de ser marmórea se había vuelto hasta demasiado humana y con la mano haciendo un embudo se había asomado por su ventana:

—¡Eh! Insisto, ¿vale? Porque ¿tenía yo razón o no al decir que si Nápoles no mejoraba y nadie acababa de construir nuestro monasterio pasarían solo desgracias? Y ha habío una revolución... ¿Había hecho o no había hecho yo la profecía?

—La hiciste, la hiciste... Y dile que sí, qu'aquí nos queamos hasta mañana. ¡Que se quede contenta!

—¿Y no he sío yo también la que hizo venir las naves con el trigo cuando el pueblo se cargó al electo Storace en el 1585 y tos gritaron por el milagro?

—Que sí, que sí... La Virgen, lo pesá que te pones...

—Y otrosí, como es verdad que la diñé sin enfermedá, que m'adoraron semanas enteras, caliente como si estuviera viva, que'chaba la sangre por la nariz, rosa como una flor... semanas después de la muerte, ¡yo sus digo que también esta mujé española es santa! Que si tuviera voz pa cantar, vais a ver lo que cantaba... Y que er médico que vosotros queríais salvar está perdío! ¡Ella es santa y ese está condenao!

—¡Pero qué pesá te pones, Úrsula!

—Eh, llegó a las sesenta y seis enterradas vivas...

—Pero ¿quién?

—Esa: ¡sesenta y seis monjas en clausura definitiva! No vaya a ser que San Pedro le dé a esa las llaves... ¡Estaríamos jodíos!

—Pos vale, Úrsula, escúchame: mira, nosotros somos teatinos, ¿no lo sabes?

—Pos claro que lo sé. A vosotros, que sois santos varones, os han ayudao; a mí, que soy una santa hembra, aunque soy la heredera de Santa Caterina de Siena, primero m'han visto muerta y luego han dicho que era santa... Sin embargo, ¡venís a pedir permiso para hacer las Oblatas y las Ermitañas!

—¡Siempre con estas historias de mujeres! Son un fastidio, ¿vale? ¡Incluso cuando son santas!

—Quería decir que dado que nosotros hemos habitao en Nápoles mucho tiempo y que nuestra orden está formada por personas importantes y de bien...

—Pero ¿y yo qué soy? ¿Ignorante y endemoniá?

—... insisto en tomar bajo nuestra ala protectora al doctor, aquí presente, con la esperanza, acaso remota, de que...

Úrsula, ante estas palabras, levitó por los aires dando gritos, y los cinco teatinos de inmediato se aferraron a sus faldas:

—Espera... Espera... ¡Baja! ¡Píllala!

Pero Úrsula atronó, y quedó suspendida en el patio:

—Ese apestoso, lujurioso, asesino, libidinoso, incompetente, mentiroso, holgazán...

—¡¡¡¡Eeeeehhh!!!!

—¿Lo habéis acogío bajo vuestra protección? ¡Pues yo me pillo bajo la mía a esta pobre mamá que, como yo cuando era una cría, habla con la Virgen en persona! Teatí, ¿tú con quién hablas? ¿Con Belcebú?

—¡Ahora no te pases!

—¡Aguas, empapadlo!

Y una nube cargada de agua descargó todo su contenido en el patio, empapando enterito a Avicente Iguelmano, como Úrsula ordenó al emitir con los labios cerrados el estridentísimo canto del pavo real, mientras que los cinco teatinos atrás y Úrsula delante volaban hacia el cielo iluminado por la luna, y seguían insultándose mutuamente.

—*Dottò?* ¡Despertad!

Iba vestida de azul, sí, pero no era Santa Úrsula: Annella estaba mirando al médico de cerca, casi nariz con nariz. Avicente se había sentado de un salto en medio de la cama. Estaba empapado de verdad.

—Perdonad, pero vos gritabais como un condenao y agarré la jarra y pensé...

—¡Fuera! ¡Largo! —gritó el médico.

—Está bien, pero estaos quieto... ¡Habéis despertao a tol castillo! —dijo reculando Annella un poco asustada, con el pelo suelto sobre los hombros, dejando sin embargo no sin satisfacción sobre la mesa la jarra que había vaciado en la cabeza de su patrón.

Y añadió al salir:

—Patrón, ¿os deshago la cama mojá?

—¡Ya lo hago yo! —gritó Avicente.

Al quedarse solo, se quitó el camisón húmedo, el gorro de dormir, sacó las sábanas de la cama y se sentó en calzoncillos en un taburete pensando en el sueño. Los hombres habían tomado partido por él; y la santa, por su esposa, eso era evidente. Iguelmano hurgó en un arcón en busca de un camisón de repuesto, no tenía práctica e hizo ruido. Desde fuera de la puerta se oyó:

—¿Os farta ayuda, patrón?

De nuevo era Annella y seguro que también Maruzzella e Immarella.

—¡Esfúmate! —gritó Avicente en una de las pocas palabras en napolitano que tuvo que aprender, esencial para alejar a mendigos, pelmazos, vendedores ambulantes, y criadas de casa demasiado solícitas y curiosas. Un roce de pasos, como una fuga de ratas, se alejó de la puerta siguiendo los pasillos del castillo.

Trató de recordar lo que sabía sobre esa santa tan palmariamente molesta con él. Le habían contado los detalles, sí, pero ¿cuáles? Entraba en éxtasis, se quedaba inmóvil como el mármol, los brazos no se podían separar del cuerpo, no reaccionaba ni a las moscas ni al fuego de las velas sobre la piel, había sorprendido a todos los médicos que habían ido a visitarla, se transformaba en Dios y volaba, levantándose del suelo, oía voces y cantaba sin mover los labios. Y también sabía que, después de su muerte, cuando la anatomizaron, no le habían encontrado el corazón, completamente quemado en su ardor divino. *Incendio resoluta* dijeron los doctores, santiguándose. Sí, pero ¿por qué esa maníaca venía a visitarlo? Ah, si hubiera podido ver él ese cuerpo en 1618... Y luego, mientras una salamanquesa precavida cruzaba el techo que Avicente contemplaba, he aquí, fulminante, la idea.

¿Ocultar a Lisario? ¿Y eso por qué? ¡Al contrario: exponerla! ¡Y usarla como estudio viviente para la ciencia! Una agitación febril se apoderó de él, ya no pudo dormir más, escribió cartas hasta el amanecer y escribiendo en calzones lo encontraron las criadas por la mañana, para luego darse codazos a escondidas y hacer gestos con los dedos en las sienes para indicar que el patrón estaba loco.

3.

Escribió cartas a las principales universidades médicas en España, a la facultad de Padua, al hospital de Génova, incluso a Londres. Todo el mundo vería su milagro especial, su extraordinaria habilidad médica que permitía a una mujer muerta amamantar. Mientras el milagro durara, era necesario sacar provecho del mismo, de manera que estableció una fecha, hizo preparar un féretro público en Nápoles, en una de las habitaciones del lazareto, y esperó a que el acontecimiento se manifestara.

En presencia del virrey y la consorte, de la corte entera, de Tonno d'Agnolo, de Genoino y de todos los nobles de tronío, una Teodora bramante fue colocada sobre el pecho desnudo de Lisario, vestida por lo demás como la última reina de un antiguo linaje, engalanada de oro, perlas y terciopelos, una armadura de metal y tela. La virreina señaló con el abanico las nalgas rojas de la niña desnuda, el virrey observó interesado el pecho acuoso de la estatua viviente, las venas azules, el pezón púrpura. Todo el mundo se asomó para ver mejor.

Teodora succionaba calmada. Y cuando todos los españoles y todos los napolitanos o franceses u holandeses presentes estuvieron bien atentos, Lisario, de golpe, abrió los ojos de par en par. Gritos, chillidos, caídas repentinas, huidas vociferantes. Pero los ojos permanecieron abiertos solo un instante, mientras el murmullo de horror y sorpresa recorría la sala.

—*¡Engaño!* ¡Está viva! ¡No está muerta, está viva!

Iguelmano aferró una larga aguja y atravesó el brazo de la muerta: la sangre salió, pero el cuerpo quedó inerte.

—¡He aquí el milagro de la ciencia que quería mostraros! ¡Soy capaz de mantenerla en una animación suspendida! ¡Su hija se nutre, la sangre fluye, ella misma se nutre, pero no está viva! —mintió públicamente.

El virrey asintió perplejo, los médicos convocados quisieron examinarla, muchos escribieron y dibujaron, tal como lo hiciera Avicente en otro tiempo. La exposición se prolongó en beneficio de la ciencia.

Sin embargo, también el populacho empezó a participar: la esperanza de las gracias que la estatua viviente, nueva Santa Úrsula, podía otorgar se difundió como la pólvora por calles y callejones. «La Virgen que Amamanta», se decía. Y todos agolpaban a su alrededor a recién nacidos y a niños, sanos y lisiados, rezando en una letanía ininterrumpida. Orantes y postulantes llegaron desde las provincias más alejadas del Virreinato y de las universidades locales: ahora alrededor del féretro florecían cestas de limones, rosas de papel, calabazas secas, ánforas, confites. Fueron cayendo raudos los milagros y en breve llegó el turno de los exvotos: alrededor del féretro de Lisario en la sombra colgaban, ahora, pies, piernas, troncos, caras, manos y narices de plata. Alguien dijo que no tardaría en brotar del cuerpo venerado un árbol bendito de cuyos frutos todos podrían disfrutar, para saciar el hambre y la sed, y sanar enfermedades. El árbol del pan, de los limones, de los cequíes, decían en voz baja lázaros y descalzos y comerciantes, y alguno dejaba una semilla sobre el vientre de la estatua, otro una pequeña corona, otro una flor o una moneda.

Las madres de los Barrios Españoles iban a exponer ante la santa sus propios *santolilli*, niños venerados ya como milagrosos, consagrados por familias paupérrimas a tal patrón o tal otro, casi siempre fruto de violaciones de soldados españoles. Llegaron los pintores, incluyendo al bajo Ribera y al austero Do, para mirar y copiar: solo los dos españoles permanecieron sombríos, con los brazos cruzados, con el pensamiento dirigido a Jacques Colmar. Llegaron los representantes de las órdenes sagradas: se presentó, por los camaldulenses, incluso Père Olivier de Saint-Thomas, la cara alargada y afligida, que nombró al demonio y temió el exorcismo, aunque en Nápoles con estas historias de brujas y diablos siempre se andaban con cautelas, había muchos por las calles y eran todos más antiguos que el símbolo de la cruz. Por último vinieron los cómicos de la legua y había incluso una Polichinela mujer que durante un tiempo distrajo la atención de la estatua viviente: la Pullecenella, comicastra en un mundo prohibido a las mujeres, se subió detrás del féretro y montó el espectáculo:

—¡Ah! ¡Dentro de esta ciudad de cornejas y de cuerpos, donde los que rompen nunca pagan, yo soy Pullecenella, gallina hembra de mar, me meo en vuestra chepa y os hago divertir! Hombres y mujeres, escuchad: ¡la revolución s'ha d'hacer, pero nunca s'hará si no está el mundo al revés y las hembras van p'arriba y los hombres van p'abajo!

Por supuesto, los españoles detuvieron de inmediato a la Pullecenella, entre los gritos de lavanderas descalzas y chachas que querían retenerla con ellos, y no volvió a saberse nada más. Pero el clima no se enfrió, es más, empezaron a hacerse sacrificios: las mujeres llevaban gallinas; los hombres, cabritos, corderos y cochinillos negros. Alguno los mataba a su lado, siguiendo los vestigios de rituales paganos más antiguos que la memoria, hasta que la Iglesia lo supo y envió al cardenal Filomarino, que apareció, con no menos esplendor que la Santa Muerta, plateado y aureolado, con los ojos legañosos de los irritables y de los longevos, para verificar que la Mujer no ultrajara la Religión.

Toda la gente se echó a un lado, como ocurrió cuando se pusieron sea del lado de Masaniello, sea en contra de él, más poderoso que el propio virrey. Con dos dedos calzados en guantes de cabritilla tocó el pecho de la expuesta para percibir el latido del corazón —aunque rápidamente se murmuró que pretendía despertarla—, después enarcó una ceja, suspiró, se volvió para bendecir a los presentes y saludó, al final, a Iguelmano, quien permanecía indolente detrás de una cortina. Y justo entonces desde el cuerpo de Lisario se elevó una voz, un sonido doliente y aturdido, como el canto del pavo real, como la vibración de los tubos de un órgano:

la boca de la mujer estaba cerrada, el cuerpo era de mármol, pero el sonido provenía de ella. El cardenal apoyó de nuevo dos dedos sobre la caja torácica. Luego extendió los brazos. De entre los presentes se levantaron las voces, mientras que todo el mundo se santiguaba.

—¡¡¡Como la Úrsula!!! ¡¡¡Como Santa Úrsula!!!
—¡Tie que venir la peste!
—¡Tie que venir la revolución!

Pero hasta las voces más alteradas acallaron al caer de rodillas porque el cuerpo de Lisario producía un sonido que sus cuerdas vocales para siempre inactivas no podían emitir, pero que curiosamente procedía de su estómago, de su barriga. Avicente se acercó, aterrorizado, a mirar. Entonces se dio cuenta de que Teodora, por regla general fuente de berridos cuando no mamaba, había puesto la boca sobre el vientre de su madre: era de ella de donde ese sonido impresionante se elevaba. Un sonido imposible de producir en el cuerpo de una niña, en especial en el cuerpo de una niña tan pequeña. Duró aún unos instantes, luego se calmó.

Fue necesaria la intervención de la fuerza pública para desalojar el lazareto. El cardenal le hizo señas al médico para que lo siguiera a un lugar apartado.

—Esta situación no puede durar, ¿me entendéis?
—Excelencia...
—Vos tenéis que llevaros a vuestra esposa con alguna excusa, os garantizo toda mi ayuda y apoyo. A esta ciudad no le faltaba más que un nuevo milagro: ya tenemos bastante con los que podemos controlar, pero vuestra esposa y su hija me parece que exceden el alcance de nuestras competencias específicas. Si habláis con el virrey, veréis que está de acuerdo. La revolución, aquí, no se puede hacer. No se debe hacer. Nunca se hará. Y manifestaciones como esta inducen a ella, aunque nosotros sabemos muy bien cómo evitarla. ¿De acuerdo?

—Ordenad... —balbució Avicente.
—Lleváosla de aquí con una orden oficial, con un destino digno... —se acarició la barbilla el cardenal.

Avicente tuvo una iluminación.

—Una universidad prestigiosa... ¿una universidad española estaría bien? Me han escrito de Salamanca...

—¡Perfecto! Y, qué casualidad, hay una goleta preparada para partir esta semana que se llama, ved el plan divino, *¡Salamanca!* La dirigiremos con la carga correspondiente a su destino. Portaos bien, preparadlo todo. Seguiréis a vuestra esposa y vuestra hija y volveréis cuando os dé permiso.

Y dejando a Avicente Iguelmano más muerto que vivo, le dio la espalda envuelta en mantos y salió de allí, seguido por sus hombres armados.

4.

El *Salamanca* zarpó en un espléndido día de julio de 1648, mientras Nápoles todavía retumbaba por la revolución, de camino hacia España, con escala en Sicilia para evitar Cagliari y Cerdeña, donde, como siempre, se decía que dormía la peste que desembarcaría efectivamente en Nápoles en 1656.

Dominga, informada de que quizá nunca más volvería a ver a su hija, quiso venir, ciega como estaba, a Nápoles para tocar el catafalco y tomar en brazos a su nieta, que le daba puñetazos, rebelde como de costumbre. En la sala desierta del lazareto, mientras en la calle alguien tocaba la pandereta, la enana, rebosante del desprecio que sentía desde siempre por su yerno, avanzó para acariciar la mano de Lisario. Cuando la rozó, empezó a llorar, con las criadas alrededor de ella para sujetarla.

Por fin se puso de pie, con el dedo apuntando a Iguelmano, que retrocedió.

—*Yo te maldigo* —dijo en voz baja.

Y luego, en voz altísima, repitió la maldición hasta que las criadas la arrastraron fuera de la sala:

—¡*Yo te maldigo! ¡¡¡¡Yo te maldigooooo!!!!*

Annella, con el rostro sombrío, volvió atrás para poner en brazos de Iguelmano a la pequeña Teodora. El doctor tuvo que colocarla de inmediato sobre la madre, la niña le había apretado la nariz con tanta fuerza que parecía a punto de arrancársela: torpe y cohibido, sonrió débilmente a los emisarios del cardenal que habían ido a comprobar los trámites de la partida, indignados por la escena.

Siguieron las últimas gestiones antes del embarque y en un abrir y cerrar de ojos Avicente Iguelmano se encontró, con armas y equipaje, en la escalera que ascendía desde el muelle a una de las más bellas galeras del Imperio.

El *Salamanca* estaba al mando de Expedito Nacar, un español alto y austero, con el bigote largo como lágrimas que llegaban a la barbilla. De pocas palabras, pendiente de que la nave respondiera a cada una de sus órdenes, desde la partida recibió con puntualidad al médico para el almuerzo y la cena, alrededor de una mesita ovalada, con un jovencísimo músico que tocaba la viola y un mono triste sujeto a una silla con una cadenita de plata.

Iguelmano vio desaparecer en el horizonte la ciudad de su fortuna: cada uno de los acontecimientos de los últimos años le volvía puntual a la mente, lo torturaba. Durante las comidas, Expedito Nacar nunca le preguntaba a Avicente Iguelmano sobre la durmiente y su hija, los almuerzos eran rápidos y las cenas transcurrían en silencio, con los dos hombres inmersos en sus respectivos pensamientos, mientras escuchaban la *recercata para viola da gamba* de Diego Ortiz. Al tercer día de navegación, mientras la luna llena irradiaba sobre el Mediterráneo y no había tierra a la vista, Iguelmano, para huir de los pensamientos que lo obsesionaban, se atrevió a preguntar con cuántos años de vida marina contaba el comandante. Expedito Nacar respondió con una sinceridad completamente inesperada.

—Me han dado un mando, pero nunca he tenido poder alguno. He seguido la voluntad de mi padre, he sustituido a un hermano muerto de joven y más hábil que yo en esto. Nunca he sido libre. Y vos, doctor, ¿vos sois el dueño de vuestra vida?

Iguelmano incómodo balbució un «Ah...» y un «En fin...»; entonces, después de haber reflexionado bien, respondió:

—También mi padre era médico.

—Entiendo —dijo Nacar, y bebió—. Mi madre se casó con mi padre sin amor y fue arrancada de la isla de la que procedía. La enterré el año pasado, tenía más de noventa años y aún me pedía que la llevara de vuelta a casa.

Iguelmano frunció el ceño.

—Ella era una mujer, y a las mujeres...

—¿No se les permite elegir? ¿Y a nosotros?

Un largo silencio cayó de nuevo mientras la *viola da gamba,* después de observar la extraña conversación, volvía a sonar de nuevo.

La segunda *recercata* terminó y Nacar añadió:

—Tengo que cuidar de mis hombres, tengo que cuidar del viaje, tengo que cuidar de vos y de vuestra esposa. El viaje ajeno está antes que el mío. Me gustaría decidir por mí mismo qué mares surcar.

Iguelmano suspiró.

—¿Qué habríais elegido, de haber sido libre?

—Habría tocado —sonrió Nacar, por primera y única vez, señalando al chico de la viola—. Habría estudiado música.

—Siempre podéis tocar por placer... —susurró el doctor.

—¿Cuántos zorros queréis que caigan en una única trampa? Yo no elegí y me equivoqué —entonces clavó sus ojos en la cara del doctor y dijo—: Desde que estáis en esta nave quería decíroslo: pensad bien en lo que hacéis. Podríais haber cometido errores en vuestra vida, algunos son más irreparables que otros. Esa mujer y vuestra hija, no sé lo que queréis hacer, pero...

—¡No es mi hija! —soltó en un arranque de rabia Iguelmano.

Nacar bajó la mirada. El joven intérprete de viola se detuvo desconcertado. El mono saltó gritando.

Luego Expedito Nacar sonrió:

—Y, sin embargo, no deja de ser una hija.

Luego se puso de pie, también el médico se puso de pie, los dos hombres se despidieron y la cena de la luna llena llegó a su fin. Iguelmano se fue a la cama, pero no durmió. También Expedito Nacar permaneció despierto largo rato, a juzgar por la viola que siguió sonando durante muchas horas sobre el completo silencio del mar.

Al amanecer, la maldición de doña Dominga se presentó.

Se despertaron con bonanza: ni un soplo de viento, ni una nube en el cielo, ni una ola en el mar. El barco quieto mar adentro oscilaba tranquilo. Cuatro días de bochorno y de inmovilidad consumieron las reservas de agua dulce destinadas a ser reabastecidas en Palermo, pero de Sicilia, como tampoco de Cerdeña, ni siquiera había una roca a la vista. Estallaron peleas a bordo, a pesar del rígido control de Expedito Nacar; algunos barriles de alimentos aparecieron podridos en el fondo, después de que una parte de los productos ya hubieran sido consumidos. Alguien vomitó, alguien se quejó de dolores y luego fue justo el capitán quien manifestó los primeros síntomas: fiebre que aumentaba rápidamente, delirio. Avicente Iguelmano reconoció, por haber leído sobre el tema, los síntomas del tifus. No tenía, sin embargo, la más remota idea de cómo hacer frente a la enfermedad: carecía de sus píldoras rosas de oblea y azúcar, no tenía un paliativo para la verdadera muerte. Por muchas precauciones que se tomaron, en dos días la epidemia se había expandido y al tercer día ya se contaban los muertos. Y, mientras tanto, la bonanza no daba señales de acabar.

Algún debilísimo soplo de viento había creado la ilusión a todos a bordo de que era posible partir de nuevo. Una bandada de gaviotas se posó en aquel tramo del mar, flotando igual que patos en un estanque: hubo quien interpretó su presencia como un anuncio de tierra firme, pero por la noche el mar parecía otra vez un enorme, plateado lago, las gaviotas habían reemprendido el vuelo y el cielo carente de nubes se extendía compacto sobre el *Salamanca* como el manto eterno de la Virgen que protegía el sueño de Lisario.

Avicente, entonces, de acuerdo con Nacar, ordenó que su esposa y su hija fueran aisladas para evitar cualquier contacto con los marineros: preferiría que murieran de hambre antes de que murieran debido al tifus; en el caso de que sobrevivieran, su fortuna médica en su patria dependería exclusivamente de ellas.

Pero el tifus no se dio cuenta de que era médico y también lo infectó a él. Había pasado una semana cuando llegó a su fin la bonanza y se levantó el viento, impetuoso, como para compensar la larga parada, pero ya no había nadie capaz de maniobrar y el *Salamanca* quedó a la deriva.

Esa noche los santos teatinos se le aparecieron en sueños a Avicente Iguelmano por última vez en su vida. En esta ocasión, las cinco ventanas estaban iluminadas por velas. Iguelmano, de pie sobre su cama, gritaba, pero su voz no se oía: los teatinos lo miraban como a un insecto atrapado en un vaso. Era la primera vez que se encontraba en la condición natural de Lisario, mudo, sin ser oído.

—Vale ya, hombre, que ties que venir pa'quí de una vez —dijo un teatino con barba.

—Cuando s'acabao s'acabao. Ea, guapín, que ahora viene la vida eterna... —se desperezaba cansado otro.

—Pa este d'aquí toca infierno —escribía en un cuaderno un tercero.

—Y a este también l'ha tocao el mismo final que las tracas... —suspiraba el cuarto haciendo estallar un petardo.

—Vamos, hermanos, vamos, volvamos a Nápoles, donde se nos necesita más que aquí... —concluyó sabiamente San Gaetano.

Y entre cánticos desaparecieron de las ventanas llevándose las velas.

En vano Avicente gritó: simplemente, la voz no le salía.

5.

Aún no se veía tierra firme alguna cuando Lisario despertó, el tiempo había cambiado: la bonanza se había transformado en una tormenta de inusual violencia.

También Lisario, como Iguelmano, había soñado: su Virgen Suavísima la había llamado: «¡Despierta!», y le había mostrado a su hija muerta. Abrió los ojos de repente. Todo era oscuridad, hedor y golpes contra las paredes. ¿Dónde estaba? Su estómago se revolvió. ¿Dónde estaba? Las manos encontraron el peso que le oprimía la barriga: su niña yacía inerte, postrada por el hambre y la sed. Abrió la boca por completo para gritar: ¿estaba muerta como le sugería el sueño? ¿Habían muerto ambas? Mover los brazos, el cuello, por no hablar de las piernas, después de meses de inercia, fue una agonía. En la oscuridad tardó un buen rato, a tientas, hasta reconocer un barco. Los violentos golpes del mar contra la madera, eso era ese sonido: tempestad, olas.

Aunque quisiera, era imposible mantenerse de pie. Se dirigió hacia la puerta a cuatro patas: estaba cerrada, la cabeza le daba vueltas. Trató de pegarse a Teodora en el pecho, pero no reaccionaba. ¿Cómo iba a hacer que la oyeran, sin voz? Puñetazos y patadas, débil como estaba, no habrían surtido efecto. Y entonces se derrumbó con la niña en brazos, desesperada, contra la puerta que, sorprendentemente, cedió. El último que había ido para llevarle comida debía de estar tan enfermo que se olvidó de echar el cerrojo. Se encaminó hacia el puente con dificultad, buscando el aire. Un par de piernas salían por debajo de las escaleras que iban hacia la cubierta: las medias rotas, el hedor. Cuanto más subía hacia arriba, más se estancaba el hedor: muchos enfermos se habían reunido al aire libre buscando un respiro. El puente, golpeado por las olas, siempre invadido por el agua, estaba repleto de cuerpos. Los cordajes golpeaban como serpientes contra las velas caídas, azotando la cubierta. Quienes habían intentado escapar por mar, a saber dónde estarían ahora: faltaba una chalupa. El timón estaba libre.

Lisario encontró un barril completamente abierto y en el fondo un poco de agua de lluvia, pero se abstuvo de beber: había algo malo, no sabía qué, el instinto se lo impidió. Se subió al alcázar. En los aposentos del capitán encontró más muertos, incluido Expedito Nacar, el único compuesto y grave, como una estatua. Más abajo se encontró también a su esposo. Tenía verde la cara, la respiración débil, los brazos cruzados, tumbado en el suelo. Charcos secos de vómito y otras manchas lo rodeaban.

Sintiendo una presencia, Avicente Iguelmano entreabrió los ojos y con esfuerzos pudo enfocar a Lisario y Teodora. Debió de creer que se trataba de una visión porque hizo una mueca y cerró los ojos de nuevo. Lisario le dio una suave patada, Avicente los abrió otra vez y en ese momento sintió un impulso que no pudo completar, intentó sentarse. Lisario lo miró con mil preguntas en la mente, pero un único pensamiento verdadero: nadie iba a ayudarla en ese barco, y mucho menos su marido.

—A... gua... —pidió Avicente.

Lisario vio en la oscuridad una taza sucia, pero aún llena. Estuvo tentada de verterla y marcharse de allí, pero en cambio se la acercó, con la punta del pie. Mantenía agarrada a Teodora mientras el barco daba bandazos, zarandeado por los golpes de mar, procurando no acercarse al moribundo.

—Ayúdame... —murmuró Avicente mientras intentaba levantar una mano.

Lisario negó con la cabeza lentamente, ya que no podía ayudarlo; con la mano libre de Teodora se persignó y salió de allí. Se encaminó de nuevo hacia el puente, pero detrás de ella Avicente Iguelmano, arrancando ese hilo de voz que le quedaba, gritó:

—¡Ayúdame!

Alcanzó el timón. ¿Qué podía hacer? Teodora, mientras tanto, daba debilísimas señales de vida, pues de alguna forma se había dado cuenta de que su madre estaba despierta. Intentó pegarla a su pecho de nuevo y algo, esta vez, debió de llegarle, ya que la niña succionó. En el horizonte, en la dirección en la que el barco sin guía avanzaba zarandeado, se veía tierra firme. Islas, se diría. ¿De qué forma había que mantener el timón para acercarse? Lisario lo intentó, rezando a su Suavísima para que le prestara ayuda. El mástil que estaba frente a ella como una cruz le inspiraba seguridad, pero las velas se habían caído, o se habían roto, o nunca se habían izado: imposible saber si la nave seguiría una ruta de cualquier clase en esas condiciones.

Lisario se sintió pequeñísima para conducir un barco tan grande por sí sola, sin conocimientos. Sin embargo, al cabo de unas horas, las tierras se acercaron. No lo bastante, tal vez. Vio la última chalupa que había quedado. No podía bajarla por sí sola: encontró un sable y cortó las amarras. La barca cayó al mar y perdió los remos. Lisario se quitó el vestido, aferró a Teodora y se lanzó. Había aprendido a nadar bajo el castillo, pero solo donde hacía pie. Braceó para no perder a Teodora con la zambullida: no podían ahogarse. Llegó a la embarcación extenuada, tiró a Teodora dentro e intentó trepar al interior. No lo logró, permaneció agarrada solo con las manos, mientras la corriente arrastraba la barca.

6.

Campanillas de oro tintinean en los pies de las chiquillas. Un recuerdo lejano: don Ilario que le cuenta a doña Dominga la historia del griego Ulises llegado a la isla, desnudo, agotado por la tormenta. Diez chiquillas vestidas de blanco con campanillas de oro en los pies. La más bella de las muchachas, Nausica, una princesa, va al encuentro del náufrago. Y aquí doña Dominga, sentada en el arcón con los pies cortos, que sobresalen, se cubre la cara sonriente por la vergüenza y se marcha de allí. La ve salir por entre las tablillas de la cuna de madera, riéndose entre dientes. Su padre corre a por ella, cerrando la puerta tras él. De nuevo campanillas de oro y zapatos. Y ahora voces. Y brazos.
—¡Cogedla! —oye.
Levantada. Una inmensidad de luces, nubes desgarradas en el cielo. Un monte oscila por detrás de la sombra que la mantiene levantada. Gaviotas.
—¡Lisario! —oye que la llaman.
Es su voz. No puede ser. Estoy muerta, piensa.
—¡Lisario!
Los ojos de Jacques la miran. Las campanillas tintinean a su alrededor: ahora las ve, son gitanas. Y el rostro que la mira de cerca es justamente el suyo. Alma mía. *Mi alma*. Jacques. Jacques Israël Colmar.
Gotas saladas. Las lame. ¿Son lágrimas? ¿Estás llorando, amor mío? Pero qué cansado estás: pareces viejo, muy viejo. ¿Qué te ha pasado? Estabas muerto y ahora estás vivo, pero envejecido.
—¡Despierta, despierta! —está gritándole el francés.
La colocan encima de algo: ¿una mesa?, ¿una cama? No sabe decirlo. Oye un llanto: Teodora. Oye voces de hombres, un dialecto que no conoce.

Empieza a temblar violentamente.

—Estás conmigo —dice Jacques—. Estás conmigo, has llegado a Favignana —y luego, al comprender el miedo de Lisario—: Estoy vivo, no soy un fantasma.

Se siente abrazar y cierra los ojos, de nuevo, mientras a su alrededor todo el mundo grita y el mar sigue rugiendo y Teodora grita su hambre.

—*Te quiero, Lisario, te quiero...* —le dice a un oído Jacques, antes de que se adormezca, su rostro duro y sucio, las lágrimas que van cayendo, abundantes. Cierra los ojos pero dormirá solo un rato esta vez: lo jura. Es feliz.

A su excelencia Angelo Pallavicino, conde de
Favignana en su palacio de Génova

      Ilustrísimo y Excelentísimo conde:
      Me había prometido a mí mismo que no Os escribiría antes de Vuestra visita, que sabemos inminente, pero he pensado que sería mejor avisaros de un acontecimiento con el que me topé, una vez acaecido, en mi último viaje desde Erice a Favignana. Después de una terrible tempestad que destruyó nada menos que cinco de nuestros barcos, los canteros acogieron en la isla a dos náufragas que sobrevivieron, según se cree, al hundimiento de una nave partida desde Nápoles, la *Salamanca,* de la que recibimos noticia.
      Se trata de una mujer española, muda, y de su hija, una niña que tiene menos de un año. Los canteros me contaron que las náufragas llegaron a esa cala que recibe el nombre de Azzurra después de varias noches de tormenta: las esclavas gitanas traídas aquí desde Egipto siguiendo Vuestras órdenes estaban en la orilla para lavar la ropa cuando vieron los restos de una chalupa y el cuerpo de la madre. El director de las excavaciones pasaba por allí a lomos de una mula encaminado hacia la Cava Grande y oyó los gritos de las gitanas, se hizo llevar hasta la playa a pesar de la cojera y ahí reconoció a la mujer. Dijo que se trataba de su esposa, a la que creía muerta: Ilustrísimo, Os aseguro que las cosas sucedieron justo así, como en una historia de novela. La mujer y su hija, milagrosamente, están vivas, aunque muy débiles, y Jacques Israël Colmar Os ruega y Os implora el permiso para mantenerlas con él, porque afirma tenerles un gran afecto. Y, de hecho, recuperados los sentidos después del naufragio, la mujer lloró mucho y de inmediato se dispuso a ayudar a Colmar, quien, como sabéis, necesita asistencia desde que Vos lo salvarais en aquel barranco donde lo habían lanzado durante el viaje con el Santo Padre.

Le duele la pierna, como siempre, pero desde la llegada de esta mujer y de su hija, Os lo aseguro, está como renacido y también los trabajos en la cantera van muy avanzados. Ellos viven ahora, desde hace algunas semanas, todos juntos, con gran escándalo: el párroco de Levanzo insiste en casarlos, pero Colmar le ha hecho notar que él es judío y a mí me ha dicho que la mujer ya está casada, por más que el marido es un granuja a quien más vale no devolvérsela. Ante esta pequeña disputa, ¿vendréis Vos a traer la paz? Os lo ruego. Estamos lejos de la Ley, pero no por eso somos invisibles a Dios. Por otra parte, Excelentísimo, puedo testificar que nunca vi un amor más sincero y completo que el que corre entre Vuestro Colmar y esta mujer que se llama Lisario y la niña, que según me dicen fue bautizada como Teodora. La española escribe con gracia y conoce la literatura; aunque no puede hablar sabe cómo ser de utilidad. No puedo deshacerme de la impresión, aunque Colmar no me diga mucho, de haber reunido a una familia.

Vos sabéis, Ilustrísimo, cuán perplejo estaba yo cuando enviasteis a la isla a un director de excavaciones cojo y maltrecho, pero cuanto más tiempo pasa más me doy cuenta de que este francés es una buena persona, fiable, precisa, agradecida. Yo no creo que obrarais mal dejándole tener una compañía, dada la soledad que aquí se experimenta, sobre todo en invierno, y en cuanto al párroco, resignación, ya se encontrará una salida, la felicidad no puede desagradar a nuestro Señor.

Por lo demás, desde la última carta que Os envié han nacido dos terneros de las parejas de vacas que hicisteis transportar a la isla, también las cabras, me dice el pastor, se multiplican. Anteriormente a duras penas se intentaba hacer que creciera algo en esta tierra árida, pero Colmar sugirió el uso de una de las cavidades como terreno de cultivo e hizo llevar suelo fértil abajo, donde el viento no enloquece: esta es la primera buena temporada y se ven los frutos de inmediato.

Nacen albaricoques y almendras, olivos y algarrobos han arraigado, hemos tenido también coles, zanahorias, hinojos y varias berzas y verduras. Los canteros están encantados de poder comer alimentos nuevos, incluso las gitanas que enviasteis a la isla son de gran ayuda y, por ahora, no han hecho enfurecer ni al sacerdote, ni a las mujeres de los canteros.

Las obras de ampliación del Castillo avanzan, las canteras producen; en resumen, tened la seguridad de que Vuestros intereses están bien cuidados, como siempre, y de que no tendréis que lamentaros por esta compra hecha al Rey de España. Creo que pronto obtendréis ganancias de la pesca local: la costumbre aquí es capturar los atunes que nadan alrededor de las islas en primavera. Me han mostrado algunos: Jonás no vio una ballena más grande, ¡seguro! Pero de este y de otros proyectos hablaremos cara a cara durante Vuestra próxima visita, que es esperada por todos con sincera impaciencia.

Vuestro devotísimo Amigo, siempre respetuosamente agradecido,

Ignazio Domingo Peraino, notario en Erice

Cartas a la Santísima Señora de la Corona de las Siete Espinas Inmaculada Asunción y Siempre Virgen María

¡Suavísima!
... Hoy nos han explicado lo que es una habitación del siroco: es necesario construir una habitación subterránea con lavaderos y ambientes confortables para superar los largos periodos en los que sopla el siroco. Nunca pensé que acabaría en una de las islas nombradas por mi Señor de Zerbantes: cómo me gustaría hablarle de esta habitación que hoy nos han descrito. Inmediatamente Jacques se ha puesto manos a la obra para diseñarla. Encontramos una cavidad bajo el castillo que se adapta bien y el Conde Pallavicini estaba satisfecho: con esta habitación, dijo, vendrá a la isla más a menudo, debido a que sufre mucho el calor que, debido a nuestra cercanía con África, es intenso aquí. Los trabajos contemplan que incluso nuestra pequeña casa tenga una habitación subterránea. El Conde ha estado jugando luego todo el día con Teodora, a la que trata igual que a una princesita. Se ha ofrecido, para cuando queramos, a enviarla a Génova para que estudie y llevarnos con ella también. Jacques está preocupado: dice que nosotros dos estamos a salvo solo en esta isla y que tarde o temprano mi marido u otros vendrán a buscarnos. Siempre lo calmo cuando lo asaltan tales pensamientos: nos dan por muertas a las dos, y también a él, nadie nos va a buscar, nunca más...

... Desde que estoy en esta isla, veo la vida como nunca me había sido dado hacerlo: disfruto de cada planta que crece, de cada flor que brota, de las alas de las aves que cubren el cielo por entero, de los peces que fluyen abundantes en estas aguas. Mi cuerpo es parte del cuerpo de Jacques, somos una sola cosa, siempre lo hemos sido, nos hemos reencontrado y ya nada nunca más podrá separarnos, yo lo sé, ni siquiera la muerte: ya vino, ya nos arrebató el uno al otro y ahora ya no tiene poder sobre nosotros. La felicidad, Sua-

vísima, es inmensa: sube desde la tierra y de las aguas, recae desde el cielo. Tal vez seamos un pequeño punto en la sombra de la esquina del ojo de Dios, pero hemos sido bendecidos y somos infinitos. Yo estoy aquí por Ti y con Jacques y Teodora, bendecida e infinita.

He aquí la felicidad de la que hablaban mis Libros...

... Jacques ha pedido que le trajeran pinceles y lienzos de tierra firme y ha empezado a pintar de nuevo cuadros iluminados por velas. Creo que echa de menos un poco los montajes de su amado teatro. Para Navidad convenció a las gitanas y a los canteros para hacer una representación sagrada: el párroco de Levanzo, que siente antipatía hacia nosotros y nos señala con el dedo murmurando «¡Pecado mortal!» cada vez que nos ve, se suavizó con la noticia. Quiso decidir qué se representaba y al final quedó contento. Jacques nos emocionó a todos con la luna creciente, el sol, el mar y además todos los animales de verdad que utilizamos en el pesebre viviente. Teodora quería hacer de Niño Jesús, pero la convencimos de que era demasiado mayor para ese papel, así que interpretó a una pastorcita y cantó con voz divina. También por esto, por cierto, Suavísima, tengo que darte las gracias: le has dado la voz que yo perdí. La escucho durante horas. Incluso el Conde se ha prendado de ese don y envió a un profesor de música a la isla. Teodora no deja de hablar ni un instante y yo me siento vengada: por ella hablan los miles de palabras, de voces, de sentimientos que durante toda mi vida he tenido que callar. Tiene una garganta que da a luz una legión de aves en vuelo. Canta a las nubes, canta a los ríos y a las islas, canta a la descendencia de la especie con la que Tú y Dios Padre habéis poblado el Mundo. Gracias, Suavísima...

... Jacques ha enfermado. El notario Peraino ha hecho venir al médico muchas, muchas veces. Estamos planeando un viaje a Génova, para visitar el hospital. Tengo miedo de hacerme a la mar, Suavísima, tengo miedo de que Jacques no supere ese esfuerzo. Han pasado diez años desde que llegué a esta pequeña tierra y no sé lo que me espera del otro lado del mar... ¡Guíanos Tú!

... No tengo palabras. Jacques, amor mío, nos has dicho adiós para siempre. Teodora y yo en lágrimas. No quiero que la tierra te recubra, estarás siempre conmigo, estarás siempre conmigo...

... Teodora parte hacia Génova, pero yo me quedo aquí, Suavísima. Mi hija volverá a verme a menudo, con el Conde. Yo no puedo dejar esta isla. ¿Quién iba a llevar flores a mi Jacques? Aquí he sido feliz, y aquí puedo volver a serlo aún, con Tu ayuda...

... El último cuadro de Jacques está lleno de luz. Lo he colgado a los pies de la cama para no dejar de verlo nunca. Sumerjo los ojos en la vela y siento su cálido abrazo, el pensamiento cercano, el alma que me habla. Antes de morir tuvo un recuerdo para aquel holandés. Creo que él también lo amó un poco, en el fondo, a pesar de que nos mortificara de muchas maneras. Me siento feliz, Suavísima, por haber conocido, después de los tormentos, el Amor que nos hace serenos, que aplaca los mares.

Tu Devotísima Lisario

Para finalizar

1.

Cuando un sueño se hace realidad, uno está en paz consigo mismo. Y así se puede mirar con mayor distancia todo lo que les ocurre a los demás, confusos en el dolor y la insatisfacción de la vida cotidiana. Si, además, se ha luchado mucho para hacer realidad ese sueño, uno se siente bien y en equilibrio, dispuesto a la generosidad hacia el prójimo. El malvado, en el fondo, es alguien cuyos sueños siguen sin hacerse realidad, y el bueno solo es uno que olvida haber sido malvado y se absuelve a sí mismo, por eso siente tanta necesidad de absolver a los demás de su propia condición malvada.

Michael de Sweerts tenía la necesidad de absolverse más allá de lo imaginable: ¿sería capaz de olvidar lo que a sus ojos y a los ojos de sus contemporáneos era una culpa, la de ser un sodomita? Y, peor aún, ¿sería capaz de borrar de su propia memoria a Lisario, pariendo después del secuestro, y el intento de asesinato? Al llegar a sus cincuenta años, Michael se había otorgado el papel salomónico de profeta: por encima de cualquier pasión humana —y descargado por completo de las responsabilidades pasadas, que a esas alturas veía con ojos benévolos de viejo, como si ese joven Michael fuera el pariente marginado de la familia de Sweerts—, después de haber vivido incluso un paréntesis matrimonial con una mujer a la que enterró deprisa e hizo infeliz, después de representar el papel de buen administrador de la empresa textil de su madre, Martina Ballu, había empezado a unirse a misiones religiosas que en aquella época vagaban en gran número para evangelizar los muchos Orientes de un único y ciego Occidente.

Al cumplir el medio siglo, Michael estaba viajando hacia Túnez, e incluso en la goleta que los llevaba a él y a sus cofrades a la costa africana daba lecciones de equidad cristiana, explicando cómo leer el Evangelio al obispo Pallu, que los acompañaba en una larga peregrinación a Tierra Santa y más allá. Los compañeros más jóvenes lo escuchaban de buena gana, resignados a expiar; los mayores asentían, ajenos a las culpas de Michael de una manera menos obvia debido al esfuerzo profuso para acabar también con sus propias culpas, actividad que ocupa la mente de los hombres como la resaca las olas del mar.

Túnez, no obstante, fue fatal para el Narciso ascético escondido en Michael: los prostíbulos, el gran número de jovencísimos y hermosísimos muchachos habían despertado de nuevo un deseo que el pintor había hecho todo lo posible por borrar. Había habido un *hammam* de más, y en ese *hammam,* un joven con aspecto de cervatilla al que había pintado con rara eficacia y embelesada melancolía, con la cabeza envuelta en un turbante. Había pagado por la pose y también el largo y arrebatado aparte en las habitaciones más cálidas de la sauna, de las que no salió: tal vez un infarto, ningún médico y ningún equipo había en 1662 que registrara el quebranto. Se levantó varias horas más tarde aún incólume, despertado por los empleados de la limpieza, muy pálido, y siguió a sus compañeros camino de Persia.

En Tabris, en el verano armenio, las disputas con los seguidores de la misión se hicieron intolerables. «Sweerts no es dueño de sus decisiones», escribió el obispo, «la misión no es lugar para él, ni él es hombre para la misión», renunciando a las explicaciones y excusas que tendrían que ser entretejidas abundantemente para justificar la relación surgida de repente entre el profeta y uno de sus alumnos, un jovencísimo holandés cuyo nombre era Jan. Y, de inmediato, para justificar la conducta que un buen cristiano de todas formas debería sostener: «Sin embargo, él no come nunca carne, ayuna casi todos los días, reparte sus bienes entre los pobres y cada semana se acerca tres o cuatro veces a la comunión».

Llegados a Alepo, los misioneros no deseaban otra cosa que su alejamiento y solo el obispo Pallu, a quien continuamente Michael sobreponía su voz, defendió su presencia. Michael pintó en la obsesiva y sofocante Alepo ocho cuadros, todos ellos de niños vestidos de santos. Algunos los vistió con ropa de encaje, según la moda turca, otros con pieles de oveja, pero a todos ellos retrató al natural y a cada uno de los chicos les hizo regalos: a este una flor, a aquel una tela, al otro un anillo o una bolsa. Con todos yació, para perfeccionar su santidad.

Los misioneros se negaron a adquirirlos para su iglesia. El obispo Pallu dijo entonces públicamente que, a pesar de que los cuadros eran hermosos —hermosísimos—, no los quería y que por descontado tampoco quería ya a su autor, por lo que le dio como plazo hasta la llegada a Isfahán para cambiar su actitud.

En los dos mil kilómetros a lomos de asno y de camello, tantos eran los que separaban las dos ciudades, Michael, por toda respuesta, empeoró: corregía las lecturas del obispo Pallu, contradecía sus sermones, dictaba leyes sobre esto y aquello.

Una mañana se encontró tirado fuera de la posada donde todos estaban durmiendo, la puerta cerrada con llave y la prohibición absoluta de volver a entrar. Gritó contra la puerta de madera historiada, la golpeó con zapatos y con puños, pero ya no tuvo el beneficio de ver el rostro de Pallu o de sus compañeros de viaje.

Partió de Turquía y recorrió más de seis mil kilómetros en dos meses —camello, asno, mula, caravana y, por un tiempo, goleta—, esta vez rumbo a Goa, en la India, donde había una misión de los jesuitas portugueses.

La iglesia del Bom Jesù descollaba, reciente aún su construcción, sobre el puerto fortificado, entre las palmeras, con sus rectángulos blancos bajo las ventanas barrocas de piedra desnuda. Los portugueses tenían su propio contencioso particular con el obispo Pallu y lo acogieron con los brazos abiertos. Había más mosquitos que en Turquía, arañas grandes y chicos hermosos, aunque no tanto como los turcos o los armenios. Y demasiados, demasiados portugueses. Había llevado consigo numerosos cuadros, tras pintar cada desierto, cada marina, cada piedra. Los mendigos, en el largo camino que llevaba hasta Goa, eran radiantes soberanos sin pretensiones: ninguno corría hambriento detrás del pintor, ninguno imploraba la muerte, y todos, serenos y sonrientes, parecían indicarle a Michael con el dedo la dirección de su vanidad. Y la vanidad tomó la forma, al final, de un joven jesuita de Lisboa, Agostinho, que tenía en sus rasgos algo de Jacques Israël Colmar, o de eso se convenció Michael, derrotado por las fiebres tercianas y palúdicas que lo dejaban tumbado en la playa delirando. Agostinho le hizo beber y fumar opio, le administró la última eucaristía, lo abrazó, y cuando Michael hubo exhalado el último suspiro invocando el perdón de su Jacques, lo sepultó.

Y le robó todas sus pinturas.

2.

Salía tambaleándose, apoyado en un bastón, el viejo con gorguera y terciopelo que acababa de visitar al caballerizo del virrey. Ya no vestía el manto negro encerado que llevaba durante la epidemia veintitantos años atrás, ni la máscara con forma de pico repleta de esencias aromáticas: ahora se permitía ir a la casa del enfermo con calzón largo, puntillas y brocados, entre otras cosas porque esa noche se dirigía a la corte, al teatro.

—¡Bendito seáis! —gritó a sus espaldas saliendo del sótano el caballerizo—. ¡Desde hoy mismo os dedicamos una *capuzzella* especial!

El anciano volvió apenas la cabeza. El cuello le crujía y la arrogancia de la juventud se le había convertido en artrosis, aunque el ceño fruncido todavía le goteaba de la nariz que los años le habían alargado.

—¡Una *capuzzella* nueva para el doctor! —oyó que encargaban mientras salía del pequeño patio donde vivía el caballerizo.

Como de costumbre, solo había administrado a la moribunda una píldora de azúcar rosa. Estaba tan demacrada que una pequeña mejora se había vislumbrado de inmediato. Eso era hambre, nada que pudiera tratarse. Ahora que la ciudad se había reducido a un tercio de la Nápoles que el doctor conociera en su juventud, después de la gran peste, no era difícil toparse con muertos por el hambre en lugar de por el tifus o por el cólera. Los napolitanos habían interpretado la epidemia como un castigo por la revolución de Masaniello, quizás porque había llegado justo a los diez años del asesinato del general de los peces.

El sentimiento de culpa atenazaba al pueblo, aunque la enfermedad había matado indiferentemente a napolitanos y españoles, llevándose también a todos los más grandes pintores de la época, incluyendo al pequeño Ribera y a su familia de mujeres; a Juan Do, su esposa y a casi todos los demás alumnos de la maestría de Caravaggio.

Ninguna crónica sabía transmitir el horror al que había quedado expuesta la ciudad: el pánico había llevado a mucha gente a deshacerse de amigos y familiares antes de la muerte, lanzados desde los carros que corrían hacia fosas y osarios fuera de las murallas, o a las hogueras que ardían en todas las plazas, hechas de utensilios, ropas y cuerpos. Los muertos fueron tantos que eran evacuados bajo tierra, en túneles, en los pozos, en las minas de los canteros, en los acueductos, en las criptas y en los vertederos. Las inundaciones invernales trajeron de vuelta, en una regurgitación purulenta, restos de cadáveres, esparciéndolos por las calles. El miedo a los muertos superaba de golpe el miedo a los vivos. Entre los osarios más populares de la zona de fuera de las murallas llamada de las Fontanelle, a alguien se le ocurrió escoger una calavera para cuidarla con devoción, dedicando al desconocido difunto el afecto que les faltó en el momento de pánico a los niños, los padres o madres, abandonados agonizantes sobre los carros. Era a una de estas *capuzzelle* a la que se refería el caballerizo prometiéndole una dedicatoria especial al doctor. Las *capuzzelle* ayudaban a los vivos, si uno se portaba bien con ellas; pero si se les faltaba el respeto, mataban, castigaban, maldecían. Era necesario rodearlas de flores, lavarlas, encender velas en su memoria, construir pequeños altares, ofrecer trenzas y monedas.

En el fondo, también el médico era una *capuzzella*, una reliquia viviente: con la misma deferencia eran tratados, de hecho, los pocos supervivientes de la peste. Quien había nacido antes de 1656 y había podido envejecer tenía que considerarse extremadamente afortunado.

Avicente Iguelmano no tenía la menor idea de por qué aún seguía con vida: tal vez fuera debido al tifus del que estuvo a punto de morir en el *Salamanca* y que le había proporcionado defensas desconocidas; o más bien porque había fingido ayudar en los lazaretos, aunque en realidad había pagado a los frailes de San Martino para esconderse con ellos, en la colina salubre, a donde la peste no llegaba. En la cartuja había conocido a un pintor, el hijo de un fabricante de espadas, Micco, que pintaba historias para la sacristía de los cartujanos, pero en tantos meses de aislamiento voluntario nunca le dirigió la palabra: mejor tener pocos tratos con pintores. Los pintores no son hombres, como las mujeres, los médicos y los soldados. Había tardado casi cuarenta años en averiguarlo, pero ahora sus aforismos sobre la vida eran completos.

Micco Spadaro salió de la cartuja para pintar la plaga que avanzaba por la ciudad tal como había pintado, diez años antes, también esa revolución que la peste venía ahora a castigar. Iguelmano, en cambio, se previno cuidadosamente. Continuó ofreciendo sus píldoras rosadas al prior y a los hermanos, quienes a cambio le suministraban óptimos vinos de Vomero y productos de su huerta, y aguardó con paciencia a que todos los muertos fueran enterrados y a que los vivos no pudieran morir más que de inanición.

El Virreinato, empobrecido, debilitado, se había beneficiado, no obstante, de ese aligeramiento demográfico: muchos exaltados menos, una lección de humildad y religiosidad para todos. Solo entonces Iguelmano salió al aire libre jactándose de haber mantenido en excelente estado de salud a los frailes del monasterio, y su fama médica voló aún más alto. Sobrevivir otros treinta años acumulando dinero y prebendas no resultó complicado: había enterrado todos sus problemas mucho tiempo atrás, incluyendo a la esposa molesta y a su hija bastarda. Claro, también había muerto la *Señora* de Mezzala y los virreyes habían cambiado, pero Iguelmano era un nombre sumamente respetado, con un magnífico palacio en la ciudad, a despecho de todos los difuntos electos del pueblo, incluyendo a Tonno d'Agnolo, a quien Dios tuviera en su gloria. Las modas cambiaron, los artistas de renombre también. Durante un tiempo incluso los experimentos sobre la mujer, que había proseguido pagando a prostitutas, le habían proporcionado algo: había coronado asimismo su sueño de imprimir un opúsculo donde exponía todas sus extravagantes teorías sobre el placer femenino, que de inmediato entró en el Índice, aunque fue difundido entre los especialistas, lo que le proporcionó una pequeña fama pronto olvidada.

Resignación, ya que de igual modo la gran fama a la que aspiraba tuvo que enfrentarse con el tiempo y su justicia: en pocos años todo había cambiado. Un médico francés, Jean-Baptiste Denis, había realizado la primera transfusión de sangre de la historia, de una oveja a un niño; el Rey Sol había arrebatado los maltratados Países Bajos a los españoles y reinaba en todo su esplendor; había muerto el filósofo Baruc Spinoza y, tal vez, incluso Dios con él; un biólogo inglés, Robert Hooke, había inventado el primer anemómetro para medir la velocidad del viento y había visto bajo el microscopio los más pequeños cuerpos de los tejidos vivientes, asignándoles también un nombre: célula; luego había surgido, a despecho de Brooke, la brillante estrella de Isaac Newton. Incluso el Virreinato español en Nápoles se encaminaba casi a su término: de repente el mundo había empezado a andar deprisa y Avicente Iguelmano, a la nada fresca edad de setenta años, a pesar de hallarse todavía en la gracia de los poderosos y envuelto en el aura del milagro médico al que nadie, por suerte, recurría realmente, había comenzado a sentir de cerca la presa de la muerte.

Ese año, el 1683, el nuevo virrey, el marqués del Carpio, llegó a Nápoles en enero, trayendo consigo muchas buenas intenciones y una nueva estrella musical de los salones de Roma, donde había sido embajador: el jovencísimo Alessandro Scarlatti.

Era el 23 de diciembre y en el Palacio Real, dos patios después de aquel donde Iguelmano realizó una visita al caballerizo, se representaba la primera de las óperas programadas con firma de Scarlatti, *La Psique,* con la que se celebraba el reciente nacimiento del heredero al trono de España, el futuro rey Felipe V.

Cantaba esa noche un celebérrimo *castrato,* Giovanni Antonio Grossi, apodado Siface, el favorito de la culta pero escandalosa reina de Suecia, Cristina; y junto a él otra conocida voz de los teatros del norte de Italia en el papel de Psique, que se exhibía por primera vez en Nápoles, el Vela. El Vela era genovés, cantaba en escasas ocasiones, era muy hermoso, y de su vida privada, a diferencia de la de Siface, se sabía poquísimo. Y, sin embargo, aún no había entrado en escena y ya la corte que rodeaba a Avicente murmuraba: «Pero ¿quién es? Es mejor que Matteuccio...», comparándolo con otro cantante, gloria local, belleza rara y fogosa, a quien se atribuían muchas amantes a pesar de la castración.

Iguelmano recibía saludos a diestra y siniestra, alguien susurró a sus espaldas, algunos ni siquiera lo veían, a pesar de no ignorar su presencia, como sucede con las momias, con quienes han superado sus necesidades activas en la vida pero son tan ricos y poderosos que representan el espacio en el que se sientan, más allá del valor de sus propios huesos.

Un paje le ofreció un pequeño programa pintado. Se sentó con extrema precaución, se ensanchó con un dedo curvado la gorguera, tosió. Poco a poco fueron velándose las luces del teatro de la corte. A su lado, el rubicundo duque de Ruffano, un paciente suyo goloso y parlanchín, agitando sus prominentes posaderas chocó contra él con uno de sus brazos regordetes.

—¡Doctor! Qué hermosa velada, ¿eh? ¡Feliz Navidad, feliz Navidad!

Iguelmano cerró los ojos como único movimiento de conformidad, luego se levantó el telón con ninfas y náyades pintadas y comenzó la ópera. Había planeado echarse un sueñecito: detestaba a los *castrati*, le recordaban a Bella 'Mbriana, pero carecían de cualquier forma de misterio. Si hubieran sido auténticos hermafroditas, entonces... Mas eran simples emasculados y a la ciencia le importaban un ardite. El arranque fue brillante, un tanto estrafalario. Siface se exhibió en el papel de Amor y arrancó aplausos. Y ya estaban en un buen punto y el sueño ya lo acunaba como una barca en Posillipo, cuando entró Psique.

La voz era más aguda, brillante y femenina que la de cualquier *castrato* que hubiera oído nunca. Y además, tenía un timbre especial, una sonoridad melancólica y dolorida. Le recordó a su madre —¿cuántos años hacía que no le dirigía un pensamiento?— y también otras dulzuras, incluso la palpitación que sintió el ya lejano día de su llegada al Castillo de Baia. Qué hermosa le había parecido entonces Lisario, y aterradora y peligrosa, como una tierra de conquista, como América a los españoles. Ahora Psique cantaba el infeliz error de haber levantado el velo que ocultaba a Amor: cuánto le había costado aquella lámpara... Ah, sí, Iguelmano podía entender muy bien por qué llamaban el Vela a ese *castrato:* realmente tenía una voz que era luz sobre la escena. Su corazón latía con fuerza, hasta la sombra de una lágrima apareció en un ojo, y hay que decir que hacía por lo menos veinte años que no vertía una. Tuvo que mirar mejor: en realidad, hasta ese momento se había acurrucado en su silla, como muchos de sus coetáneos presentes, y había cerrado los ojos para adormecerse. El escenario estaba inmerso en un resplandor rosado, Siface descollaba, barrigudo y femenino, en vestidos arcádicos.

Psique, sin embargo, muy delgada, iba velada de azul, con el pelo negro y liso que le caía suavemente sobre los hombros, los brazos desnudos. Iguelmano la siguió largo rato —¡cómo había podido bajar la vista!— sintiendo un aflato continuo, que rozaba el embeleso. Si no fuera tan viejo, habría creído que se trataba —¿era eso posible?— ¡de un enamoramiento!

—Estáis pálido... ¿Os sentís bien? —le preguntó en voz baja el conde de Ruffano.

—Bien, bien... Es la edad, ya sabéis...

—Tomad una píldora de las vuestras —murmuró el conde, tendiéndole una pastillita rosada de su pastillero de plata. Iguelmano reconoció uno de sus inútiles preparados, sonrió con amargura y para no perder un cliente se sirvió.

—*Gracias* —murmuró y se tragó el azúcar.

Mientras tanto, la impresión no cambiaba: Psique era —tenía que ser— un hombre de unos cuarenta años, esto lo sabía, todo el mundo lo sabía, pero con qué gracia se movía, incluso parecía abrazar una almohada del mismo modo que en otra época Lisario había abrazado tiernamente a su Gatito. Cada nota, cada gesto, cada expresión pulsaba en Iguelmano la cuerda de la juventud.

Tenía que verlo de cerca, se dijo: ese arrebato podría terminar o perdurar, pero tenía que conocer a cualquier precio a este Vela que con tanta perfección lo engatusaba. La ópera le pareció infinita al viejo médico y se deleitó como si hubiera vivido una degustación del paraíso.

Al finalizar, el teatro de la Corte se vino abajo con los aplausos: Scarlatti había de reinar largo tiempo allí después de esa noche. Iguelmano se levantó de la silla anhelante e inseguro, cruzó casi indemne los contubernios de charlatanes, esquivó a Ruffano y a sus amigos y se dirigió ansioso a los camerinos. Cruzó primero por delante del corrillo de Scarlatti —una pared humana—, a continuación, el de Siface, rodeado de admiradores y admiradoras que lanzaban gritos y estallaban en aplausos descompuestos. Un auténtico frente de guerra: Iguelmano esperó a que el virrey llamara a su presencia al protagonista y al compositor, para que el camino de los camerinos quedara despejado. Al fin pudo abrirse paso hacia el del Vela. Algunas voces estaban llamando ya al segundo intérprete, tenía que darse prisa. Llamó a la puerta.

—¿Quién me busca?

La voz era baja ahora, la de un hombre adulto. Iguelmano estuvo a punto de volver sobre sus pasos. ¿Soportaría la decepción? ¿Qué mala pasada le estaba jugando la vejez? Finalmente se decidió.

—Disculpad la molestia...

El camerino estaba medio a oscuras, ropa femenina y masculina, maletas abiertas, zapatos y pelucas se amontonaban en desorden. Una rosa colocada delante del espejo, el Vela llevaba el pelo envuelto en un turbante. En la penumbra, Iguelmano se quedó asombrado por el rostro tan femenino y por los ojos, azulísimos, que brillaban como rayos.

—Gracias —lo despachó el Vela, sin esperar un cumplido evidentemente previsto. Iba con prisas. Avicente se sonrojó.

—Una voz extraordinaria... —dijo a toda prisa para compensar la rudeza.

—Si no os importa, ahora me están esperando.

—Oh, cambiaos tranquilamente —dijo en voz baja Iguelmano, con la esperanza de ver... pero ¿qué?

El Vela se volvió molesto:

—Tengo que pediros que me dejéis... señor... ¿señor?

—Soy el doctor Avicente Iguelmano y os pido disculpas, pero es que os parecéis tanto a alguien que yo conocía...

Se interrumpió, la cara del Vela estaba amarillenta.

—¿Vos sois Avicente Iguelmano?

—Sí. Perdonadme, pero creí haber entrevisto en vos a mi esposa, que murió hace muchos años, tanto os parecéis. ¿Dónde nacisteis?

El Vela se puso tenso, con una mano en la puerta, listo para echar fuera al intruso.

—En Génova, señor, y fui castrado allí. Soy un protegido de la familia Doria.

—Ya veo... Lo siento... Los ojos, la vejez... —murmuró Iguelmano mientras se cerraba la puerta.

Se volvió una última vez, luego se encaminó hacia la escalera. Qué idiota, qué estúpido viejo, se regañó. Pero solo había dado unos cuantos pasos cuando oyó que lo llamaban. El cantante lo estaba esperando en la puerta y le hacía gestos para que entrara. Hizo sentarse al viejo y se quedó de pie junto al espejo.

—Vuestra esposa se llamaba Lisario Morales —comenzó el *castrato,* sin preámbulos.

Iguelmano frunció sus cejas.

—Sí... pero ¿cómo...?

—Y tuvo una hija que no era vuestra con un maestro de escena francés.

Iguelmano se puso de pie, luego cayó de nuevo sobre la silla. Con un hilo de voz asintió:

—Sí.

—Soy yo.

Iguelmano sacó un pañuelo de la manga, sudaba a pesar del frío de diciembre.

—¿Vos? ¿Vos quién?
—No pensé que estaríais vivo todavía y no me esperaba encontraros aquí en Nápoles.
Iguelmano balbució:
—Vos sois...
—Soy Teodora.
¿Cómo? ¿Que era una mujer?
—¿Queréis hacer que me crea que sois una mujer de verdad?
El Vela asintió, riendo:
—Vos, que nunca supisteis qué era una mujer de verdad, ¿ahora pretendéis enseñármelo? Soy exactamente esa Teodora a la que echasteis junto con su madre, y a la que llevasteis de viaje en una nave apestada. Pero, lo siento, no morimos, ni ella ni yo.
Iguelmano se puso de pie, con los brazos extendidos.
—¡Lisario! ¿Lisario está viva?
El Vela sonrió:
—No. Ni ella ni mi padre están ya con nosotros, por suerte para ellos. Ya no podéis hacerles daño. Nos reencontramos todos en una isla frente a la costa de Trapani.
—También el francés...
—Estaba vivo. No es que mi madre lo supiera. Pero vivimos felices durante más de diez años juntos en esa isla y yo tuve el raro privilegio de una familia al completo, a pesar de vos. ¿Lo lamentáis? Debisteis de haber pagado una fortuna para ver a mi padre muerto, a uno siempre le molesta mucho descubrir un trabajo retribuido y mal hecho, ¿no es así?
La voz del Vela era todavía baja, emitía tonos femeninos y amenazantes: ¿sería esa, por tanto, la voz de Lisario si hubiera sido capaz de hablar? Iguelmano negó con la cabeza y rompió a llorar, pero las lágrimas no le salieron, solo emitió un estertor.
—Después de su muerte el príncipe Doria me adoptó y estudié música. Luego elegí un camino escondido: a las mujeres no se les permite cantar, y cuando tengo ganas de ello me hago pasar por hombre. El Vela es un apodo, en honor al oficio escénico de mi padre —luego dirigió directamente su

azulísima mirada hacia los ojos legañosos de Iguelmano, que se sintió traspasado de lado a lado—: Yo sé todo sobre vos. Mi madre escribió muchas páginas que os conciernen.

En este punto Iguelmano gritó con voz ahogada: de nuevo su secreto estaba en peligro, de nuevo estaba a merced de alguien y, lo peor, de la hija de Lisario y del odiado francés. Rabioso, le gritó:

—¡Voy a denunciaros! ¡Voy a... denunciaros! —y se lanzó contra la cantante.

Pero la píldora azucarada de Ruffano nunca había servido para curar un ataque al corazón y el desgarro llegó de inmediato. Las ayudas, que vinieron al poco, se llevaron del camerino a un anciano que nunca más diría ni una palabra. La última imagen que Avicente Iguelmano distinguió fue el rostro de su hija, el mismo de su madre, con los ojos en él de Jacques Israël Colmar, que fingía ser un hombre y *castrato,* que a su vez fingía ser mujer en escena, y las últimas palabras que oyó las pronunció la voz melodiosa que Lisario siempre había soñado con tener para mostrarse en público.

—¿Está muerto? —preguntaba esa amorosa voz sin dolor alguno.

Y alguien respondía, un medicucho joven de esos que iban a reemplazarlo —¡malditos fueran!—:

—Es cuestión de poco tiempo. Saquémoslo de aquí.

Al funeral de Avicente Iguelmano asistieron los escasos, destartalados pacientes que le sobrevivían. A través del príncipe Doria se exhibió un documento familiar que nombraba a Teodora heredera de los bienes de Iguelmano, que le fueron entregados en Génova, donde vivía cuando no estaba cantando disfrazada: dinero, muebles, la propiedad de un palacio y un cuaderno, muy estropeado. Las cartas a la Virgen de su madre hurtadas por Iguelmano muchos años atrás.

Cartas a la Santísima Señora de la Corona de las Siete Espinas Inmaculada Asunción y Siempre Virgen María

Suavísima:
Esta será, según creo, mi última carta.
Todo ha terminado. Realizado, completo, finalizado. La enfermedad progresa, Jacques me espera y no puedo permanecer aquí más tiempo sin él. Te encomiendo a mi Teodora, que sé en buenas manos, el Conde, merced suya, me enseñó su diploma del Conservatorio.
Estos últimos años han sido felices, Clementísima, de una felicidad que no creía que existiera en este mundo y por esto, ya lo sabes, Te estoy infinitamente agradecida.
Muevo con esfuerzo la mano hacia el espejo, le doy la vuelta muy despacio hasta encuadrar la vela. La mecha arde dentro de un vaso acampanado de cristal. El aceite de la lámpara es opaco y está casi consumido. Relleno lentamente el vaso con una medida de aceite de cáñamo que difunde olor a pintura. Lo inhalo con fuerza, mantengo conmigo la ilusión de que él todavía está a mi lado. Jacques, amor mío.
Olor a aceite de linaza, olor a pintura, olor a sudor, el olor del pelo de los pinceles. Jacques Israël.
Suavísima, el nombre del Amado es una oración.
Te dejo para Teodora esta caja azul de tafilete: contiene un anillo, un rosario roto, una flor seca.
La abriría, como hago todos los días, para comprobar el estado de los restos de mi vida, pero hoy no, hoy es mejor devolverlo todo a la oscuridad, hacia el otro lado de la mesa, y atraer hacia mí solo el cuadro, el último de Jacques.
En el lienzo, la lagartija asustada y la vela que arde, casi idéntica a la llama que se consume en el vaso, ondean.
Esta eres tú, siempre decía Jacques. Una lagartija asustada pero que no retrocede.

Y ahora aquí estoy en el espejo, aquí está el pendiente de amatista, la mejilla lacia. Cómo he envejecido. Pero tengo el pelo negro todavía. Insistiendo, podría ver los dientes que me faltan. Las manos, en cambio, las sigo teniendo jóvenes, Suavísima, ninguna arruga, solo alguna vena en relieve, idéntica palidez, ningún callo.

Tal vez porque las he usado siempre para escribirte.

Una cucaracha ha trepado hasta esta mesa, intrépida e incierta: no es tu territorio, habitante nocturno de los suelos. Rojo, africano, bate élitros vacilantes. Permanece en vilo sobre el borde, luego se desploma. Llevo solo un camisón encima, qué pena la barriga caída, la vejiga que a cada paso reclama una pequeña pérdida, las nalgas que se menean ridículas debajo de la tela. El pelo de las ingles no se me ha caído, solo se ha hecho más escaso, lanoso.

Jacques. Me toco los labios mayores secos, llevo el dedo a la nariz y solo siento olor de orina. Ya no me reconozco: tenía otro olor, antaño. Olor a mujer. Olor a Lisario.

Lisario, Lézard, Lizard. Lagartija mía, me llamaba.

Pero ahora soy libre de gargajear fuerte y de escupir en el orinal. De tirarme pedos. Estos, los pequeños placeres que me quedan, por desgracia nada son comparados con la gran felicidad que he conocido.

Aquí está la cama, Suavísima. Pronto vendrá la noche y me traerá urgentes noticias del pasado, me acostaré, soñaré con mi Jacques y, esta vez, no me despertaré.

Mira: la cucaracha se ha subido a la zapatilla. La aplasto. Hace el ruido de una galleta. Solo me queda despedirme de Ti, mi Amada.

Soplo fuerte la vela.
Oscuro. Oscuro, por fin.

Lisario y nada más

Agradecimientos

A Paolo, Iole y Laura por haber leído, como siempre. A Pino, por Georges Didi-Huberman. A Antonio, por una inolvidable llamada telefónica.

Sobre la autora

Antonella Cilento (Nápoles, 1970) es escritora y profesora de escritura creativa desde hace más de veinte años. En 1993 fundó en Nápoles el Laboratorio de Escritura Creativa Lalineascritta y sigue impartiendo clases por todo el territorio italiano. Colabora habitualmente con el periódico *Il Mattino* de Nápoles y es también guionista de relatos radiofónicos y de obras teatrales. Ha publicado *Il cielo capovolto* (2000); *Una lunga notte* (2002); *Non è il paradiso* (2003); *Neronapoletano* (2004); *L'amore, quello vero* (2005); *Napoli sul mare luccica* (2006); *Nessun sogno finisce* (2007); *Isole senza mare* (2009); *Asino chi legge* (2010) y *La paura della lince* (2012). Sus obras se han traducido al alemán y al ruso. *Lisario o el placer infinito de las mujeres*, finalista del Premio Strega 2014, es su primera novela traducida al castellano.

Índice

Cartas a la Santísima Señora de la Corona de las Siete Espinas Inmaculada Asunción y Siempre Virgen María	11
Al año siguiente	19
Cartas a la Santísima Señora de la Corona de las Siete Espinas Inmaculada Asunción y Siempre Virgen María	57
Mientras tanto	63
Cartas a la Santísima Señora de la Corona de las Siete Espinas Inmaculada Asunción y Siempre Virgen María	93
A grandes males	97
El maestro de las velas	113
El encuentro	149
Cartas a la Santísima Señora de la Corona de las Siete Espinas Inmaculada Asunción y Siempre Virgen María	169
Perversos como los peces	177
Cartas a la Santísima Señora de la Corona de las Siete Espinas Inmaculada Asunción y Siempre Virgen María	217
La conciencia es cuestión de química	223
Cartas a la Santísima Señora de la Corona de las Siete Espinas Inmaculada Asunción y Siempre Virgen María	251
Pitigliano	259
Mujer, estatua, cadáver	271

Cartas a la Santísima Señora de la Corona de las Siete Espinas Inmaculada Asunción y Siempre Virgen María	303
Para finalizar	309
Cartas a la Santísima Señora de la Corona de las Siete Espinas Inmaculada Asunción y Siempre Virgen María	325
Agradecimientos	329
Sobre la autora	331

Lisario o el placer infinito de las mujeres,
de Antonella Cilento
se terminó de imprimir en marzo de 2015
en los talleres de Litográfica Ingramex, S.A. de C.V.
Centeno 162-1, Col. Granjas Esmeralda,
C.P. 09810 México, D.F.